KB056557

샤론 저택의 비밀

The Murder of Sigurd Sharon:

샤론 저택의 비밀

The Murder of
Sigurd Sharon:
Harriette
Ashbrook

해리에트 애쉬브룩 지음 | 최호정 옮김

키멜리움

샤론 저택의 비밀
The Murder of Sigurd Sharon

1

매력적인 악녀

젊은 여자가 도로를 달려 내려왔다. 여자의 눈은 잡혀 있다 막 풀려난 팔팔한 어린 짐승의 눈 같았고 벌어진 입술은 짜릿한 자유를 들이마시고 있는 듯했다.

아래쪽 계곡에서는 한여름의 울창한 나무들에 가려 반쯤만 모습을 드러낸 자그마한 마을을 향해 북쪽에서 열차가 덜컹거리며 달려오고 있었다. 불길한 신음 같은 긴 휘파람 소리를 내며 열차가 토해낸 연기는 시내를 가득 덮은 무성한 녹음 속으로 물결을 이루며 흘러갔다.

여자는 미친 듯이 속도를 내며 가파른 도로 밑으로 곤두박질치듯 내달렸다. 그 바람에 들고 있던 작은 여행 가방이 도로변 관목을 들이받았다. 발을 치켜올려 자갈돌 무더기를 뭉개고서야 그녀는 가까스로 거꾸로 처박히는 것을 모면했다. 그녀는 가쁜 숨을 몰아쉬었지만, 여전히 계속 돌진했다.

기차는 이미 역에 도착한 상태였다. 몇 분 동안 연기가 기다란 물결을 이루며 나무 꼭대기에 무거운 먹구름처럼 뭉쳐 있었다. 조금 있다 기차는 남쪽을 향해 속도를 올렸고 연기는 다시 서서히 흩어져갔다.

그녀는 화다닥 멈춰 섰다. 기쁨과 열정이 넘치던 눈은 성난 눈물로 가려졌다.

"망할!" 그녀는 여행 가방을 옆으로 내던지고 도로 옆 축축한 풀밭에 몸을 던졌다. 절망과 분노를 걷잡지 못해 그녀는 작은 주먹으로 무성한 초록색 풀들을 마구 내리쳤다.

"망할! 망할! **망할!**"

부드럽고 매력적인 어떤 목소리 하나가 그녀의 터져 나오는 분노를 헤집고 들어온 것은 바로 그 순간이었다.

"저기요, 잠깐 욕하는 걸 멈추고 여기서 제일 가까운 공중전화가 어디 있는지 말해줄 수 있겠어요?"

그녀는 깜짝 놀라 고개를 들었다. 양손은 반쯤 아연실색한 손짓을 하며 목까지 올라왔다. 바로 그때 그녀의 눈이 재빨리 그 젊은 남자 옆을 스쳐 도로 반대쪽에 놓인 차에 가서 꽂혔다. 그녀는 뛰듯이 벌떡 일어나서 양손으로 애원하듯 젊은 남자의 팔을 붙잡고 그를 차로 끌고 가려 했다.

"빨리요, 당신이라면 할 수 있어요. 다음 역까지 기차를 추월해줘요. 그래 줘야 해요. 그래야 한다고요. **어서요!**"

그녀는 미친 듯이 다급하게 그를 길 건너로 잡아끌어 운전석에 밀어 넣고는 옆자리로 뛰어들었다.

"아드슬레이가 다음 역이에요. 내가 지름길을 알아요. 이 언덕 밑에서 우회전해서 언덕을 가로질러요. 험한 길이지만 거리가 1/4밖에 안 돼요. 아니, 왜 그렇게 앉아 있는 거예요? 어서 가요!"

그러나 젊은 남자는 달관한 듯 한숨을 쉴 뿐이었다. 그러고는 허탈한 시늉을 하며 핸들에서 손을 떨구었다.

"숙녀분, 난 항상 상대에게 잘 맞춰주려고 한답니다. 하지만 이번에는 안 되는 일이에요. 차가 길에 퍼졌다고요!"

한순간 그녀는 그를 쳐다만 보고 있었다. 그러다가 다시 분노에 휩싸였다. "망할!" 그리고 다시 성난 주먹질을 했다. "망할! **망할! 망할!**"

그러나 젊은 남자는 재미있어하는 눈빛으로 그녀를 가만히 살피기만 할 뿐이었다. "욕을 좀 다양하게 하는 게 좋겠어요. 그 '망할'은 느낌을 잘 표현하긴 하지만 단조롭잖아요. 진짜로 심각하게 욕설을 퍼붓고 싶다면 마음에 들 만한 몇 가지 욕을 기꺼이 가르쳐 드리죠. 나라면 —"

"아휴, 입 **닥쳐요!**"

"저기 —" 그는 한쪽 팔을 핸들에 기대며 방향을 틀어 좀 더 비난하는 표정으로 그녀를 살펴보았다. "무슨 화나는 일 있나 보죠?"

그녀의 어깨가 갑자기 무너져 내리더니 팽팽하고 절박했던 모든 목적이 그녀에게서 빠져나간 듯 보였다. 젊은 남자는 태도는 경박해 보였어도 상당히 노련했다. 그녀가 감정을 가라앉히는 동안 그는 잠시 말없이 있었다. 두려움, 실망감, 분노… 그것은 뭐라고 말하기 어려운 감정이었다. 그녀는 가여울 정도로 힘없이 양손을 무릎에 내려놓고 앉아 있었다. 조금 전만 해도 불타고 있던 그녀의 눈은 보랏빛 안개가 내린 지평선을 멍하게 응시한 채 기이할 정도로 빛을 잃어버렸다.

이런 외딴 버몬트 언덕에서 마주치기엔 정말 특이한 사람이군, 젊은 남자는 마음속으로 중얼거렸다. 세련된 분위기를 풍기는 여자였다. 값비싼 양장점에서 맞춘 게 분명한 정장과 깔끔한 옥스포드화, 그리고 감각적으로 착용한 액세서리가 그랬다.

그녀는 지친 듯한 손짓으로 반짝거리는 작은 모자를 벗었다. 가운데로 가르마를 탄 머리카락이 부드럽게 찰랑거리며 흘러내렸다. 자그마한 계란형 얼굴은 영락없는 소녀의 얼굴이었지만, 인위적인 화장 — 광대뼈 위에 붉게 칠한 볼 터치와 눈 밑의 아이섀도, 그리고 상앗빛 하얀 피부와 선명하게 대조되는 새빨간 립스틱 — 으로 성숙한 모습을 꾸며내고 있었다. 그녀는 스무 살 남짓일 것 같았지만 어쩌면 서른 살일지도 몰랐다. 알기 어려웠다.

한참 있다가 젊은 남자는 손을 뻗어 그녀의 어깨를 가만히 토닥거려 주었다. 그의 손길이 닿자 그녀는 온몸을 부들부들 떨었지만, 고개를 들어 그를 쳐다보았을 때는 상황을 달관한 듯 받아들이고 있는 그에게 화답하듯 미소를 지었다.

"그건," 그녀가 말했다. "그거고요."

"그게 무슨 말이죠?"

"당신하고는 아무 상관 없는 일이라는 말이에요."

"당연히 그렇죠. 그래서 흥미로운데요."

"언제나 그렇게 남의 일을 염탐하는 버릇이 있나요?"

"어린 숙녀분, 나를 끌고 온 건 당신이었다는 걸 알려드려도 될까요? 내가 당신한테 원한 건 자동차 정비소에 연락할 수 있도록 제일 가까운 공중전화로 가는 길을 좀 알려달라는 것뿐이었잖아요. 그게 아니었다면 난 당신을 쳐다보지도 않고 지나쳤을 겁니다."

"아, 정말요?" 그녀의 목소리 억양이 올라갔고 그 말을 하면서 그녀는 그에게로 살짝 더 몸을 기울이는 듯했다. 하지만 그녀의 교활한 전술은 성공하지 못했다.

"추근거리지 말아요." 그가 말했다. "나는 그런 수작에 절대 넘어가지 않습니다."

그녀는 우거지상으로 웃음을 지으며 어찌할 바를 몰라 했다.

"그리고 어쨌건," 그가 계속 말했다. "그런 건 지금 같은 경우에 맞는 행동은 아니죠. 당신은 어떤 남자와 랑데부하기 위해 타야 했던 기차를 막 놓쳤잖아요. 그런데 지금, 그 남자와의 추억을 조용히 애도할 시간도 갖기 전에 다른 남자에게 수작을 걸기 시작하다니요."

그 랑데부라는 말에 그녀의 얼굴에서 웃음기가 싹 걷히고 우려 반, 호기심 반인 표정이 나타났다. "어떻게, 내가 남자를 만나려 했다는 걸 당신은 어떻게 알았던 거죠?" "알지는 못했죠. 하지만 남의 일을 오랜 세월 염탐하다 보니 소 뒷걸음으로 쥐를 잡는 일이 흔하다는 걸 알게 됐답니다."

"자 그럼," 그녀가 재빨리 말했다. "이제 내 일 말고 당신 일을 좀 얘기해 보죠."

"내 일은 아주 시시할 거예요. 차가 시동이 꺼져 퍼졌고, 제일 가까운 정비소가 얼마나 멀리 있는지 모른다는 게 마음을 사로잡는 대화거리라고 생각되지는 않네요."

"마을에 정비소가 하나 있어요." 그녀는 계곡 아래쪽을 가리켰다. "하지만 소용이 있을지 모르겠네요. 그 사람들은 주로 포드 자동차를 다루거든요. 이 차는 그 사람들이 다루기 어려울걸요."

그녀는 말을 하면서 매끈하고 날렵한 유선형 자동차의 우아한 크롬 기기들과 최고가의 수입차임을 표시하는 작은 계기 장치들을 감탄의 눈길로 훑어보았다.

그리고 이제 그녀는 자동차에서 젊은 남자에게로 평가의 시선을 옮겨갔다. 아무렇게나 빗어 넘긴 더벅머리의 금발 남자는 잘생긴 외모에 세상을, 그리고 그 어리석은 시류를 한껏 즐기는 분위기를 풍기고 있었다. 그는 복장은 깔끔했지만 멋쟁이와는 거리가 멀었고 리츠칼튼 호텔이건 구석진 간이식당이건 세상 어디에 있어도 거리낌 없이 편안하게 지낼 것이 분명해 보였다.

"있잖아요," 그녀가 마침내 말했다. "이런 차에 대해서는 헨리가 좀 알지도 모른다는 생각이 들어요."

"헨리가 누구죠?"

"저쪽에 있는 우리 집과 정원, 차고를 관리하는 사람이에요." 그러면서 그녀는 고갯짓으로 자기가 방금 내려온 가파른 길 위, 계곡으로 돌출된 높은 절벽 끝을 가리켰다. 회색의 그 저택은 부정형으로 뻗어 있었지만, 뭐라 말할 수 없이 그윽한 매력이 있었다. 울퉁불퉁한 사암을 담쟁이와 장미 덩굴이 뒤덮고 있어 세월의 풍파로 거칠어진 외관이 조금은 부드러워 보이는 가운데 빅토리아 시대의 건물과 잔디밭, 그리고 정원이 단아한 아름다움을 뽐내고 있었다.

"올라가요." 그녀는 이렇게 말하고 차에서 뛰어내렸다. 그가 그녀의 여행 가방을 집어 들었고, 그들은 가파른 길을 올라가기 시작했다. "헨리를 내려보낼게요. 그리고 그가 자동차를 고치는 동안 당신은 우리와 차를 마시면 돼요."

"그러죠! 딱 지금 차 한 모금이 그립네요."

"음, 한 모금이 다일 거예요. 그것도 지극히 평범한 차 한 모금요. 그리고 경고하자면, 우리… 어… 가족은 당신을 좋아하지 않을 거예요. 그래서 냉랭하게 예의를 차려 당신을 대할 거고 최대한 빨리 당신을 집에서 내보내려고 할 거고요."

"설마! 매력 만점인걸요! 그분들을 만나고 싶어 진짜 죽겠네요."

"죽는 건 만날 때까지 참아주시죠."

"당신이 가족을 굉장히 좋아한다는 생각은 들지 않는군요."

"흠, 당신은 설마 내가 그냥 운동 삼아 목이 부러지라고 기차를 잡으려 했다고 생각하지는 않았겠죠?"

"가족들이 어떤 사람들인지 얘기를 좀 해주시죠."

"별로 말할 건 없어요. 왜냐하면 두 사람밖에 없으니까요. 아니 어쩌면 셋이라고 해야 할지도 모르겠군요. 진짜 내 가족은 아니에요. 몸도 제대로 가누지 못할 만큼 늙은 박사가 있는데, 후견인쯤 되고요. 그리고 그 사람을 돌보는 미스 윌슨이 있어요. 그리고 ―" 그녀는 잠시 말을 멎었다. "그리고 내 쌍둥이 여동생, 메리가 있어요. 당신은 메리를 아주 **좋아하게** 될 거예요."

"당신 말투를 들으니 안 봐도 그럴 것 같군요."

"그렇지만 난 당신이 그 애를 만날 기회가 없었으면 해요."

"왜 메리와 나를 떼어놓으려는 거죠? 혹시 모르잖아요, 우리가 운명의 여신이 점지해준 두 사람일지도요."

"뭐, 그렇다면, 당신에게 신의 가호가 있기를 빌게요."

"그녀가 그렇게 끔찍해요?"

"그럼요!"

"대단히 감동적인 자매애로군요. 그래도 난 그녀를 꼭 만나겠어요."

"난 꼭 못 만나게 하려고요. 사실 내 인생의 주된 심심풀이는 메리가 사람들을 만나지 못하도록 하는 거거든요." 그런데 그 말을 하면서 그녀는 그 속에 마치 어찌할 수 없는 유머라도 들어 있는 것처럼 이상하기 짝이 없게 낄낄거렸다.

젊은 남자는 곁눈으로 그녀에게 얼떨떨한 시선을 보냈다. 특이한 여자야! 그들은 한동안 아무 말 없이 가파른 오르막길을 헉헉거리며 터덜터덜 걸어갔다. 마침내 그들 앞에 탁 트인 풀밭이 펼쳐졌고 그 풀밭을 통해서 저택까지 길이 나 있었다. 기다란 밧줄에 묶여 있던 소 두 마리와 양 한 마리가 물끄러미 그들을 바라보았다. 가축들을 묶어 놓은 것은 집과 정원을 삼면으로 둘러싸고 있는 울창한 숲속으로 가축들이 들어가 헤매는 것을 막으려는 목적에서였다. 네 번째 면은 아래 계곡에 수직으로 떨어지는 절벽이었다. 그 저택 너머 북쪽에는 두 번째 집인 작은 별채가 있었는데 그곳과 큰 저택 사이에는 초록의 산울타리가 쳐져 있었다.

"그런데 말이죠," 그녀가 침묵을 깨고 말했다. "이름은 말해주는 게 좋겠어요. 낯선 남자를 집으로 데리고 들어가는 것만으로도 이미 엉망인데, 내가 당신을 제대로 소개할 수 없으면 일만 더 꼬일 테니까요."

"친한 친구들은 나를 스파이크라고 부르지만, 당신의 후견인과는 그렇게 가까운 사이가 되기 어렵겠죠. 출생증명서와 여권, 그리고 경찰 사건 기록부에 있는 이름은 필립 트레이시랍니다."

"경찰 사건 기록부? 혹시 당신 행색만 신사인 사기꾼은 아니겠죠?"

"아, 그건," 그는 잠시 말을 멎으며 미소를 지었다. "예전에 악명 높은 두 건의 살인 사건*에 휘말린 적이 있었답니다."

"와, 짜릿해요! 시체였나요, 살인범, 아니면 형사였어요?"

"그냥… 어… 비공식 참관인요. 당신은 이름이 뭔가요?" 그는 재빨리 물음을 덧붙여서 화제를 전환했다.

"질이에요. 둘이 있을 땐요. 하지만 그 늙은이 앞에선 제프리 양이라고 부르는 게 좋을 거예요, 스파이크." 그녀는 그를 쳐다보고는 다시 한번 짓궂게 말했다.

---

* 여기서 말한 '악명 높은 두 건의 살인 사건'이란 스파이크가 주인공인 추리 소설 시리즈의 첫 번째, 두 번째 작품인 <세실리 테인 살인 사건>과 <스티븐 케스터 살인 사건>을 말한다. 스파이크는 뉴욕 지방 검찰청 검사를 형으로 두고 있지만 형과는 달리 자신만의 즐거움을 탐닉하고 한탕주의 정신으로 살아가는, 모범적인 인생과는 거리가 먼 청년이다. 그는 특유의 사교성과 매력으로 런던과 파리, 비엔나 등을 누비며 살다가 뉴욕 경찰청의 굵직한 두 건의 살인 사건을 해결하여 범인을 체포함으로써 아마추어 탐정의 길로 들어선다.

그는 불현듯 멈춰 서서 그녀의 얼굴을 마주 봤다. "있죠, 당신은 내가 간만에 만나보는 더할 수 없이 생기발랄한 친구인 것 같네요. 좀 충격을 받았어요. 그리고 내가 이루 말할 수 없이 케케묵은 사람이 된 느낌이에요."

"알았어요, 스파이크." 그녀는 놀리듯이 웃으며 그에게서 멀어졌다. "내가 먼저 가서 가족들에게 조심조심 소식을 알리죠."

하지만 그녀는 열 걸음도 못 가서 갑자기 걸음을 멈추고는 그가 오기를 기다렸다. "다시 생각해보니," 그녀가 말했다. "당신이랑 같이 가는 게 낫겠어요. 일행이 있으면 그들은 엄청나게 점잔을 빼기 때문에 세 살배기 아이한테 하듯이 나를 저녁도 먹지 말고 자라고 쫓아내지 않을 테니까요. 당신이 억제력으로 작용할 거예요."

"저기요, 정말로 당신은 그런 대접을 받을 만큼 지독한 악녀 같은데요."

그녀는 순식간에 걸음을 멈추고는 빠른 동작으로 그를 향해 얼굴을 돌렸다. 그 순간 그는 그 얼굴에 어떤 변화가 생긴 것을 느끼기 시작했다. 맹목적이고 열렬한 증오, 반항, 그리고 두려움이 그녀를 휩싸고 있었던 것이다.

"그렇지 않아요. 난 그렇지 않다고요." 감정을 억누르고 있는 나지막한 목소리였다. "난 살고 싶을 뿐이에요. 하지만 그 사람은 나를 질식시키고 굶겨 죽일 거예요. 나도 그 애와 마찬가지로 살 권리가 있어요. 그런데 그 사람은 나를 죽이려고 한다고요. **이건 정말 명백한 살인이에요.**"

2

버몬트식 환대

단단하고 하얀 양손이 찬장에서 찻잔을 들어 올리자 찻잔 세트가 뒤쪽 낡고 그윽한 마호가니 나무에 비쳐 반짝거렸다. 작은 알코올램프가 켜지고 설탕 티스푼이 들려 올라갔다. 그 손에 딱 어울리는 여자였다. 그녀는 탄탄한 체격에 강인하고 차분했다. 널찍한 이마 밑에는 깊은 갈색 눈이 자리했고 입은 굳게 다물고 있었다. 머리는 희끗희끗했고 하얀 간호사복 차림이었다.

그녀는 쟁반 옆에 있던 작은 유리병에서 흰색 알갱이 하나를 꺼내 찻잔에 넣고는 그 위에 차를 부었다.

그녀에게서 찻잔을 건네받은 손은 혈관이 두드러지고 쭈글쭈글했으며 살갗 속으로 뼈가 다 보이는 듯했다. 하지만, 그럼에도 흔들림 없는 손이었다. 남자 역시 그 손에 딱 어울리는 사람이었다. 그는 나이가 지긋했다. 아마 일흔은 되었을 것이었다. 홀쭉한 뺨과 관자놀이, 그리고 노쇠한 얼굴 윤곽에는 세월의 흔적이 각인되어 있었다. 하지만 그런 한편으로 그에게서는 강인한 기운이 풍겼다. 꼿꼿한 그의 태도에는 무한한 의지가, 움푹 들어간 눈으로 응시하는 눈빛에는 무한한 인내가 담겨 있었다. 기이하고 특이한 조합이었다.

"메리는?" 그는 조용히 한마디를 했을 뿐이지만 여자는 아무런 설명이 없어도 그 말에 담긴 특정한 의미를 포착한 듯했다. 그녀는 고개를 내저었다.

노인은 한숨을 쉬었고 두 사람 모두 말없이 차를 한 모금 마셨다. 그러나 금세 발소리가 그들을 헤집고 들어왔다. 커다란 거실로 바로 연결된 넓은 베란다에서 나는 발소리였다.

노인은 고개를 들고 웃음기 없는 얼굴로 새로 들어온 사람을 향했다. "우리는 자네가 어찌 된 건가 궁금해하고 있었네." 그가 말했다.

새 인물은 서른다섯 내지는 마흔 살쯤 되어 보이는 남자로 시골에서 입는 평상복 차림이었다. 그는 목 단추를 푼 편한 셔츠에 흰색 면바지를 입고 있었는데 바지에는 금방 묻은 것 같은 풀과 흙 얼룩이 보였다. 건장한 체격에 몸집이 큰 그 남자는 얼굴은 잘생겼지만 조금 방탕해 보였다. 눈두덩은 약간 불룩했고 입가에는 주름이 잡히고 코에는 팔자 주름이 깊었다. 그러나 피부는 생기 있고 혈색이 좋았다. 마구 질주했던 생활로 인해 피폐해졌던 몸이 시골 공기를 맡으며 소박한 생활을 하자 회복되기라도 한 것 같았다.

"죄송합니다. 늦었네요." 그가 사과했다. "하지만 저 관목들을 집 북쪽으로 옮기느라 시간이 얼마나 흘렀는지 잊고 있었답니다." 그는 여자가 내민 찻잔을 받으면서 그녀와 눈을 마주쳤다. 아무런 말도 나오지 않았지만, 그녀는 그의 시선에 내포된 질문을 이해한 것 같았다. 그녀는 다시 고개를 젓고는 노인에게 차를 새로 따라 주려고 돌아섰다. 그들 위에는 침묵이 먹구름처럼 드리워진 것 같았다.

그때 조바심 난 듯 카랑카랑한 여자 목소리가 날카로운 로켓처럼 정적을 갈랐다.

"맙소사, 누가 죽기라도 했어요?"

세 사람 모두 베란다로 난 문 쪽으로 몸을 돌렸다. 젊은 남자를 뒤에 데리고 그녀가 거기 서 있었다. 그녀를 향한 그들의 시선은 이상하게 텅 빈 듯했지만, 그 젊은 남자에 대해서는 분명한 불쾌감이 느껴졌다.

"트레이시 씨 — 스파이크 트레이시 씨 — 는 오도 가도 못하게 된 자동차 운전자이자 도움이 필요한 친구고요, 제가 소개할 분들은 —" 소개를 하는 그녀의 목소리는 강경한 어조였지만 눈에는 자기가 못됐다는 걸 잘 알고 있는, 그러면서 낯선 이를 보호막으로 써서 벌 받는 걸 미루는 맛을 즐기는 못된 아이의 장난기가 번득거렸다.

"샤론 박사님이세요." 노인이 뻣뻣하게 고개를 숙였다. "미스 윌슨이고요." 여자는 고개를 살짝 기울였다. "제롬 W. 페더스톤 씨예요." 그녀는 과장되게 혀를 굴리며 그 이름을 말했다.

"트레이시 씨의 차가 저 아래 도로에서 퍼져 멈춰버렸어요. 그래서 제가 헨리를 점검하라고 보냈어요. 그건 그렇고, 이분께 차를 좀 드리겠어요, 윌리?"

윌슨 양이라고 소개되고 윌리라는 애칭으로 불린 여자는 아무런 말도 하지 않고 두 잔의 차를 부어서 막 들어온 사람들에게 건네주었다. 잠시 어색한 침묵이 감돌았다. 샤론 박사는 불쑥 나타난 젊은 남자를 진심으로 환영하는 기색은 전혀 없었지만, 손님에 대한 책임을 다했다.

"차가 심각하게 고장이 난 건 아니지요?"

"전 전혀 모르겠습니다." 스파이크가 대답했다. "제가 차에 대해 아는 건 오로지 출발하는 것과 멈추는 것밖에 없거든요. 차가 저절로 멈추면 제가 할 수 있는 건 나와서 연료통을 보는 거죠."

"음, 헨리는 아주 영리한 기술자랍니다. 뭐가 문제인지 분명 찾아낼 수 있을 겁니다."

"그리고 만일 그가 못 한다면 ―" 그녀가 말을 멈췄다. 무서운 두 눈은 찻잔을 뚫어져라 보고 있었다. "그가 못 한다면 당신은 여기서 밤을 보내면 돼요."

티스푼이 얄팍한 찻잔에 부딪혀 쨍그랑거렸다. 손을 앞으로 내밀어 반쯤 빈 찻잔을 탁자에 놓는 박사의 쭈글쭈글한 손이 떨리고 있었다.

"질, 얘야," 그가 딱딱하게 말했다. "트레이시 씨는 자기 일은 자기가 알아서 하고 싶으실 거야."

"이런 경우는 하고 싶은 게 문제가 아니죠." 그녀가 쏘아붙였다. "마을에는 호텔이 없잖아요. 그리고 내일 아침까지는 여기서 나가는 기차가 없어요. 제롬 집에는 남는 방이 없지만 우리는 있고요."

"좀 앞서 나가는 것 아닌가요?" 스파이크가 눈치껏 말했다. "지금쯤 헨리가 아주 간단하게 문제를 해결해 놓았을지도 모르잖아요.”

“그럼요, 분명 그럴 거예요.” 박사의 이 말이 논쟁에 종지부를 찍기라도 한 듯 대화는 팽팽한 침묵 속으로 되돌아가고 말았다. 그 팽팽함이 얼마나 대단했던지, 스파이크는 될 대로 되라는 심정으로 날씨에 관한 흔하고 공허한 말로 그 상황을 타개해볼 참이었다. 그때 그 상황을 구제해 준 것은 베란다로 난 방충 문을 툭툭 두드리는 투박한 소리였다.

어깨 너머로 그쪽을 본 질의 두 눈이 기분 좋은 안도의 빛으로 반짝였다. “와, 빨강 머리 남자애가 왔네.” 그녀는 명랑하게 외쳤다. 안으로 들어온 청년은 지방의 작은 대학 신입생이 때 빼고 광낸 것 같은 복장을 하고 있었다. 불같이 빨간 머리카락에는 포마드 기름의 윤기가 흘렀고 옷차림은 보기에도 감탄을 자아내게 했다. 베레모 가장자리에는 여러 종류의 배지들이 요란하게 반짝거렸고 하얀 스웨터 왼쪽 가슴 위에는 복잡한 모양의 글자들이 얽혀 있었다. 전체적으로, 어색하게 촌스러우면서 거만함과 침착함이 부조화를 이루고 있는 모습이었다. 주립 대학에서 첫 학년을 마치고 막 귀향한 촌놈임이 분명했다.

“어서 들어와. 우리는 시끌벅적 정신없는 시간을 보내고 있던 참이야.” 그녀가 그에게 손짓했다. 청년은 노인을 의식하며 잽싸게 고개를 숙였다. 낯선 사람은 분명 아닌 것 같았지만 그의 인사를 받아들이는 태도에는 뭔가 적대적인 것이 있었다. 하지만 그녀는 쾌활한 성격으로 노인의 냉담함을 무시시켰다.

“스파이크 트레이시 씨, 비벌리 실콕스라고, 시내 순경 아들이에요. 비벌리, 차 다 마시는 대로 집에 뛰어가서 아버지한테 이리로 바로 오라고 해줘. 여기 자포자기한 범죄자가 있거든."

"그건 — 저 사람?" 그 청년은 어색하게 웃으며 찻잔을 받아들었다. 그리고 스파이크를 향해 고갯짓을 했다.

"저 사람이 아직 자백한 건 아니야. 하지만 네 아버지가 강도 높게 취조하면 실토하게 될 거야. 그가 어느 정도까지 자백했냐면 말이지…." 당당하게 떠들어대는 그녀의 목소리에 그 방의 침묵은 덮이고 있었다. 하지만 왠지 이상하게 긴장된 분위기를 깨지는 못했다. 마치 노인이 어떤 초자연적인 힘을 발산하여 두 사람의 불청객, 스파이크와 어린 비벌리가 사라지기를 열망하면서 고군분투하고 있는 것만 같았다. 다만 질이라는 그 여자에 대해서는 일관되게 없는 사람 취급을 하는 것이 희한했다.

비벌리로서는 당연히도 이 모든 것이 어리둥절할 따름이었다. 아직도 학년 배지와 대학 깃발에 열광하고 있는 어린 청년이 미묘한 감정의 차이를 알아채기를 기대할 수는 없는 일이었다. 그의 수줍음은 분명 **격정적인 첫사랑의** 고통으로 인해 생긴 것일 터였다. 질과 눈이 마주친 그의 눈에는 풋사랑의 희생자들에게서 거의 공통적으로 발견되는 얼빠진 동경의 표정이 어려 있었다. 그녀의 눈부신 재담 앞에서 그는 계속해서 말을 멈칫거리면서 허우적거리고 있었다.

"시골뜨기 내 남자친구예요." 비벌리가 떨어진 냅킨을 잠깐 줍는 동안 그녀가 스파이크에게 소리를 낮춰 말했다. "화끈하지 않아요?"

한참 있다가 노인이 일어섰다. 페더스톤이 그를 따라 일어섰다. "실례가 안 된다면," 그가 말했다. "헨리가 당신 차에 대해 뭐라도 알려왔는지 보고 오겠소."

그러나 그는 문 앞에서 작업복 바지 차림의 남자에게 선수를 빼앗겼다. "박사님, 죄송합니다." 그가 말했다. "하지만 저 신사분의 차는 제가 어찌할 수가 없을 것 같습니다."

"그러니까… 자네는 고칠 수 없다는 말인가?"

"벌링턴에서 새 배터리를 갖고 오기 전까지는요. 저분 차는 배터리가 망가졌는데 마을 정비소에는 충분한 용량의 배터리가 없거든요."

"그러니까 ―" 노인이 잠깐 말을 멎었다. 마치 그 정비공이 찾아낸 것을 최종적인 결론으로 아직 받아들일 수 없다는 듯했다. "아무것도 ―"

"당연히 오늘 밤에는 아무것도 할 수 있는 게 없죠." 그녀의 목소리가 승전고를 울리듯 그의 말을 가로막고 들어왔다. "트레이시 씨는 제가 말한 것처럼 여기 묵어야 할 거예요. 벌링턴에 전화해요. 그럼 내일 정오 기차로 배터리를 보내줄 수 있을 거예요. 그동안 ―" 그녀는 마치 '그동안 당신과 나는 실컷 즐길 수 있어요.'라고 말하기라도 하는 듯 스파이크에게로 돌아서서 장난기 가득한 유혹의 미소를 지었다.

"하지만 난 분명 트레이시 씨가 이해할 거라고 ―"

"물론입니다." 스파이크가 재빨리 끼어들었다. "저는 신경 쓰지 말아주세요. 숙박할 곳을 마을에서 당연히 찾을 수 있을 ―"

그러나 그가 말을 끝맺기도 전에 그녀가 재빨리 일어나서 박사를 마주 보고 섰다. 그녀의 얼굴에서 미소는 사라졌고 결연한 표정이 그 자리를 차지했다. 그뿐만 아니었다. "저는 오늘 밤 트레이시 씨가 마을 그 어떤 곳보다 여기 있는 게 훨씬 편안할 거라고 확신해요." 이 말을 하는 그녀의 눈은 또 다른 메시지를 전달하고 있었다. 아니, 그것은 어쩌면 협박일지도 몰랐다.

노인은 잠시 아무 말도 하지 않았다. 그러더니 늦게나마 예의를 갖췄다. "물론 트레이시 씨가 머물겠다면 우리는 대환영입니다."

"저희 집에 묵으면 됩니다." 페더스톤이 급하게 끼어들었다. "거기서 혼자 계시는 게 훨씬 편할 거예요. 제가 여기서 자겠습니다, 박사님."

"그래, 그래, 당연하네. 그게 아주 좋겠군." 샤론은 그 안을 얼른 받아들였다. 그리고 스파이크를 돌아봤다. "페더스톤 씨는 옆집에 삽니다. 페더스톤 씨가 —" 이 말은 노인이 방을 나가면서 안개처럼 허공으로 흩어져갔고 그의 뒤를 페더스톤이 바싹 붙어 따라갔다.

"이런 건 없어." 두 남자 뒤로 문이 닫히자 질은 재미있다는 듯 비꼬는 투로 한마디를 던졌다. "이렇게 말만 번지르르하고 케케묵은 버몬트식 환대 같은 건 없단 말이죠!" 그녀는 스파이크를 돌아보며 자신이 저지르지 않은 죄에 대해 용서를 구하기라도 하는 듯이 애원하듯, 호소하듯 미소를 지었다.

"그런데 넌 진짜 버몬트 사람은 아니잖아." 비벌리가 항변했다.

"왠지 그렇게 돼가는 것 같단 말이야. 흥, 그건 절대로 안 되지. 평생 여기 처박혀 살다니! 미안, 비벌리, 내 사랑. 네가 사랑하는 곳을 욕해서. 하지만 정말이지…." 그녀는 또다시 떠들어댔다. 방은 온통 그녀의 말소리로 가득 찼고 두 방문객의 짧은 몇 마디가 한 번씩 끼어들 뿐이었다.

미스 윌슨은 아무 말도 하지 않고 양손을 무릎에 포갠 채 그녀를 쳐다보며 그냥 앉아 있었다. 그녀의 눈은 그 활기찬 얼굴에서 한순간도 떨어지지 않았다. 그러나 한참 후 그녀는 침묵을 깼다. "질," 그녀가 조용히 말했다. "트레이시 씨는 저녁 식사 전에 좀 씻고 싶으실 거야. 가방을 가지러 실콕스 씨와 함께 차에 가실 것 같은데, 내가 방을 정돈해두도록 할게."

그녀가 일어서자 두 남자가 그녀를 따라 일어섰다. 하지만 질은 그대로 앉은 채 큰 소파의 쿠션 깊숙이 몸을 기대 누웠다. "사랑하는 윌리, 그러니까 당신은," 그녀는 과장되게 다정한 척하며 말했다. "저 사람들이 여기서 꺼지기를 바란다는 거네요."

미스 윌슨은 입꼬리를 내리며 입을 굳게 다물었다. 하지만 그녀는 이 어처구니없는 농담에 대해 아무런 대답도 하지 않았다. 다만 거기 서서 기다릴 뿐이었다.

"이봐요, 남자분들!" 질이 일어나서 양팔을 두 남자의 팔에 끼워 넣었다. "당신들과 함께 내가 꺼져주죠."

"그래." 화난 어조로 우물우물 속삭이듯 말을 한 건 비벌리였다. "저 늙은 고양이를 따돌리자."

"어디 한 번 해봐." 질이 고개를 돌리지도 않고 입가로 말했다.

세 젊은이가 왁자지껄 떠들고 웃으면서 돌멩이들을 툭툭 걷어 차 가며 차가 멈춰 서 있는 도로로 걸어 내려가는 동안 흰옷을 입은 인물이 20미터쯤 그들의 뒤를 따라 조용히 움직였다.

비벌리가 어깨 너머로 그녀를 힐끗 쳐다봤다. "아직도 우리를 따라오고 있어." 그가 말했다.

질은 이미 알고 있는 결론을 확인하듯 그저 고개를 끄덕이기만 했다.

"근데 대체 저 여자는 왜 네 뒤를 항상 그렇게 끈질기게 따라오는 거야?" 그가 강하게 물었다. "메리한테는 이렇게 달라붙어 있지 않으면서 말이야."

"이것 봐, 메리는 가족의 애완동물이잖아." 그녀의 목소리에는 날 선 쓰라림이 묻어 있었다.

"오늘 메리는 어디 있어? 또 아파?"

질이 고개를 끄덕였다.

"그 말은," 스파이크가 끼어들었다. "우리를 떼어 놓으려는 당신의 사악한 계획에 운명이 놀아나고 있다는 거군요."

"어머, 아니죠." 질이 가볍게 대답했다. "나라면 그런 걸 운명이라고 하지 않을걸요." 그리고 그녀는 어떤 비밀스러운 농담이라도 즐기는 듯 웃었다.

3

현장을 목격하다

달이 검은 구름 귀퉁이로 흘러 들어가고, 이는 바람에 도로변 키 큰 풀들이 이리저리 휘청이며 윙윙 불길한 울음을 울었다. 서쪽에서는 지그재그로 번쩍이는 불빛 사이로 검고 육중한 구름 덩어리가 우르릉거리며 굴러갔다. 폭풍이 다가오고 있었다.

스파이크는 금방이라도 닥쳐올 것 같은 비가 차에 들이치지 않도록 창문과 문이 꽉 닫힌 것을 확인하기 위해 길에 멈춰 선 차를 마지막으로 보고 돌아가는 길이었다. 그는 도로에서 샤론 저택으로 이어지는 오솔길을 어슬렁어슬렁 걸어갔다.

다가오는 폭풍에 전혀 아랑곳하지 않는 모습으로 그는 담배를 입에 물고 천천히 길을 따라 걸으며 그날 있었던 일들을 돌이켜 생각해보았다. 그녀가 등장하기 전까지는 돌이켜 생각해볼 거리가 전혀 없었다. 그 젊은 여자는 당당한 아름다움을 지녔지만, 성질은 더러울 것 같았다. 그렇다 하더라도…. 그는 생각을 멈추고 거센 바람 속으로 담배 연기를 구름처럼 피워 올렸다. 그렇다 하더라도 그녀에게는 뭔가 어찌할 수 없는 매력이 있었다. 때로는 너무 쾌활하고, 즐겁고, 상냥했다가 다음 순간 너무나 매섭고, 반항적이고, 뭔가가 — 그건 증오였을까? — 넘쳐났다. 궁금한 일이었다.

그를 그곳에 머물게 한 건 그 점이었다. 평범한 상황에서라면 그는 숲에서 자거나 건초더미를 찾아보는 쪽을 택하지, 자신을 반기지 않는 것이 확연한 곳으로 무단히 들어가지 않았을 것이다. 그러나 거기에는 그의 호기심을 자극하는 아주 흥미로운 뭔가가, 지탄받을 행동을 꺼리는 마음을 제쳐놓게 만드는 전체적으로 이상한 뭔가가 있었다.

노인도 이상했고 차도 이상했고 저녁 식사는 더 이상했다. 그는 그 기억을 떠올리면서 다시 잠시 멈춰 서서 담배꽁초를 땅에 버렸다. 빗방울이 갑자기 이마를 때렸지만 그는 아랑곳하지 않고 양손을 주머니에 꽂은 채 계속해서 어슬렁어슬렁 걸어갔다.

질이 이상했던 점은… 저녁 식사 자리에 없었다던 것이다. "몸이 좋지 않답니다." 그가 목욕과 면도를 하고 그 큰 저택에 다시 갔을 때 미스 윌슨은 그렇게 말했다. 30분 전에 그녀는 몸도, 마음도 극히 건강해 보였었다.

페더스톤이라는 사람은 왠지 낯이 익었다. … 전에 어디선가 본 듯한….

기묘한 저녁 식사였다. 노인은 북방의 구비 설화에 관해, 지역의 전설이나 그 비슷한 뭔가에 관해 계속 말하고 또 말했지만 정말로 북방의 구비 설화에 관심이 있는 것이 아니라 머릿속에 처음 떠오른 별 탈 없을 주제로 침묵을 막으려는 것만 같았다.

그 순간 빗방울이 거세게 후드득 몰아치는 바람에 그의 사념은 끝이 나고 말았다. 뒤이어 천둥이 울렸다. 그는 앞으로 가야 할 여전히 먼 거리를 걱정스럽게 한 번 보고는 샤론의 저택 끝에 있는 별채에 얼른 도달하려고 발걸음을 재촉했다. 그러나 그가 잔디 끝에 이르렀을 때 본격적으로 폭풍이 몰아치기 시작하여 강풍을 동반한 비가 내리쳤다. 그는 도저히 별채까지 갈 수가 없었다.

그는 샤론의 저택 양쪽을 둘러싸고 있는 베란다 계단 위로 한 달음에 뛰어올랐다. 비를 피하기에 고마운 장소였다. 최악의 상황이 끝날 때까지 잠시 여기서 머물렀다가 별채로 넘어갈 생각이었다. 번쩍이는 번개 속에서 그는 손목시계를 내려다봤다. 1시 10분 전이었다.

그가 담뱃갑을 꺼내 막 담배 한 개비를 집어 올리려는데 등 뒤에서 불이 켜졌다. 거실의 불이었다. 어쨌건 누군가 일어난 것이다. 그는 그들이 모두 잠들어 있을 거라 생각했었다. 그가 차로 내려갔던 때인 몇 분 전에는 집 안이 아주 캄캄했었으니까. 그렇다면, 이제 집 안으로 들어가서 비가 그칠 때까지 누구든 깨어 있는 사람과 함께 시간을 보내면 될 것 같았다. 질을 제외하면 그 집의 누구라도 한밤을 즐겁게 같이 보낼 만한 사람이라는 생각은 들지 않았지만, 그래도 —

넓은 거실 안쪽이 눈에 들어온 순간, 그는 문턱에서 뒤로 몸을 확 젖히고 말았다. 세 사람 — 잠옷에 슬리퍼 차림의 페더스톤과 파란색 기다란 가운을 걸친 미스 윌슨, 그리고 그들 사이에 질 — 이 있었다. 질은 난초가 그려진 희끄무레한 원피스 잠옷을 입고 그 위에 복슬복슬한 하얀 가운을 걸치고 있었다.

"맙소사!" 그것은 거칠고 떨리는 페더스톤의 목소리였다. 질의 팔을 움켜쥔 미스 윌슨의 손은 떨리고 있었고 얼굴은 섬뜩했다.

그러나 그를 사로잡은 것은 질의 표정이었다. 승리에 취한 의기양양한 표정이었다. 그리고 그녀는 그 표정에 걸맞은 흥미진진한 목소리로 말했다. 열정적으로 토해내는 그 말들을 듣자 오싹한 전율이 그의 몸속으로 서서히 흘러내렸다. 그의 눈 한쪽 옆으로 다른 방에서 새어 나온 불빛이 언뜻 보였다. 곧 보게 될 장면이 두렵기라도 한 듯이 그는 천천히 고개를 왼쪽으로 돌렸다.

아치형 출입구를 통해 그의 눈에 보인 것은 대자로 누워 있는 사람이었다. 팔은 집게발 같은 모양으로 밖으로 힘없이 뻗어 있었다. 왼쪽 가슴 위에 작고 어두운 얼룩이 보였고 몸 옆에는 번쩍이는 칼이 있었다. 그것은 샤론 박사였다.

그는 거기서 눈을 떼지 못하고 몸은 마비된 채 한동안 그대로 서 있기만 했다. 잠시 후 그는 방충 문을 휙 열고 방 안으로 뛰어들었다. 그가 들어오는 소리에 세 사람은 꼭두각시 인형들처럼 움찔했다. 페더스톤과 미스 윌슨의 눈은 공포로 휘둥그레졌다.

스파이크는 그의 왼쪽에 있는 문을 향해 움직였다. 그 문을 통해 그의 눈에 쓰러진 몸이 보였다. 하지만 그가 두 걸음도 채 가기 전에 페더스톤이 그의 앞을 막아섰다.

"도대체 여기서 뭘 하고 있는 겁니까?" 그는 난폭하게 고함을 질렀다. "나가요!"

스파이크는 잠깐 걸음을 멈추고 페더스톤을 똑바로 보면서 천천히 말했다. "내 생각에는 경찰에 전화를 해야 할 것 같은데요. 안 그런 —"

'경찰'이라는 말에 필사적인 외침이 들렸다. "안 돼요, 안 돼.

그렇게 해선 안 ㅡ” 그것은 미스 윌슨이었다. “그렇게 해선 안 돼요. 오, 하나님!” 이제 그 여자와 페더스톤이 둘 다 그의 앞에 서서 그를 문 뒤로 밀어냈다. 여자는 공허하게 주먹을 휘둘렀고 남자는 있는 힘을 다 짜내고 있었다.

그는 밖으로 밀려났다. 방충 문이 쾅 닫혔고 그다음으로 육중한 나무 문이 닫혔다. 그리고 열쇠 잠그는 소리가 들렸다.

스파이크는 이번에는 머뭇거리지 않았다. 쏟아지는 빗속을 뚫고서 그는 옆에 있는 별채로 내달렸다. 그는 현관 바로 안쪽에 있는 전화기를 움켜잡았다.

“마을 경찰, 아니면 순경, 아니면 보안관, 누구라도 되는 대로 연결해줘요.” 그는 짤막하게 외쳤다.

4

과도한 칭찬

여름 해 뜰 녘의 어슴푸레한 잿빛 하늘에서 미약한 빛줄기가 방 안으로 스며들어왔다. 방 한가운데 있는 크고 평평한 책상에서 한 남자가 전화기를 붙들고 있었다. 적막 속에서 마치 저 먼 어떤 곳에 닿을 길이라도 찾는 듯 한껏 목청을 돋운, 귀에 거슬리는 목소리였다.

"… 정말 멍청이라고? … 그래. … 바로 그 사람이야. 알았어. … 말을 들으니 살인이 아니라 사교 모임에 어울릴 사람 같군그래. … 음, 신세 많이 졌네, 보안관. … 그럼 이만."

그는 수화기를 내려놓고 잠시 생각에 잠겨 앉아 있었다. 그는 복잡한 머리를 식히려고 이마를 훤히 드러내며 모자를 뒤로 젖혔다. 한참 있다가 그는 일어나서 오른쪽 문으로 가서 문을 열었다.

"모두 자기 방에 있나, 샘?"

방 바로 밖에 앉아 있던 키 크고 말쑥한 젊은 친구가 고개를 끄덕였다. "네, 보안관님. 말씀하신 대로 제가 그들을 모두 들여보냈습니다."

"그럼, 옆집으로 건너가서 낄 데 안 낄 데 못 가리는, 그 잘난 체하는 친구를 데려오게."

몇 분 뒤에 머리는 헝클어지고 잠을 못 자서 눈에는 졸음이 그득한 스파이크가 그렇게 위압적으로 자신을 소환한 남자의 맞은편 의자에 구부정하게 앉았다.

"이 주위에서 뭘 하고 있는 건가, 젊은 친구?" 그 질문자는 불필요한 인사 따위를 하느라 시간을 낭비하는 일은 하지 않았다.

"아무것도, 진짜 아무것도요. 지난주에 급한 볼일이 있어 몬트리올로 차를 몰고 갔다가 돌아오는 길에 여기 버몬트 언덕을 빙 둘러 가고 있었어요. 별다른 이유가 있었던 건 아니고, 시골이 나를 부르는 것 같았다고나 할까요. 근데 어제 오후 4시쯤 차가 고장이 나는 바람에 밤에 여기 묵게 된 겁니다."

"글쎄, 내가 보기에 자네는 지나칠 정도로 지리에 밝은 것 같은데." 에브라임 실콕스는 의자를 뒤로 젖혀 뒤쪽 다리 두 개로만 지탱시키고는 능숙하게 침을 뱉었다. 담배 개비같이 나약한 요즘 분위기에 잠식되지 않은 정력의 소유자가 뱉어낸 빠르고 짙은 유량은 그가 계산한 방향으로 정확하게 떨어졌다. 몸집이 작고 몽땅한 그 남자는 별다른 특징 없는 인물이었다. 그런데도 좀 희한하게 영민하고 지략이 풍부하다는 느낌을 풍겼다. 그는 앞에 있는 젊은 남자를 쳐다봤다. 입을 꽉 다물고 있어 입가에는 주름이 선명했다.

"지나칠 정도로 밝죠." 그는 강조할 요량으로 같은 말을 반복했다. "그러니까 주변 사람들이 다 죽어가는데 여전히 살아 있는 것으로 보아 내가 그냥 어떤 남자가 아니라 수상쩍은 사람이라는 뜻인가요?"

"정확히 그렇네."

"제발 그만!" 스파이크는 짜증스럽게 항의하며 손을 들어 올렸다. "당신이 '정확히 그렇네.'라고 할 때 정확히 그런 식으로 말하는 형이 생각나거든요. 그건 형이 언짢을 때 제일 잘 쓰는 표현이죠."

"그런데 자네는 대체 왜 내가 언짢지 않다고 생각하는 거지?"

스파이크가 빙그레 웃었다. "당신은 언짢지 않아요. 왜냐하면 그럴 수 없으니까요. 오히려 당신은 좋아 죽을 지경이겠죠."

"무슨 근거로 내가 좋아 죽을 지경이라는 거지?"

"왜냐하면 이 심심한 곳에서 지독하게 단조로운 일상을 깨뜨리는 어떤 일이 드디어 일어났으니까요. 진짜 살인 사건이 코앞에서 일어났다는 생각에 당신은 첫사랑이 생긴 소녀처럼 흥분해 있는 거죠.

한 번씩 취객들을 다루는 것 말고는 잠재력을 발휘할 일이라곤 없는 외딴 벽지 대다수 보안관과 마찬가지로, 당신은 자기가 마음이 답답해진 파일로 밴스,* 실의에 찬 손다이크,** 범죄에 물들지 않은 세상의 스페이드,*** 혹은 피터 윔지 경이라고**** 생각하

---

* 1920년대와 1930년대에 S.S. 반 다인이 쓴 12편의 추리소설에 등장하는 아마추어 탐정

** 영국의 추리 소설가 R. 오스틴 프리먼이 쓴 21편의 소설과 40편의 단편에 등장하는 탐정

*** 미국의 소설가 대실 해밋의 <몰타의 매> 및 다른 네 편의 단편에 나오는 주인공이자 아마추어 탐정

**** 영국의 추리 소설가 도로시 L. 세이어스 소설의 주인공인 영국 신사 탐정

고 있죠. 추리소설 읽으시잖아요?"

"지난 30년간 <콜빌 주보>와 추리소설 말고는 읽은 게 없지."

"그럴 거라 생각했어요. 당신은 아마도 관할 지역 주민들이 방화와 협박, 강간, 유괴, 그리고 살인 취향을 갖고 있다면 삶이 얼마나 달콤할까 생각하며 시간을 보내겠죠. 당신은 틀림없이 —"

실콕스는 항변하듯 손을 들었는데 순간적으로 이 젊은 남자의 미소가 전염되어 가는 게 아닌가 싶었다. 그러나 보안관은 재빨리 그렇게 되지 않도록 억제했다. 하지만 그의 양 눈꼬리에 웃음이 감도는 걸 막을 수는 없었다. 작고 깊은 파란 눈에는 유쾌함과 진지함이 동시에 담길 수 있는 것 같았다.

"뭐," 그가 시인했다. "짐작건대 자네는 내가 어떤 사람인지 제대로 아는 것 같군. 하긴 —" 그는 말을 멈추고는 흡족한 듯침을 뱉었다. "하긴, 나도 자네를 알지."

"정말요? 정말 재미있네요!"

"그래, 분명 자네가 어떤 인간인지 알지. 자네는 돌아다니면서 자기와는 아무 상관도 없는 일에 참견하고, 부르지도 않은 곳에 불쑥 끼어들고, 자기 일 대신 다른 사람들의 일에 신경 쓰고, 결국에는 정답을 찾아내지만, 그렇다고 해서 내가 거론할 만한 사람들 사이에서 명성은 조금도 높아지지 않는, 그런 유형의 젊은 친구인 거지."

스파이크는 냉정해졌다. "보안관, 저에 대한 그렇게 과도한 칭찬은 어디서 주워들으신 겁니까?"

"전화로. 지금 막 뉴욕에 장거리 전화를 했지. 어떤 보안관에게."

스파이크는 고개를 뒤로 젖히고 알겠다는 듯 웃었다. "뉴욕시 살인 사건 전담반의 허쉬만 경위로군요."

"맞아, 그 친구네. 자네 이름을 어디서 들었다 싶어서 확인해 봤지. 거기 보안관은 자네가 지독하게 멍청한 바보라고 하더군. 하지만 살인이 일어나면 자네가 피살자나 살인자가 아닌 한 문제를 해결할 거라고."

"내가 피살자가 아닌 건 틀림없잖아요, 보안관."

"그래, 그건 다툼의 여지가 없지. 하지만 살인자라면 어떨까?"

"당신의 관점에서 보면 그건 물론 의심할 여지가 있겠죠."

"음, 자네가 범인이라면 자넨 바보같이 실수한 거야. 내가 범인을 찾아낼 예정이니까 말이야. 하지만 그동안 —" 그 작은 남자는 자리에서 일어나서 당혹감에 눌린 듯 눈살을 찌푸린 채 몇 분 동안 왔다 갔다 했다. "그동안은," 그가 말을 이었다. "자네를 나머지 사람들과 함께 주요 참고인으로 여기 있게 하겠네. 그리고 자네를 특별 보안관보로 임명하겠어. 이건 늘 벌어지는 일이 아니야. 하지만 도대체 누구의 짓이란 말이지? 자, 이제 일에 착수해 봐."

5

이상한 가족 구성

실콕스 보안관이 스파이크가 페더스톤의 별채에서 연결을 요청한 전화를 받는 데까지는 45분 이상의 시간이 걸렸다. 제대로 움직이지도 않는 고물차를 몰고 아들인 비벌리와 함께 샤론 저택에 도착했을 때 그들은 둘 다 서둘러 옷을 입은 품새에 숨을 헐떡이며 흥분한 상태였다.

그날 밤은 혼란의 연속으로서 거의 난리법석이었다. 무명의 시골 보안관이 경찰 생활에서 유일하게 맞은 살인 사건을 상대하고 있는 것이었다. 그를 도울 정밀한 범죄 추적 장치 같은 것은 전혀 없었다. 수하로 부릴 경관들도 전혀 없었다. 사진사도, 지문 전문가도, 검시관도 없었다.

아들인 비벌리, 그리고 너무 협조적이어서 오히려 혐의에서 전적으로 벗어날 수 없는 한 젊은이만이 있을 뿐이었다. 게다가 집안의 모든 이들은 망연자실한 채 공포에 휩싸여 있었다.

이런 상황에서 실콕스 보안관이 행한 절차는 매우 칭찬받을 만했다. 추리소설을 읽은 것이 헛되지 않았던 것이다. 그는 비벌리를 즉시 마을로 보내 의사인 브로스켈튼과 아직 잠에 취해 어리둥절한 몇몇 마을 사람들에게 지원을 요청했다. 마을 사람들이 황급히 보안관보 선서를 하자 보안관은 침착하게 건물 주변에 '저지선'을 쳤다.

브로스켈튼은 밤새 시골로 왕진 나가 있었기에 곧바로 올 수가 없었다. 지금 실콕스는 샤론 박사의 시신이 여전히 누워 있는 침실에 연결된 방에서 스파이크와 얘기를 하면서 그가 도착하기를 기다리고 있었다.

실콕스는 편안한 각도로 의자를 뒤로 젖힌 채 커다란 핫도그로 배를 든든히 하면서 조끼 주머니에서 몇 장의 종이를 꺼냈다.

"우리가 어느 지점에 있는지를 아는 게 착수 방식으로는 최상이겠지." 그가 말했다. "그러니까, 여기가 우리가 바로 지금 있는 지점이야."

그가 그린 지도는 시신이 발견된 지점에 반드시 있어야 할 그 X 표시를 해 놓은 엉성한 것이었지만 쓸모는 있었다. 스파이크는 잠시 그 지도를 유심히 관찰하고 방들의 위치와 그 방을 쓰고 있는 사람들에 주목했다.

"하인이 두 사람 있어." 실콕스가 설명했다. "정원사이자 운전사인 헨리 욘슨과 가정부인 그의 아내야. 그녀는 영어를 못해. 덴마크인이고."

"여기 사시니까, 당신은 이 가족을 꽤 잘 알 것 같은데요." 스파이크가 말했다.

"아니, 그렇다고는 말 못 하겠군그래. 이 사람들은 여기 온 지 얼마 안 됐고 좀 거만하거든. 그 질이라는 여자만 빼고는 사람들과 거의 어울리지 않는다네."

"이 사람들에 대해 알고 계시는 걸 말씀해 주시죠."

"말할 게 별로 많지는 않네. 이곳에는 이렇게 집이 두 채 있지. 이 큰 저택과 옆에 있는 작은 집 하나인데, 작은 집은 뉴욕에서 온 어떤 가족 소유였어. 그 사람들이 여기서 여름을 보내곤 했지만 7, 8년 전에 이사를 나간 후로는 계속 비어 있었네. 얼마 전에 내가 듣기로는 그들이 경제적으로 쪼들려서 악성 부채 청산용으로 그 별채가 페더스톤이라는 친구에게 넘어갔다더군."

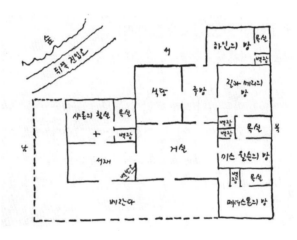

"음, 8개월쯤 전인 지난 9월인가 10월에 이 샤론 박사가 이곳에 나타나서 큰 저택을 둘러보고는 원래 주인에게서 그걸 사게 돼. 그리고 며칠 후 가구 몇 개와 하인 두 사람, 그리고 간호사와 메리라는 젊은 여자를 데리고 다시 돌아오네. 그 여자는 그의 가족은 아니야. 그는 단지 후견인인 셈이지. 그리고 그 간호사는 노인을 돌보고 있었어. 그는 무슨 중병을 앓고 있는 것 같았어."

"질은 어때요?"

"그녀는 메리와 쌍둥이야. 그녀는 좀 더 나중에 왔어. 내가 기억하는 한 그들이 기차에서 내리던 첫날 그녀는 그들과 함께 있지 않았어. 내가 그들이 오는 걸 보려고 역까지 직접 내려갔었거든. 나는 보안관으로서 그들이 콜빌에 온 것을 환영하고 고향같이 느끼도록 해주는 게 의무라고 여겼던 거지. 그래서 그들이 여기 온 다음 날 나는 마을에서 이곳까지 올라왔어. 그때가 내가 처음이자 마지막으로 올라왔던 때야."

실콕스가 의자를 제자리로 내리면서 쿵 하고 성난 소리가 났다.

"그들이 썩 따뜻하게 대하지 않았나 보죠?"

"난 얼음물을 흠뻑 뒤집어쓴 것 같았어. 그런데 정중하게 뒤집어썼다고나 할까. 그게 최악이었지. 그 노인은 대단히 정중했지만 내가 불청객이라는 사실을 깨닫는 건 그리 오래 걸리지 않았어.

나중에 마을의 몇몇 다른 사람들이 친해져 보려고 했지만 소용없는 일이었지. 그래서 우리는 그들을 그냥 내버려 두기로 한 거야. 그들은 우리와 어울리지 않았고, 그래서 우리도 그들과 어우러지지 않았던 거지." 그는 말을 멈추고 자기가 만든 말장난이 흡족한 듯 웃었다.

"추수감사절인가 크리스마스 무렵에 메리라는 여자가 심한 맹장염에 걸려 그 박사와 미스 윌슨이 그녀를 수술시키려 벌링턴으로 데려갔어."

"질은 하인들과 함께 여기 두고요?"

실콕스는 고개를 끄덕였다. "나는 푸대접을 받았다고 원한을 품는 사람이 아니거든. 그래서 그들이 거만한 태도를 보였음에도 그들이 떠나던 날 밤에 기차까지 가서 그 간호사와 헨리가 들 것을 기차로 올리는 것을 도왔어. 헨리는 여기로 돌아왔고 간호사와 노인은 메리와 함께 갔지.

그들은 한 달쯤 뒤에 돌아왔는데 메리는 아주 창백한 모습이었어. 그 뒤로 그들은 계속 여기 있었지. 그 운전사라는 헨리 말이야. 그가 벌링턴으로 모든 걸 사러 다니고 있어. 추측건대 그들은 콜빌에 있는 가게들은 자기들 수준에 맞지 않다고 생각하는 거지. 그가 일주일에 한 번꼴로 포드 트럭을 몰고 나가. 차로 여기서 세 시간밖에 안 걸리거든.

어쩌다 한 번씩 그 노인과 간호사, 그리고 두 여자 중 한 명, 어떤 때는 질이고 또 어떤 때는 메리가 대형 승용차를 타고 외출하지만 대부분은 바로 근처에 머물지. 최근에는 그 노인이 직접 벌링턴까지 몇 차례 갔다 오기도 했어. 그렇지만 그는 끔찍이도 허약한 것 같아."

스파이크는 뒤로 몸을 기대고 보안관이 들려준 이야기를 곱씹는 듯했다. 마침내 그가 말했다. "말씀하신 내용 대부분은 믿음이 가지만, 질은 침울하고 자족적인 이 집안의 그림과 어울리지 않는다는 느낌이 드는군요. 전 그녀가 거만하다는 인상은 받지 않았어요. 그녀는 색기 넘치는 불여우와 아주 착한 천사가 기묘하게 섞인 것 같았어요. 그리고 바지만 걸쳤다면 누구하고

라도 사귀려고 하는 것 같기도 하고요."

율동적으로 움직이던 실콕스의 턱이 움직임을 멈추더니 그가 재빨리 스파이크를 쳐다봤다. "나도 그 비슷한 생각이 들더군." 그가 건조하게 말했다.

스파이크는 웃음을 터트렸다. "그 어린 악녀가 당신에게도 수작을 걸었던 거예요?"

"아니. 그녀는 마흔 넘은 사람한테는 선을 긋는다네. 하지만 그런 점 외에는 난 그녀가 특별히 이상하다고는 생각지 않아. 만일 그녀가 그렇다면 ―" 그는 말을 멈추더니 역겨운 듯 침을 뱉었다. "만일 그렇다면, 그녀는 내 아들과 어울려 다니지 않았을 거야."

"보안관, 아버지로서의 근시안에 구속되면 절대 안 됩니다."

"뭐라고?" 실콕스가 말을 멎었다. 그의 입술은 약간 당황스러운 듯 닫혀 있었다. 그러더니 마치 '원한다면 네가 책에서 배운 지식을 어디 한 번 과시해보시지.'라고 말하는 듯 어깨를 으쓱한 다음 계속해서 말했다.

"내가 말하고 있던 것처럼, 비벌리는 성정이 착하고 교육도 잘 받은 녀석이지만 바보 같은 짓을 하거나 망할 짓을 할, 딱 그런 나이라네. 그리고 어쩌면 차라리 그런 짓을 저지르고 나서 그걸 극복하는 게 나을지도 모르지. 비록 그 애 엄마나 나는 누군가 다른 사람과 어울린다면 아주 좋겠지만 말일세."

"하지만 이곳 사람들이 그렇게 거만하다면 비벌리는 어떻게 그녀를 만난 거죠?"

"대학에서 집으로 돌아오는 기차에서 그 애가 그녀를 꼬신 거야. 그녀는 어디서 돌아오고 있었냐면 —"

"아뇨, 아니죠, 보안관." 스파이크가 반박했다. "저라면 그녀가 그를 꼬셨다는 데 돈을 걸겠습니다."

"글쎄, 어쨌건 그 애는 집에 돌아온 지난달부터 병든 송아지처럼 굴고 있네. 최악인 건 뭐냐면, 그 애가 그녀를 본 건 겨우 두세 번이 전부라는 거지. 한 번은 그때 그 기차에서, 그리고 한두 번 그냥 산책을 한 게 다야. 그들은 여기 있는 나머지 사람들처럼 그녀를 가둬 놓으려고 하는 것 같더군. 그렇지만 어쩌다 한 번씩 그녀는 그들을 따돌리곤 했지. 그녀는 두세 번 벌링턴으로 달아나서 잠시 머무른 적도 있어."

"비벌리는 여기 다른 사람들은 좀 아나요?"

"그냥 만난 적이 있어. 그게 다야. 질을 제외하면 그들은 모두 그 애를 냉랭하게 대했지만, 그 애는 그런 걸 알 만큼 예민하지 않아. 그 애는 그녀를 만날 생각을 하면서 여기 길 주변을 계속 어슬렁거리고 있는 거야."

"다른 한 명, 메리는 어떻죠?"

"다른 사람들과 똑같네. 집에 있는 사람들 말고는 누구와도 어울리지 않네."

"하지만 페더스톤은 어떻게 어울리게 된 거죠?"

"아, 그렇지. 그를 잊고 있었군. 메리가 병원에서 돌아온 이후 한 달쯤 지났을 때 그가 이곳으로 이사해 왔네. 내가 이해하기로는 그는 돈에 대해서는 생각을 상당히 접은 것 같더군. 그리고 이곳이 그에게 남겨진 전 재산이어서 이곳으로 살러 오게 된 거지. 달리 갈 곳이 없었으니까.

그는 노마 베이커라는, 이 마을 젊은 처자를 요리사로 고용했는데, 그 처자 말로는 샤론 노인과 여기 사람들이 처음에는 그에게도 똑같이 차갑게 대했다고 해. 그가 이사 왔을 때 그들은 왠지 굉장히 무서워하는 것 같았어. 그러다가 그가 그들과 상당히 자주 만나기 시작하더니 갑자기 노마에게 한 달 치 임금을 선급으로 주고는 그녀를 해고해버렸어. 그 후, 페더스톤은 여기서 샤론 박사네 사람들과 함께 밥을 먹기 시작했고 그때부터 한 가족처럼 돈독하게 지낸 걸로 알고 있네."

"그 노마라는 사람과 얘기해볼 수 있을까요?"

실콕스는 미심쩍어하는 것 같았으나 입꼬리는 재미있다는 듯 올라가 있었다. "그건 전적으로 자네가 얼마나 기민하게 상황에 대처하는가에 달려있어. 그녀가 순조롭게 입을 여는 순간 자네는 그녀가 숨을 고를 때가 아니면 끼어들 틈도 없을 거야."

"무슨 말인지 알겠네요. 그렇다면 그녀는 최후의 보루로 남겨두고 피해 가야겠군요." 스파이크가 작전을 바꾸며 말을 이어갔다. "이 사람들, 페더스톤이나 샤론 노인, 혹은 그들 중 다른 누구에게든지 찾아온 손님이 있었나요?"

실콕스는 고개를 저었다. "내가 아는 한은 없네. 메리가 수술받은 벌링턴에서 온 의사를 제외하고는 아무도 없어. 그 의사는 크리스마스 이후 그녀의 상태가 어떤지 보려고 두세 차례 왔지."

"의사, 박사 얘기가 나왔으니 말인데요, 샤론은 무슨 박사였죠?"

"그는 목사라네. 감리교였던 것 같아. 예전에 뉴욕주 아래쪽 어디선가 대형 교회를 하고 있었는데 너무 연로하고 병들어서 그만둔 것으로 알고 있어."

두 사람은 잠깐 말없이 앉아 있었다. 스파이크는 자기 신발 끝을 바라보며 생각에 잠겼고 실콕스는 미간에 의문의 주름을 짓고 있었다. 결국 그가 주저하며 말했다.

"벌링턴에서 사람을 좀 오게 해야 하지 않을까? 그중 몇몇은 전문가들로 말일세."

"지문과 사진 전문가, 그리고 형사들 말인가요?"

실콕스는 고개를 끄덕였다. 스파이크는 그 제안을 고려해보았다. 그러더니 천천히 고개를 저었다. "아뇨, 보안관. 내 생각으로는 전문가들이 크게 도움이 될 것 같지 않습니다. 수많은 추리소설을 읽으셨으니, 수사본부에서 나온 중후한 형사들의 코를 납작하게 만드는 건 결국 무모하고 서툰 아마추어 초보자라는 걸 분명 깨달으셨을 텐데요?

그렇긴 해도 정말 아쉬운 게 하나 있기는 해요. 그런 아마추어는 공책을 갖고 다닌다는 거죠. 하지만 아마 대용품을 써도 될 겁니다."

그는 코트 안주머니에서 적갈색 작은 가죽 수첩을 꺼냈다. 휘갈겨 쓴 주소 몇 개를 빼면 나머지는 다 빈 페이지들이었는데, 몇 분 동안 그는 거기에 뭔가를 써넣었다.

"그리고 지문 전문가의 경우," 그가 연필을 내려놓으면서 마지막으로 말했다. "이 사건에는 별 쓸모가 없을 거라는 느낌이 드는군요. 우리에게 유용할 만한 지문들은 싹 다 지워지고 없거든요."

"뭐라고?" 실콕스는 놀라서 눈썹을 움찔했다. "그게 무슨 말인가?"

"그게 그러니까, 보안관이 나를 너무 의심한 나머지 별채에 서둘러 가두고 엄중하게 경비를 세우는 바람에 모든 걸 말씀드릴 기회가 없었는데요. 정말 폭로할 만한 일이 있었답니다."

"음, 이제는 자네를 막을 일은 없을 걸세."

"그게 어찌 된 일인가 하면요. 난 그 집에서 쫓겨나서 당신에게 전화한 후 손가락을 배배 꼬며 그냥 앉아 있지는 않았단 말이죠. 시체를 한 번 더 보는 게 좋겠다는 생각이 들더군요. 당연히 그 집으로 돌아갈 수는 없었어요. 그래서 빙 돌아서 남쪽 베란다로 가서 침실 창문을 들여다봤어요. 구석에서 재빨리 훔쳐봤기에 내 눈에는 안이 보였지만 들키지는 않았어요. 당신이 여기 도착할 때까지 거기 그대로 있었어요. 나는 누군가 그 시체를 지켜봐야 한다고 생각했던 건데 내가 본 장면은 그 생각이 옳았음을 증명했어요."

감질나게도, 그는 다시 말을 멈췄다. "어서 말하게. 뭘 본 거지?" 실콕스가 초조하게 캐물었다.

"제롬 W. 페더스톤 씨가 방으로 들어와서 방문 안팎 손잡이와 단검 손잡이를 손수건으로 닦는 것을 분명히 목격했습니다.

아마도 그는 지문이 여기저기 남아 있는 난처한 상황을 맞고 싶지 않았던 것 같습니다."

"페더스톤이?" 보안관은 믿을 수 없다는 목소리였다. "페더스톤은 아니야!"

"왜 아니죠? 다른 누군가를 살인자로 확실히 고른 겁니까?"

"**확실히** 고른 건 아니네. 하지만 어젯밤 일어난 어떤 일 때문에 짚이는 데가 있어."

"어떤 일 말씀인가요?"

"그게, 어젯밤에, 아니 어쩌면 오늘 새벽이라고 해야 할 것 같군. 미스 윌슨의 방에서 나오던 페더스톤을 내가 맞닥뜨렸단 말이지. 그는 여기로 이걸 갖고 오고 있던 길이었어." 그는 자리에서 일어나서 방의 북쪽 벽에 있는 작은 벽장으로 갔다. "내가 안전하게 여기 보관해뒀지. 내가 그에게 이걸로 뭘 하고 있었던 거냐고 물었더니 그는 이걸 걸어두려 했다더군. 어디다 걸려고 했냐니까 무슨 말을 해야 할지 몰라 말을 더듬거렸어. 나는 그가 자기 방으로 가서 이걸 태우려고 했다는 걸 파악했지. 거기 벽난로가 있거든. 그에게서 이걸 빼앗았더니 그는 얼굴이 푸르죽죽해졌어."

그것은 복슬복슬 털이 부드러운 하얀 가운이었다. 왼쪽 끄트머리에 묻은 적갈색 얼룩을 제외하면 희디흰 가운이었다.

스파이크는 재빨리 앞으로 손을 뻗어 손가락으로 그 얼룩을 문질렀다. 그리고 실눈을 뜨고 그 얼룩을 봤다.

"피야!" 실콕스는 옛날 옛적 멜로드라마에나 나올 법한 애처로운 억양으로 말했다.

스파이크가 고개를 끄덕였다. "그런 것 같군요. 이 모든 걸 보니 생각나는 게 있습니다." 그가 계속 말했다. "보안관 때문에 내가 어젯밤에 밝혀낼 기회를 잃어버린 어떤 것 말이에요. 거실에 불이 탁 켜졌던 12시 50분에 내가 본 장면이 어떤 건지 아주 간략하게 말씀드렸잖아요. 하지만 그 질이라는 여자가 부드럽고 복슬복슬한 하얀 가운을 입고 있었다는 건 언급하지 못했던 걸로 생각되는군요."

"그러면 그렇지." 실콕스의 목소리가 의기양양해졌다. "내가 보자마자 말했 —"

"하지만 더 중요한 건," 스파이크가 그의 말을 끊었다. "페더스톤과 미스 윌슨 사이에 서 있던 그녀가 한 말이었어요. 그 말 한마디 한마디가 거의 또렷이 기억나요. 듣는 순간 온몸이 서늘해졌으니까요. 그녀는 이렇게 말했습니다. '난 이제 자유야. 그는 절대 나를 질식시키려 하지 못할 거야. 죽었어 — **살해된 거야.**'"

6

신의 도구

실콕스는 잠시 눈만 껌벅거릴 뿐이었다. 그의 작고 푸른 눈은 얼굴에서 거의 튀어나올 지경이었다.

"그녀의 짓이군!" 그가 씩씩대며 말했다.

"그래서 페더스톤이 지문을 지우고 유죄의 증거가 될 붉은 얼룩이 묻은 이 가운을 없애는 것으로 그녀를 보호하려고 하는 거고요." 스파이크가 덧붙였다.

"악독한 년! 게다가 그는 그녀의 후견인이잖아! 자네는 그녀가 왜 그랬다고 생각하나?"

"그를 지독하게 증오하는 것처럼 보였다는 것 말고는 모르겠군요."

"좋아 —" 그러면서 실콕스는 결연하게 일어나서 문 쪽으로 움직였다.

스파이크가 조금 놀라서 쳐다봤다.

"체포하러 가겠네." 보안관이 중요한 선언을 하듯 말했다.

스파이크가 그를 만류하며 그의 팔을 잡았다. "저라면 그러지 않을 겁니다, 아직은요."

"그러니까," 스파이크가 말을 이었다. "너무 빨리 결론으로 비약하는 걸지도 모른다는 말입니다. 먼저 근거를 좀 더 확실히 확인하자는 거죠. 이 집에서 단 한 사람도 빠져나갈 수 없도록 조치를 취하셨을 것으로 생각합니다."

보안관이 고개를 끄덕였다. "집 주위에 사람들을 다 배치했네. 누구라도 도망갈 가능성은 없어."

"그렇다면 우리에게는 시간이 좀 있는 셈이네요. 이제 당신네 브로스켈튼 박사가 와서 시신에 관해 공식적으로 보고할 때까지 시간을 최대한 활용해보죠. 어젯밤에 도착해서 나를 별채로 집어넣은 후에 일어난 일을 최대한 구체적으로 말씀해주세요."

"별 건 없네. 난 생각을 다듬고, 안으로 들어가서 시체를 살펴보고, 비벌리를 보내 지원을 요청하고, 뉴욕에 전화하고, 형세를 좀 파악하는 것 이상을 할 시간이 없었어. 자네를 그곳에 보내고 나서 내가 집 안으로 들어갔을 때 응접실에는 아무도 없었네. 내가 조용히 들어가서 현관문 앞에 잠시 서 있었더니 페더스톤이 그 가운을 들고 미스 윌슨의 방에서 나와서 자기 방으로 가다가 나를 봤어. 난 그에게서 그걸 빼앗고 나왔던 방으로 그를 다시 돌려보냈네.

그런 다음 나는 주방으로 갔어. 잠옷 바람의 헨리와 그의 외국인 아내가 정말 괴이한 모습으로 거기 있었어. 페더스톤과 미스 윌슨은 메리와 질의 방에 있었고, 내가 그들 모두를 응접실로 오라고 했더니 메리를 제외하고는 모두가 왔어.

미스 윌슨 말로는 메리는 몸 상태가 말이 아니고, 일어난 사건 때문에 끔찍이도 신경이 곤두서서 누구와 말을 나눌 상태가 아니라는 거였어. 의사에게 진료받도록 그녀를 바로 벌링턴으로 보내려고 안달이었어. 하지만 나는 브로스켈튼 박사를 이미 불렀다고 그녀에게 말했지. 그녀와 페더스톤은 그 말을 듣고 야단법석을 떨었어. 브로스켈튼 박사는 그들이 데리고 가려는 그런 병원 의사라고 생각하면 되네.

어쨌거나 나는 비벌리가 지원 인력을 데리고 올 때까지 감시를 계속할 수 있도록 그들을 모두 응접실에 모여 있게 하고 집 주위에 경비를 세웠어. 그런 다음 —"

"잠깐만요, 보안관." 스파이크가 말을 가로막았다. "그들의 태도는 전반적으로 어땠나요?"

"글쎄, 헨리는 꼭 텅 빈 벽 같았어. 페더스톤과 미스 윌슨은 뭣 때문인지 땀을 뻘뻘 흘리며 아주 겁에 질려 있었고. 요리사도 역시 아주 겁을 먹고 있었지만, 그녀는 영어를 못하니까 무슨 일이 벌어지고 있는지 알지 못했어. 하지만 그 질은 —" 실콕스는 감탄과 역겨움이 교차하는 표정으로 말을 중단했다. "그 질은 아주 침착한 척하면서 담배를 피우고... 그리고 웃었어."

스파이크는 고개를 끄덕였다. "원래 성격이 나온 것 같은데요. 그다음에는요?"

"음, 그 후에 난 그들을 전부 각자의 방으로 보냈고 거기 그대로 있으라고 했네. 메리가 아팠기 때문에 미스 윌슨은 자기 방이 아니라 그 방으로 보냈고 말이야. 그리고 나는 응접실과 주방에 경비를 세워 그들이 그대로 있는지 지켜보게 했어."

실콕스가 장황한 설명을 다 끝마쳐가자 스파이크는 작은 적 갈색 수첩을 앞으로 꺼내 몇 가지를 서둘러 쓱쓱 적어 넣었다.

"줬으면 받아야 공평한 법이지." 보안관이 그를 일깨웠다. "이제 자네가 살해 현장을 맞닥뜨리기 전까지 어제저녁에 여기서 일어난 모든 일을 내게 말해주게."

스파이크는 질과 만나게 된 일, 그리고 그가 그 가족과 차를 마시기 직전에 그녀가 했던 이상한 말들을 설명했다.

"저녁 식사 후에 미스 윌슨은 자기 방으로 갔고 샤론과 페더스톤, 그리고 난 베란다로 나갔습니다. 확실하진 않지만, 9시 30분쯤에 샤론이 먼저 자리를 뜨겠다며 양해를 구했어요. 그리고 한 시간쯤 뒤에 페더스톤이 나를 별채로 안내한 후 이 집으로 돌아왔고요. 그의 방은 15분 내지 20분 정도 불이 켜져 있다가 꺼졌습니다."

"그러니까 자네 말은 11시, 혹은 그보다 조금 뒤에는 자네를 제외한 모든 사람이 잠자리에 들었다는 건가?"

"나만 빼고요. 난 잠이 오지 않아서 빈둥거리다가 폭풍이 오는 것에 대비하려고 얼른 내 차로 내려갔습니다. 돌아와서 살인이 일어난 것을 알게 된 게 12시 50분이었고요."

그는 말을 끝마치면서 그 작은 적갈색 가죽 수첩에 마지막으로 뭔가를 적고는 수첩을 덮고 자리에서 일어섰다.

"으레 하는 일을 해보죠. 사체를 보고 이 일대를 둘러보는 일 말입니다." 그는 이렇게 말하면서 자신들이 앉아 있던 방을 눈으로 천천히 둘러보았다. 천장이 낮은 쾌적한 방에는 오래된 마호가니 가구의 따뜻하고 붉은 기운이 가득했다. 창문에는 풍성한 양단 커튼이 드리워져 있고 벽에는 책들이 일렬로 놓여 있었다.

그는 이리저리 둘러보면서 빈번히 멈춰 서서 역사, 철학, 종교학, 디킨스와 새커리 등의 책 제목들을 쳐다봤다. "서재에 있는 책을 보면 그 사람이 어떤 사람인지 짐작되는 경우가 많죠." 책한 권을 빼서 표지를 힐끗 보면서 그가 말했다.

두 사람은 서재에서 샤론 박사의 시신이 있는 침실로 들어갔다. 스파이크가 전날 밤에 잠깐 봤던 모습 그대로였다.

그들은 탄력과 표정을 잃은, 죽음이 각인된 고요한 얼굴을 내려다보았다. 노인은 코트와 넥타이, 그리고 신발을 제외하고는 옷을 다 갖춰 입고 있었다. 아마도 막 잠옷 가운을 입고 슬리퍼를 신고 난 후 단검이 심장을 관통한 것 같았다.

칼은 그의 바로 옆에 놓여 있었는데, 막 떠오른 햇빛이 기이하게 조각된 손잡이에 꽂혀 반사되면서 마치 악마가 사악한 장난이라도 치는 것 같은 장면을 연출하고 있었다. 실콕스는 손수건으로 그 손잡이를 조심스럽게 감싸서 나중에 쓸 수 있도록 보관해두었다.

스파이크는 잠시 시신을 내려다보며 그대로 서서 옷과 자세를 하나하나 꼼꼼하게 머릿속에 입력했다. 그러고는 조심조심 아래로 몸을 기울여서 왼손을 들어 올려 소맷동을 걷어보았다. 뼈가 앙상한 가느다란 손목에는 가죽 줄이 달린 손목시계가 있었는데 유리는 깨지고 시곗바늘은 11시 40분에 멎어 있었다.

실콕스는 흡족해하며 끙하는 소리를 냈다. "그게 다가 아니야." 그가 말했다. "이게 보이나?" 그는 몸을 기울여 샤론의 두 손바닥을 바닥을 향해 놓았다. "알아채겠나?"

스파이크가 고개를 끄덕였다. "오른손 손톱 밑에는 흙이 있는데 왼손에는 없군요."

"바로 그렇네. 그는 한쪽 손의 손톱을 다 정돈하고 다른 쪽 손을 시작하기 전에 살해된 거야. 그게 대략 12시 20분 전이고."

스파이크는 생각에 잠겨 잠깐 가만히 있었다. "하지만 그는 페더스톤과 저를 두고 나갔던 9시 30분부터 12시 20분 전까지 뭘 하고 있었던 걸까요? 그는 자러 간다고 했습니다. 넥타이와 코트, 그리고 신발을 벗고, 잠옷 가운을 입고, 한쪽 손의 손톱을 정돈하는 데 두 시간이 걸렸을 리는 없는데 말이죠."

"앉아서 책을 읽고 있었을지도 모르지."

"그럴지도 모르죠." 스파이크는 그 말에 동의했지만 확실히 믿는 느낌은 아니었다.

그는 부러질 듯 약한 양손을 원래 있었던 위치로 다시 돌려놓고는 시계를 빼서 손에 들고 잠깐 무게를 가늠했다. "이건 보관해 두시는 게 좋겠습니다." 그는 실콕스에게 시계를 건네며 말했다. 그런 다음 그는 돌아서서 방 안을 탐색했다. 옛 식민지 시대의 침대, 높은 서랍장, 사라사 원단으로 만든 깊은 안락의자, 묵직하고 부드러운 융털 카펫이 있었다. 흐트러진 것 하나 없이 모든 것이 정돈되어 있었다.

그다음으로 그는 세심하고 신경이 많이 쓰이는, 그러나 꼭 필요한 조사를 하나씩 시작했다. 높은 서랍장과 벽장에서는 의류 몇 가지와 종교의식에 관련된 책 몇 권이 나왔다. 서재 벽장에는 하얀 가운 외에 외투와 스웨터, 곰팡이가 핀 긴 장화, 카드가 가득 들어 있는 좁고 기다란 검은 상자, 모자, 그리고 막대 걸레들이 있었다. 아무런 취향 없는 이상한 조합들로 이루어진 평범한 벽장이었다.

방 한가운데 있는 책상 위에는 널찍한 얼룩 방지 패드와 잉크통, 필기구 통, 편지들이 빽빽이 놓인 선반, 우표와 고무줄, 종이 클립들이 든 작은 상자가 있었다. 그는 서랍들을 전부 극히 세심하게 훑어보았고, 편지들을 일일이 뒤적여보고 상자들을 다 뒤졌으며 수표책을 들추어냈다.

"자네는 뭘 찾고 있는 건가?" 실콕스가 채근했다.

"특별히 찾는 건 없습니다. 그냥 일상적인 조사죠."

"뭐라도 찾은 건?"

스파이크는 고개를 저으며 휴지통을 들어서 책상 위에다 거꾸로 쏟았다. 그는 내용물을 흩트려 놓고 구겨진 종이들을 펴서 조사한 다음 가지런히 쌓아 놓았다. 그 종이들은 그저 아무런 의미 없는 휴지 조각들일 뿐이었다. 그는 작은 조각들을 가지고 무한한 노력을 기울인 끝에 종이 한 장을 복구했지만, "헨리에게 오렌지를 사 오라고 하고 조생종 사과가 들어왔는지 확인하라고 할 것."이라고 적힌, 별것 아닌 살림 지시였다.

그는 한숨을 쉬고는 그 종이를 다른 종잇조각들과 함께 두었다. 그리고 작게 똘똘 구겨진 종이 뭉치를 들고는 주름을 문질러 쫙 폈다. 두꺼운 편지지에 펜으로 쓴 단어들을 읽으면서 그는 별안간 흥미가 생긴 듯 실눈을 떴다.

너는 명예와 부끄러움을 모르는 독사다.
나는 너의 추악한 죄를 낱낱이 ▓고 있다.
▓수는 나의 것'이리고 신께서 말씀하시니
나는▓의 도구가 될 것이다. 그리고 무기는
이미 준비되어 있다. 나는 아무에게도 이 말은
하지 않았다. 메리도, 미스 윌슨도, 또

"이게 뭐라고 생각하세요?" 그는 그 종이를 실콕스에게 건넸다. 보안관이 그걸 읽는 동안 스파이크는 맨 위 서랍에 있던 수표책을 손에 들었다. 뉴욕의 콘 익스체인지 은행이 발행한 것으로 시구르드 할스버그 샤론이라는 이름이 각각의 수표 맨 위에 인쇄되어 있었다. 그는 가늘고 깨끗한 글씨가 적혀 있는, 떼고 남은 수표 부분들을 그 구겨진 종이 옆에 놓았다.

"필체가 일치합니다. 틀림없는 샤론의 필체예요."

"일요일에 교회에서 듣던 소리 비슷하군그래. 자넨 이게 무슨 의미라고 생각하는 건가?" 실콕스가 이렇게 말하며 종이를 돌려줬다.

"이건," 스파이크가 천천히 말했다. "샤론이 실수로 잉크 방울을 흘리는 바람에 구겨서 휴지통에 던진 것 같군요. 그리고 다시 썼겠죠. 이게 가리키는 건 —" 그는 잠시 말을 멈추고는 끝에서 두 번째 문장을 살피며 단어들을 크게 되풀이해 읽었다.

"'복수는 나의 것'이라고 신께서 말씀하시니 나는 신의 도구가 될 것이다. 그리고 무기는 이미 준비되어 있다." 그의 마음속으로 서서히 전날의 편린들이 떠올라 들어왔다.

젊은 여자, 그녀의 얼굴, 그리고 증오와 두려움이 담긴 날카로운 목소리… '그 사람은 나를 질식시키고 굶겨 죽일 거예요. … 나도… 마찬가지로 살 권리가 있어요. 그런데 그 사람은 나를 죽이려고 한다고요. **이건 그냥 명백한 살인이에요.**'

"이게 가리키는 건," 그가 말을 이었다. "샤론이 어떤 사람을 미칠 듯이 증오하는 마음을 품고 있었고 그에 관해 뭔가를, 뭔가 위험한 일을 하려던 참이었다는 것 같군요."

"하지만 그 어떤 사람이 누구란 말인가?"

"질이라는 생각이 드는군요."

7

이제 그녀가 보인다 ― 보이지 않는다.

실콕스는 의자에 등을 기대고 의미심장하게 침을 뱉었다. "자," 그가 말했다. "아마 자네는 내게 지금 안으로 들어가라고 하겠지. 그래서 수갑을 그 ―" 그는 하던 말을 갑자기 중단하며 화를 냈다. "이런 빌어먹을! 나는 수갑이 없단 말이지."

"상관없습니다." 스파이크가 위로해주었다. "지금 당장은 수갑이 필요하지 않으니까요."

"그 말은, 자네는 아직 그 새파랗게 젊은 악독한 년이 자기 후견인을 살해했다는 걸 확신하지 않는다는 건가?"

"이건 확신의 문제가 아닙니다. 단지 나는 ―" 그는 불분명하게 말을 멎었다.

"알아, 알지. 자네는 비벌리와 같은 병을 앓고 있는 거야. 자네는 그 여자한테 반해서 사랑에 빠진 거라고."

스파이크가 부드럽게 웃었다. "아뇨, 보안관. 난 그녀에게 빠지지 않았어요. 그러나 내가, 아, 그녀에게 몹시 흥미를 느끼고 있다는 건 인정할게요. 그녀는 너무나 ― 그게 참, 한순간 그녀는 매력적이고 사랑스러운 존재라는 생각이 들어요. 그런데 바로 그 순간 그녀는 색기 넘치는 교활한 악녀로 돌변합니다. 그녀에게 키스하고 싶은 욕망과 그녀의 목을 부러뜨리고 싶은 욕망

사이에서 갈팡질팡하게 된단 말입니다."

"그건 **자네가** 그렇다는 거지. 나는 빼주게."

"그녀는 종잡을 수가 없어요. 교활하고 영리하고요. 너무 영리하죠. 그래서 우리는 그녀를 걸고넘어지기 전에 우리가 가진 근거를 완벽하고 확실하게 다져야 하는 겁니다. 먼저 모든 사람과 얘기해보고, 모든 사실을 수중에 넣은 후 그녀를 대면하도록 하죠."

실콕스는 어깨를 으쓱하며 그의 말을 받아들였지만 별로 마음이 동하지는 않은 듯했다. 스파이크는 거실로 이어진 문으로 가서 문 바로 밖에 앉아 있던 사람에게 말했다. "헨리를 들어오라고 해주세요."

기다리는 동안 스파이크는 방을 왔다 갔다 했다. "이 모든 게 아주 훌륭하게 맞아떨어진단 말이죠." 그가 말했다. "하지만 '왜 그 노인은 바로 여기, 그러니까 지옥 불 같은 설교로 그녀를 비난하기 편한 이 집 안에 그녀가 있는데도 자신의 속마음을 글로 써야 하는 거지?'라는 물음이 생깁니다."

"글쎄," 실콕스가 말했다. "그는 목사였어. 목사들이 어떤지 알잖아. 어쩌다 재미라도 좀 보고 토요일 밤에 술이라도 한두 번 마셔보게. 그러면 그 훌륭한 주님의 형제는 자네를 교회에서 내쫓아버린다고. 아마도 그 여자가 형편없는 어떤 짓을 해서 노인이 너무 화가 치민 나머지 그녀에게 말도 걸지 않으려고 한 건지도 모르지. 그래서 속마음을 글로 써서 털어내야 했을 수도 있어. 그는 아마 —"

그러나 그때 헨리 욘슨이 들어오는 바람에 추론은 거기서 끝이 났다.

운전기사이자 정원사, 그리고 잡역부이며 덴마크인 요리사의 남편이라고는 믿기 어려운 인물이었다. 그는 태생은 고귀하나 미천한 처지가 된 배역을 맡아 파란색 셔츠와 작업복 바지를 입고 무대에 선 배우 같아 보였다. 숱이 많고 굽슬굽슬한 검정 머리에 창백한 상앗빛 피부, 약간의 콧수염을 남기고 부드럽게 면도를 한 그는 누구도 부인할 수 없을 만큼 잘생긴 남자였다. 깊고 푸른 두 눈과 튀어나온 광대뼈만이 북유럽 출신과는 거리가 먼 특징이었다.

그는 스파이크와 보안관 앞에 조용히 서 있었다. 그의 얼굴은 이상하리만큼 창백하고 표정이 없었다. 이윽고 스파이크의 첫 질문에 짤막하게 답하는 그의 목소리에는 특유한 억양이 살짝 묻어났다. "저는 열여덟 살 때부터 샤론 박사님의 운전기사로 10년간 일했습니다." 그가 말했다.

"여기 오기 전의 샤론 박사에 관해 좀 말해봐요. 그는 목사였죠?"

"네, 롱 아일랜드의 포레스트 힐스에 있는 에마뉘엘 감리교 교회 목사님이셨습니다. 고령에 질환이 겹쳐 2년 전에 은퇴하셨습니다. 이곳으로 이사한 것은 작년 10월입니다."

"이사를 하게 된 이유는 뭐였나요?"

"시골로 환경을 바꾸면 건강에 좋을 거라고 여기셨습니다."

스파이크는 잠시 말을 멈췄다가 다시 다른 이야기를 이어갔다. "헨리, 이 방의 먼지를 털고 바닥을 쓸고 휴지통을 비우는 청소가 마지막으로 이루어진 게 언제인지 혹시 아나요?"

"아뇨, 저는 모르지만 제 아내는 알 겁니다. 아내가 청소를 하니까요."

스파이크는 문 앞의 경비 요원에게 요리사를 데려오라고 지시했다. 몇 분 뒤에 그녀가 방으로 들어왔다. 흥분하여 당황한 그녀의 모습은 남편의 태도와는 극히 대조적이었다. 하지만 그러고 보니 그녀는 모든 점에서 그와는 대조적이었다. 그녀는 키가 작고 통통한 편이었으며 밝은 금발 머리를 두 갈래로 두텁게 땋아서 시골풍으로 머리 위에 둘러놓고 있었다. 그보다 나이는 조금 어릴 것 같았고 풋풋한 시골 처자 같은 어여쁨이 있었다. 하지만 분명한 사실은 그녀가 덴마크인 요리사라는 것이었다.

스파이크가 그녀에게 질문을 던지자 그녀는 푸른 눈을 크게 뜨고 남편 쪽을 보며 눈으로 물었다.

"아내는 영어를 못합니다." 그가 설명했다. "아내가 이 나라에 온 건 불과 지난여름일 뿐입니다. 제가 통역하겠습니다."

"좋습니다. 그녀에게 이 방을 마지막으로 청소하고 휴지통을 비운 것이 언제인지 물어보세요."

운전기사는 돌아서서 아내에게 빠르게 말했고 잠시 생각한 후 그녀가 답했다.

"지난 수요일 아침입니다." 그가 통역해주었다.

스파이크는 여자에게 나가도 좋다고 고개를 끄덕였고, 그녀가 방을 나가자 한 번 더 운전기사를 향했다.

"혹시라도 이걸 알아보겠습니까?" 그러면서 그는 실콕스가 단검을 쌌던 손수건을 펼쳤다.

운전기사는 콧구멍이 작아질 정도로 갑자기 말없이 숨을 들이켰다. 그러나 그의 감정이 드러난 것은 그게 다였다.

"네." 그가 조용히 말했다. "샤론 박사님의 친구분이 몇 년 전에 중국에서 보낸 선물입니다. 박사님은 보통 그 칼을 장식품처럼 침실에 걸어두셨습니다."

"그러면 최근에도 거기 걸려 있었습니까?"

"네, 어제 아침에 늘 있던 자리에 있었습니다. 샤론 박사님이 베란다에 앉아 계시는 동안 제가 박사님의 무릎 담요를 가져가려고 들어갔을 때 봤습니다."

스파이크는 그를 몇 분간 더 잡아두고서 그에게 샤론과 그의 습관, 방문객들에 관해 물어보았으나 그가 얻은 정보는 실콕스가 이미 그에게 말해준 것일 뿐이었다. 메리가 벌링턴에 있을 때 그녀를 치료한 의사가 한 번씩 오는 것을 제외하고는 방문객이라곤 없었다는 것이다.

"예컨대 어젯밤에도 아무도 없었나요?"

"그렇습니다."

"낮이나 밤에 걸려 온 전화는요?"

"없었습니다."

"우편물을 가져오는 일을 당신이 하나요?"

"네."

"어제 샤론에게 온 우편물이 있었나요?"

"<뉴욕 타임스> 신문만 왔습니다."

전날 밤 그의 아내와 그의 행적을 묻는 것으로 질문이 옮겨가자 헨리는 자신들 둘은 9시쯤 일찌감치 잠자리에 들었고 깊이 잠이 들어서 페더스톤이 문을 두드리며 샤론이 죽었다고, 일어나라고 할 때까지 아무 소리도 듣지 못했다고 말했다.

"한 가지만 더 묻죠." 스파이크가 마지막으로 말했다. "샤론에게 유언장이 있는지 알고 있나요?"

"모르겠습니다만 그럴 거로 추측합니다."

"그의 변호사 이름을 압니까?"

"네. 뉴욕에 있는 J.T. 릴런드 씨입니다. 그의 사무실은 그레이바 빌딩에 있습니다."

운전기사가 나가자 스파이크는 수첩을 꺼내 표지에 있는 작은 달력을 찾아봤다. "보자. 오늘이 7월 13일, 월요일이고 요리사는 7월 8일에 마지막으로 휴지통을 비웠다고 말했지. 그 말은, 샤론이 쪽지를 쓴 건 수요일 아침 이후 어느 때라는 거지." 그는 이 점을 기록하고 수첩을 다시 주머니에 밀어 넣고 실콕스 쪽으로 돌아섰다.

"헨리는," 그가 천천히 말했다. "운전기사이고 기혼자인지 몰라도 제 눈에는 여자들이 환호할 대상으로 보입니다. 유일한 문제점은 난 여자가 아니고 그가 마음에 들지 않는다는 거죠."

"나도 그렇네."

"그는 마치 대리석 조각상처럼 서서 너무도 단조롭고 너무도 차분히 대답을 해서 전혀 맘에 들지 않는군요. 나는 초조하게 손을 움직이고 목소리가 떨리고 공포로 눈이 휘둥그레지는, 그런 사람들을 더 좋아합니다. 보기도 훨씬 즐겁고 훨씬 더 많은 사실을 밝혀주는 추론을 끌어낼 수 있거든요. 근데 헨리는, 여기서 —" 그는 어깨를 으쓱했다.

실콕스가 고개를 끄덕였다. "자네는 그가 무슨 생각을 하는지 모를 거야. 오직 그가 무슨 말을 하는지 아는 것뿐이지."

"맞습니다. 그리고 또 다른 한 가지는 그 아내와 우리 사이에 놓인 언어의 장벽 때문에 9시에 잠자리에 들어서 범죄가 벌어진 후 페더스톤이 깨울 때까지 깊이 잠들어 있었다는 그의 진술을 확인할 수가 없다는 거죠. 이 주변에 덴마크어를 하는 사람이 있을까요?"

"그램마 잉글홈 할멈이 할 수 있을지도 모르는데 3년 전에 작고하셨네."

"하늘도 무심하군요. 왜 다음 주까지 기다려줄 수 없었단 말입니까?"

"그렇다고 해도 똑같아." 보안관이 지적했다. "우리가 누군가를 시켜 남편 옆에 있는 그녀와 말을 나눌 수 있었다 해도 남편이 하라고 했다면 그녀는 거짓말을 했을 거야."

"아마도 그렇겠죠. 뭐, 지금으로선 그에 관해서는 아무것도 할 수가 없네요. 보안관이 페더스톤과 미스 윌슨, 그리고 그 메리를 한 번 대면해 보시죠. 내가 옆에 앉아서 듣게 해주시고요. 페더스톤부터 먼저 합시다. 그동안 난 뉴욕에 있는 내 친구, 허쉬만에게 전보를 보내서 지원을 요청하겠습니다. 샤론의 유언장

안에 뭐가 들었는지 가능한 한 빨리 알고 싶어 미치겠군요."

몇 분 뒤에 페더스톤이 보안관의 소환에 응하여 나타났다. 그는 옷은 갖춰 입었지만 면도는 하지 않았고 앉아 있는 동안 초조한 듯 양손을 꼼지락거렸다. 하지만 그는 수사관의 질문에는 차분하고 무색무취한 어조로 대답했다.

"저는 일찍 잠자리에 들었습니다." 그가 말했다. "하지만 잠들 수 있을 것 같지 않아서 12시 30분 내지는 45분쯤에 일어나서 샤론 박사님의 서재에 가서 읽을 책을 가져와야겠다고 생각했습니다. 이 방으로 들어와서는 불을 켰죠. 그때 박사님의 침실로 통하는 문이 열려 있다는 것을 깨닫고는 불빛 때문에 잠이 깨실까 봐 서둘러 문을 닫으러 갔습니다. 그리고 바닥에 있는 박사님을 본 겁니다." 그는 말을 멈추고는 몹시 불안한 듯 손으로 헝클어진 머리카락을 뒤로 넘겼다.

"저는, 당연히, 안으로 들어갔고 박사님이 돌아가셨다는 것을 바로 알아챘습니다. 이 방으로 돌아온 다음 거실로 가서 생각을 정리하려 애쓰며 잠깐 거기 서 있었습니다. 그때 미스 윌슨이 거실로 들어왔고 몇 분 뒤에는 제프리 양이 들어왔어요. 그래서 당연히도, 저는 그들에게 말했습니다. 그다음에 트레이시 씨가 불쑥 들어온 겁니다. 나머지 부분은 당신이… 당신이 분명 잘 알고 계시겠죠."

"네, 당신이 그를 쫓아냈다는 건 알고 있습니다."

"그건… 그건, 물론, 실수였습니다. 지금은 그걸 깨닫고 있습니다만 당시에는 우리 모두 신경이 곤두서 있었기에 해야 하는 대로 현명하게 대처하지 못했던 것 같습니다."

"그럼, 그를 밖으로 내보낸 다음에는 무엇을 했습니까?"

"제프리 양이 극심한 충격을 받은 상태여서 우리는 그녀가 대단히 걱정됐습니다. 당신이 오기 전까지 우리는 그녀를 진정시키느라 시간을 보내고 있었어요. 그녀의 상태는 너무 심각해서 저는 벌링턴에서 반드시 의사를 모셔 와야 한다고 생각합니다."

"콜빌의 브로스켈튼 박사가 조금 있으면 이리로 올 겁니다. 그가 그녀를 진찰할 겁니다."

"하지만 그녀가 입원해 있을 때 주치의였던 의사를 부르는 게 훨씬 나을 겁니다. 그분이 그녀의 병을 잘 아는 데다 —"

"브로스켈튼 박사가 할 겁니다. 그녀의 신경이 곤두섰다는 이유만으로 멀리 떨어진 벌링턴으로 보내는 건 말이 안 돼요."

"하지만 보안관, 그녀는 단지 신경이 곤두선 정도가 아니에요. 이건 —"

그러나 보안관은 단호하고 엄중하게 한 손을 들었고, 페더스톤은 뜻을 꺾으며 조용해졌다. 실콕스가 그를 막 내보내려 할 때 스파이크가 끼어들었다.

"페더스톤, 당신은… 음… 내게 나가라고 하고 나서 뭘 했는지 그대로 다시 말해주겠습니까?"

페더스톤은 입을 굳게 다물고는 '이 친구는 대체 이 일과 무슨 상관인가요?'라고 말하는 듯이 보안관을 쳐다봤다. 그는 분한 감정을 삭이려고 애쓰며 머뭇거렸다. 그러더니 "미스 윌슨과 하인들이 제프리 양을 돌보는 걸 도왔다고 이미 말했습니다."

"어떤 제프리 양 말인가요?"

"그야… 메리 제프리 양입니다." 말을 하는 그의 입술 주변 근육이 씰룩거렸다.

"그게 당신이 한 일 전부임이 분명합니까?" 스파이크의 목소리는 그 일이 전혀 중요하지도 않다는 듯 느긋하고 무심하기까지 했다.

"네, 그게 전부예요."

실콕스와 스파이크는 순식간에 시선을 교환하며 똑같은 생각을 했다. '거짓말이야. 그리고 우리는 그걸 알아.' 그러나 실콕스는 큰소리로 페더스톤에게 나가도 좋다고 했을 뿐이었다.

페더스톤은 문 앞에서 돌아서서 그들의 얼굴을 다시 한번 쳐다봤다. "우리를 마치 범죄자처럼 방 안에 계속 가두어 두는 게," 그가 빈정거림이 묻어나는 말투로 말했다. "꼭 필요한 일입니까? 아시다시피, 어쨌든 우리는 아직 유죄 판결을 받은 것도 아니잖아요."

실콕스는 잠시 그 말을 고려하더니 동의하며 고개를 끄덕였다. "뭐, 지금은 낮인 만큼 제가 당신들 모두를 지켜볼 수 있으니까 집과 마당에서는 마음대로 다녀도 됩니다. 그러나 도망칠 생각은 하지 않는 게 좋습니다. 이 부지 주변에는 모두 제가 경비 요원들을 배치해 뒀으니까 말이죠."

페더스톤의 뒤에서 문이 닫히자 스파이크는 짜증이 나는 듯 눈썹을 찡그렸다. "언젠가, 어디선가," 그가 말했다. "저 사람을 본 적이 있어요. 그런데 언제인지, 어디선지, 또는 누군지 기억이 안 나네요. 내가 기억하는 건 그의 이름이 아니라 그의 체격인데요." 그는 시야를 차단해야 알쏭달쏭하고 희미한 기억에 좀 더 효과적으로 집중할 수 있다는 듯 두 눈을 감았다.

"소용이 없네요." 그가 결국 말했다. "기억이 안 나요." 잠시 후 미스 윌슨이 서재로 들어와서 두 사람을 마주했다. 그 자신 불청객이면서 이제 똑같은 불청객인 경찰과 한통속으로 보이는 스파이크를 보자 그녀의 눈썹은 약간 놀란 듯이 위로 올라갔다. 그러나 그녀는 곧 어떤 감정도 내보이지 않게 자신을 통제했다. 그렇지만 지난 밤 그 낯설고 끔찍한 순간의 잊지 못할 흔적을 지울 수는 없었다.

실콕스가 앞에 놓인 의자를 가리켰고 그녀가 자리에 앉자 새하얀 유니폼이 상황에 어울리지 않게 사각사각 생기발랄한 소리를 냈다. 보안관은 예의를 차리는 말 따위는 전혀 하지 않았다. 그는 핵심적인 문제로 곧장 나아갔다.

"미스 윌슨, 살인이 일어났고 나는 여기 범인을 찾으려고 와 있습니다. 지금부터 나는 당신이 그 일에 대해 아는 것을 모두 말하라고 당신을 몰아붙일 것입니다. 당신이 어젯밤에 잠자리에 들었던 때를 기점으로 그 이후의 모든 일을 말하는 것으로 시작하면 됩니다."

그녀는 마른 입을 혀로 적시고는 고된 임무를 막 시작하려는 사람처럼 깊은숨을 내쉬었다. "저는 일찍 자러 갔습니다. 9시쯤이라고 생각합니다. 한 시간 정도 책을 읽었고 그런 다음 불을 끄고 잠들었습니다." 그녀의 목소리는 페더스톤과 마찬가지로 기계적이고 무색무취했다. "폭풍이 오는 소리에 잠이 깼는데 누군가 거실에 있는 소리가 들렸습니다. 잠옷 가운을 입고 슬리퍼를 신고서 거실로 갔더니 페더스톤이 거기 있었어요."

그녀는 말을 멈추고는 다시 입술을 적신 다음 말을 이었다. "그가 제게 '끔찍한 일이 일어났습니다.'라고 말했어요. 그런 다음 무슨 일인지 말했습니다. 우리가 얘기를 나누고 있을 때 제프리 양이 들어왔고, 그래서 우리가 그녀에게 말해주었어요. 우리는 당연히 엄청나게 충격을 받았습니다. 그때 이, 이 신사분," 그녀는 머뭇머뭇했다. 자신으로서는 다른 호칭을 쓰고 싶었음이 분명했다. "이 신사분이 들어와서 경찰에 전화하라고 했습니다. 우리는 흥분해 있던 상태여서 아마도 이분이 제시한 일이 필수적이라는 것을 몰랐던 것 같습니다."

"그래서 이 사람을 집 밖으로 내쫓았나요?" 실콕스가 건조하게 말했다.

"네, 그랬다고 하죠. 그런 식으로 표현하고 싶으시다면요."

"그럼, 그 후에는 뭘 했습니까?"

"우리의 주요 관심사는 메리 제프리였습니다. 그녀가 받은 충격은 엄청났어요. 그녀는, 그녀는 완전히 무너졌어요. 당신이 올 때까지 페더스톤 씨와 저, 그리고 하인들은 그녀를 돌보느라 정신이 없었습니다. 그 후에 일어난 일은 당신이 잘 아시겠죠. 그녀의 상태는… 저는 정말 두렵습니다." 그녀는 말을 중단했다. 무릎 위에 꽉 쥔 양손이 그녀의 감정을 그대로 보여주고 있었다.

"실콕스 씨, 제발 부탁드리는데 우리를 카맥 선생님께 가도록 해주세요." 그녀는 애원하는 목소리로 말했다. 그 활기 없고 무색무취한 말투는 열렬한 호소 속으로 사라지고 없었다.

"저는 이미 브로스켈튼 박사를 부르러 보냈습니다. 그는 곧여기 도착할 겁니다. 그가 그녀를 돌볼 겁니다."

"하지만 카맥 선생님이 그녀를 수술한 주치의예요. 그 선생님이 이 병을 잘 알고 있어요. 마을 의사는 할 수가 없는 —"

"미스 윌슨, 이 마을 의사는, 당신이 부르는 대로 하자면 말이죠, 당신네 그 잘난 벌링턴 의사만큼 허세를 부리지는 않을지 모르지만, 히스테리를 일으킨 여성을 다룰 줄은 안답니다."

"하지만, 실콕스 씨, 카맥 선생님을 부르지 않는다면 어떤 결과가 생길지 저는 정말 두렵습니다."

실콕스는 스파이크에게 물어보는 듯 미심쩍은 시선을 보냈다. 그에 대한 대답으로 스파이크는 자리에서 일어나서 전화기를 들어 여자에게 건넸다. 전화기를 받아 들고서 그녀는 그의 눈을 보며 무언의 감사를 표했다.

이른 시간이었고 회선이 바쁘지 않아서인지 5분이 채 지나지 않아 벌링턴으로 전화가 연결되었다.

"선생님, 무서운 일이 일어났습니다." 마침내 통화가 이루어졌을 때 그녀는 먼 거리를 건너기 위해서인 듯 부자연스럽고 높은 목소리로 말했다. "샤론 박사님이… 아뇨, 지금은 말씀을 못 드리겠어요. 하지만, 하지만 경찰이 여기 와 있어요. 그리고… 경찰은…. 오시면 말씀드릴게요. 그리고 꼭 오셔야 해요, 선생님. 메리죠. 메리가 심각한 상태예요. … 제가 생각할 때 그녀는… 그녀는… 오, 선생님, 어서 서둘러주세요. … 네, 하지만 그녀가 얼마나 버틸지 전 모르겠어요. 한시도 지체하시면 안 돼요. … 아, 감사합니다. 감사해요, 선생님. … **서둘러 주세요.**"

전화기를 제자리로 돌려놓을 때 그녀의 온몸은 순간적인 안도감으로 무너지는 것만 같았다. 그녀로부터 더는 얻어낼 수 있는 것이 없어 보였다. 그래서 실콕스가 고갯짓을 하자 그녀는 방에서 나갔다. 그녀의 뒤로 문이 닫히자 보안관은 미심쩍은 표정으로 스파이크 쪽을 돌아봤다.

"자네는 그렇게 하는 게 똑똑한 일이 확실하다고 생각하나?"

스파이크는 고개를 끄덕였다. "그렇게 해서 나쁠 일은 조금도 없다고 봅니다. 다만 —" 그가 강조하듯 말을 멎었다. "다만 그 의사가 여기 오기 전에 제가 메리 양을 보고 얘기를 하는 게 좋을 것 같다고 생각합니다. 그녀가 우리의 다음 대상입니다. 어쩐지 저는 메리가 받은 충격과 관련해서 해야 한다는 이 모든 일이 약간의 연막일지도 모른다는 느낌이 들거든요. 그 연막을 뚫고 앞을 선명하게 보려면 우리는 좀 싸워야 할지도 모릅니다. 그럴 의향이 있으신가요?"

그에 대한 대답으로 실콕스는 문으로 가서 보안관보에게 말했다. "메리 제프리 양을 데려와."

다시 나타난 것은 메리가 아니라 크게 흥분한 미스 윌슨이었다. "실콕스 씨, 제프리 양에게 지금 질문을 하는 건 전혀 불가능해요. 그녀는 어젯밤의 충격에서 회복되지 않았단 말입니다."

"미안합니다, 숙녀분. 하지만 우리는 그렇게 해야만 할 것 같군요."

"도저히 안 되는 일이란 말입니다." 그녀는 서서히 강철 같고, 굳건하며, 난공불락이 되어가는 것 같았다. "그녀는 침대에서 나올 수가 없어요."

"음, 제가 기억하기로, 성경에 나온 말인데요. 아니면 무슨 연감에 나온 건지도 모르겠네요. 산에 갈 수 없으면 산을 데리고 오라는 말이 있답니다. 그녀가 여기 올 수 없다면 우리가 그리로 가겠습니다."

그가 일어서자 미스 윌슨은 당황하여 손을 내저었다. "안 돼요. 안 됩니다, 제발."

보안관은 주저하며 스파이크를 쳐다봤다. 그러나 그 젊은 친구 역시 일어섰다.

"미안합니다, 숙녀분. 그러나 우리는 해야 합니다."

그는 앞으로 성큼 나갔다. 그러나 그녀가 그의 앞을 가로막았다. "하지만… 제발… 안 돼요. 꼭 그래야 한다면, 최소한 제가… 제가 그녀를 채비하게 해주세요."

"그녀를 주의시키겠다는 뜻이군요. 아뇨, 그건 안 됩니다. 그러니까 —"

"보안관, 내 생각엔," 스파이크가 부드럽게 끼어들었다. "그게 최선일 것 같습니다. 미스 윌슨, 그녀가 준비되는 대로 우리에게 알려주면, 우리가 가겠습니다."

"그럼… 꼭 그래야 한다면… 잠깐이면 됩니다." 그리고 그녀는 나가버렸다.

"이봐 —" 실콕스의 말투는 비난과 항변을 담고 있었다.

"친애하는 보안관," 스파이크가 응수했다. "우리는 인정도, 예의도 없는 작자들일지 모릅니다. 하지만 몇 가지 예절은 분명히 지켜야 합니다. 젊은 숙녀가 침실에서 우리를 맞으려면 매혹적인 자태를 만들 시간은 줘야죠. 생각을 좀 해보세요. 그녀가 머리에 헤어롤을 말고 있을지도 모르잖아요."

미스 윌슨은 5분쯤 후에 다시 한번 나타나서 그들을 불렀다. "메리는 제 방에 있습니다. 어젯밤에 제가 그녀를 제 침대에 눕혔어요." 그리고 그녀는 그들을 안내했다.

부드러운 장밋빛과 크림색이 어우러진 방의 창문에는 꽃무늬 커튼이 따뜻하게 드리워져 있고 연한 색깔 단풍나무 가구가 놓여 있었다. 이상하리만큼 평화로운 분위기를 지닌 우아한 방이었다. 두 남자가 입성하자 무슨 공격이 이루어진 것만 같았다.

멀리 구석 창문 가까이 침대가 있었다. 이제 막 지평선 위로 떠오른 이른 햇살이 창으로 들어와서 침대를 옅은 노란 빛으로 감싸고 있었다. 그리고 베개에 등을 기댄 메리 제프리가 있었다.

그녀를 보자 두 남자는 저도 모르게 흠칫 멈춰 섰다. 어두운 눈꺼풀은 힘없이 감겨 있었다. 창백하디 창백한 상앗빛 얼굴 옆으로 검은 머리카락이 구름처럼 어깨까지 내려와 있었다. 굳게 닫은 입매에는 비정상적인 신경의 긴장을 억지로 억누르고 있음이 그대로 내보였다.

그녀는 질과 거의 흡사했다. 표정만이 달랐을 뿐이었다. 지칠 줄 모르는 활력도, 교활함도, 한바탕 화를 내고 다음 순간 온순

해지는 변덕스러움도 없었다. 베개에 몸을 기댄 그녀에게는 어 찌할 수 없는 가련함이, 한없이 이상하고 마음을 울리는 무언가 가 있었다. 마치 설명할 수 없는 무거운 중압감이 그녀를 짓누르 기라도 하는 것 같았다.

작고 우스꽝스러운 마을 보안관조차 그런 것을 느꼈는지 그녀 에게 말을 건네는 그의 목소리는 평소와는 전혀 다르게 상냥했 다.

"힘들게 해드려 정말 죄송하군요, 메리 양." 그는 이렇게 말하 고는 경찰 조사라는 무시무시한 행위에 곧바로 돌입하기를 원치 않는 것처럼 기다리고 있었다.

그의 목소리가 들리자 그녀는 눈을 뜨고 두 남자를 쳐다봤지 만 아무 말도 하지 않았고 보안관에게 어서 말하라고 하듯이 고 개를 살짝 숙일 뿐이었다. 실콕스와 스파이크는 의자를 침대 옆 에 가져가서 앉았다. 보안관이 막 시작하려고 하자 스파이크는 미스 윌슨을 가리키며 그에게 의미심장한 몸짓을 했다. 그녀는 방의 먼 뒤쪽에서 맴돌고 있었다.

"숙녀분, 잠시 우리끼리 있도록 해주셔야겠습니다." 그가 말 했다.

그녀는 시간을 때우려고 화장대에서 쓸데없이 손을 움직이며 욕실용품들을 정리하고 있다가 재빨리 돌아섰다.

"제가 남아 있는 게 최선일 거라 생각해요. … 제프리 양은… 건강하지 않고 —"

"아니, 그냥 바깥 응접실에서 기다리고 있으세요. 그녀가 아프면 우리가 부르겠습니다."

간호사는 마음을 정하지 못하고 잠시 멈춰 있었다. 그러더니 돌아서서 방에서 나갔다. 그녀는 얼굴에 두려움과 무서움이 그대로 드러나지 않도록 숨기려 애썼지만 소용없는 일이었다.

침대에 앉은 여자의 두 눈이 나가는 그녀를 따라가고 있었다. 창백하고 하얀 양손은 이불을 꽉 쥐고 있었다.

"힘들게 해드려 정말 죄송합니다만," 보안관은 메리 제프리 쪽으로 다시 한번 몸을 돌려 같은 말을 되풀이했다. "그러나 살인이 일어났고 저는 보안관으로서 임무를 다해야 합니다. 당신의 심정이 매우 상했다는 것은 압니다만 곰곰이 생각해서 어젯밤에 대해 당신이 할 수 있는 한 모든 것을 제게 말해주도록 합시다. 일어난 일에 대해 당신이 기억할 수 있는 모든 것을요."

그녀는 다시 눈을 감았고 잠시 말없이 있었다. 그러더니 말했다. 그 목소리는 질과 흡사했지만 달랐다. 좀 더 조용하고 높낮이가 없었다.

"어젯밤에 저는 몸이 좋지 않았어요. 그래서 저녁을 먹으러 가지 않았습니다. 저는 일찍 잠이 들었고… 그다음에… 저녁 늦게 집 안에서 나는 소동 소리에 잠이 깼어요. 미스 윌슨이 제게… 무슨 일이 일어났는지 말해줬어요." 그녀의 목소리는 착 가라앉아서 거의 속삭이는 소리에 가까웠다.

"그래서 그다음에는 뭘 했죠?"

"그다음에 저는… 모든 게 혼란스럽고… 너무 무섭고… 너무 —" 한밤의 무서운 기억에 사로잡히자 그녀는 말을 중단했다.

실콕스는 눈치 있게 그녀가 마음을 진정시킬 얼마간의 시간을 주었다. 그가 다음 질문을 앞두고 뭔가 어쩔 줄 몰라 하고 있자 스파이크가 그를 대신했다.

"제프리 양, 샤론 박사와 당신은 어떤 관계인지 말해주세요."

그녀는 전날 밤의 비극에서 대화를 다른 쪽으로 돌려준다면 무엇이라도 반갑다는 듯 그에게 감사의 눈길을 보냈다.

"박사님은… 사람들 말을 빌리면 제 후견인이겠지요. 법적으로는 전혀 그렇지 않지만 말이에요. 저는 성인이니까요."

"그런가요?" 스파이크가 부드럽게 그녀의 말을 독려했다.

"저희 아버지는 중국에서 오랫동안 선교사로 계셨습니다. 제가 열다섯 살 때 어머니가 돌아가셨죠. 그리고 2년 전에 아버지가 세상을 떠나셨습니다. 저는 완전히 혼자 남겨졌죠. 우리가 자리 잡고 있던 곳은 미국인이라고는 전혀 없는 외딴 벽지였습니다. 아버지는 오래전부터 샤론 박사님을 알고 지냈어요. 두 분은 같은 신학교 출신이거든요. 제가 샤론 박사님께 편지로 아버지가 돌아가셨다는 걸 말씀드리자, 그분이 미국으로, 뉴욕에 있는 당신에게 오라고 제게 돈을 송금하셨어요. 그래서 저는… 저는 그때부터 그분과 함께 지내고 있었습니다."

"그러면 당신 언니는요?"

"질 말씀이세요?" 또 한 명을 언급하자 그녀의 눈에는 놀란 기색이 떠올랐다. 마치 그녀에 대해서는 까맣게 잊고 있기라도 한 것 같았다. 다시 말을 시작했을 때 먼 과거의 일들을 차분하게 말하던 목소리는 평정심을 잃고 불안해졌으며 그녀는 말을 머뭇거렸다.

"대체… 질에 관해… 알고 싶은 게 뭔가요?"

"그러니까, 그녀도 역시 당신과 함께 중국에 있었나요? 그리고 샤론 박사가 그녀의 후견인이었고요?"

"그렇죠. … 네, 물론이에요."

이불 위의 하얀 양손이 가볍게 떨렸지만, 그녀의 입은 더 굳게 닫혔다.

스파이크는 보안관에게 몸짓을 했고 두 남자는 조용히 방을 나와서 문을 닫았다. 미스 윌슨은 거실에서 기다리고 있었다. 스파이크는 일이 다 끝났으니 그녀는 메리에게 돌아가도 된다고 해주었다.

서재에 또다시 둘만 있게 되었을 때 스파이크는 담배를 들고 자리에 앉았다. "우리 생각이 맞았어요, 보안관. 메리 제프리는 미스 윌슨과 페더스톤이 믿게 하려고 했던 것만큼 상태가 나쁘지는 않았어요. 그들은 단지 우리가 그녀와 얘기를 나누는 걸 원치 않았던 겁니다."

"똑똑한 소리 같군." 보안관은 그의 말을 인정했다. "페더스톤과 그 간호사가 순전히 고집을 부린 거야."

"아뇨, 단순히 그런 말이 아닙니다. 그들의 노력 뒤에는 '순전한 고집'을 넘어서는 뭔가가 있을 겁니다. 하지만 그녀를 위해 왜 꼭 벌링턴의 의사를 불러야 했는지 그 이유를 알 수가 없네요."

"맞아. 그게 바로 내가 계속 말하고 있던 거라고. 브로스켈튼이면 그녀에게는 충분히 훌륭한 의사거든. 그가 여기 오기만 하면 말이야."

실콕스는 잠시 말을 멈추고는 걱정스럽게 손목시계를 쳐다봤다. "6시군. 그의 집으로 전화해서 오고 있는지 알아봐야겠네."

그러나 마을에서 온 소식은 그리 좋지 않았다. "그의 아내가 말하기를," 실콕스가 수화기를 내려놓고 알렸다. "그에게서 전화가 와서 가능한 한 빨리 돌아오겠다고 했다네. 하지만 그는 북쪽에 있고 어젯밤 비에 도로가 형편없이 쓸려 내려가서 빙빙 돌아서 와야 한다는 거야."

스파이크가 고개를 내저었다. "유감이군요. 살인 사건에서는 검시가 속히 이루어질수록 좋은데 말입니다."

그러나 실콕스는 별로 개의치 않는 듯했다. "글쎄, 의사가 여기 있다 해도 별로 할 수 있는 게 없어. 우리는 노인이 사망했다는 걸 알고, 칼에 찔렸다는 걸 알고, 그게 12시 20분 전이었다는 걸 알아. 의사라고 우리에게 더 이상의 것을 말해 줄 수가 없단 말이지. 내가 그를 부른 건 단지 공식적인 일 처리를 위해서야."

"그래도 —" 스파이크가 생각을 하느라 잠시 말을 멈췄다. "보안관, 메리는 뭔가 좀 이상하다는 느낌이 들지 않으셨나요?"

실콕스는 작은 눈을 한군데 고정한 채 기민하게 머리를 굴렸다. "내가 볼 때 그녀는 자기 언니에 관해 말하고 싶지 않은 것 같았어."

스파이크는 고개를 끄덕였다. "그 얘기만 아니면 어떤 얘기라도 하겠다는 것 같았죠."

그는 자리에서 일어나서 담배를 비벼 껐다. "자, 보안관, 바로 그녀와 얘기를 좀 할 시점인 것 같군요."

5분 후, 실콕스가 질 제프리를 불러오라고 보냈던 이가 서재로 돌아왔다.

"보안관님," 그가 걱정스러운 목소리로 말했다. "이 집과 옆의 별채, 그리고 바깥 화장실까지 구석구석 다 살펴봤지만, 그녀는 여기 어디에도 없습니다. 사라져 버렸어요."

8

사라졌으나 잊을 수 없는

샤론의 사유지를 에워싼 숲속에서 한 무리의 남자들이 사방으로 흩어져 도랑과 잡목들을 샅샅이 뒤지고 있었다. 콜빌 역에서는 역장이 실콕스의 보안관보 중 한 사람에게 말했다.

"아뇨, 그저께부터 기차로 이곳을 떠난 사람은 아무도 없습니다. 7호 기차가 오늘 아침의 유일한 열차인데 신호가 있을 때만 정차합니다. 그런데 신호가 없었기에 열차는 최고 속도로 역을 그냥 통과했습니다."

샤론 저택의 뒤 베란다에서는 헨리가 보안관의 질문에 대답하고 있었다. "아뇨, 집에는 차가 두 대밖에 없는데 대형 승용차와 포드 트럭, 둘 다 여기 있습니다. 페더스톤 씨에게 로드스터 차가 있는데 그것도 여기 있습니다. 없어진 차는 없습니다."

서재에서 안락의자 깊숙이 몸을 파묻고 고개는 가슴 쪽으로 숙인 채 절망적으로 이맛살을 찌푸리며 수수께끼 같은 패배를 온몸으로 표현하고 있는 사람이 있으니, 그는 스파이크였다.

문이 열리자 그는 고개를 들었다. 실콕스는 그에게 시선을 보낸 채 잠시 서 있기만 했다. "자네를 체포해야 하지 않을까 생각했네. 내가 원하는 대로 그 여자를 체포하도록 자네가 내버려뒀다면 —"

스파이크는 보안관의 성마른 시선을 마주 보았다. 그러고는 조금 소심한 웃음을 보였다. "맞습니다, 보안관. 이건 내 책임입니다. … 아마도요."

"'아마도'가 아니지. 그녀는 도망갔어."

"하지만 어떻게요?"

"그건 자네가 알아내야지. 자네만 아니었다면 이 순간 그녀는 수갑을 차고 ―"

"보안관에겐 수갑이 없었잖아요. 그리고 그녀에게 수갑을 채우려 했을 때는 이미 그녀가 도주한 다음인지 어떻게 아시나요? 역장은 뭐라고 하던가요?"

실콕스는 역장과 헨리의 보고를 전달했다. "그녀는 기차를 타지 않았고 차로 간 것도 아니군요. 보안관, 질 제프리를 마지막으로 본 게 언제인지 다시 한번 말씀해주시겠어요?"

"내 보안관보들이 이곳으로 오고 경비 요원들을 집 안쪽과 이곳 주변에 다 배치한 후였네. 그때 나는 그녀를 자기 방으로 보냈어. 그녀가 주방을 통과해서 자기 방 안에서 문을 닫는 걸 본 기억이 나."

"그러면 그녀가 방으로 들어간 시간에는 경비 요원들이 이미 집 안팎에 배치되어 있었다는 거군요?"

실콕스는 고개를 끄덕였다.

"그렇다면 이 경비 요원들은 뭐라고 하던가요?"

"음, 내가 한 사람은 응접실에, 그리고 또 한 사람은 주방에 있게 했어. 그들은 우리가 오늘 아침 이들을 소환하기 전까지 그녀들의 방에서 주방으로, 혹은 미스 윌슨의 방이나 페더스톤의 방에서 나온 사람은 한 명도 없었다고 하네."

"그럼 그녀가 도망쳤다면 자기 방 창문으로, 아니면 미스 윌슨의 방 창문으로 나간 게 틀림없겠군요."

실콕스는 고개를 끄덕이다가 그와는 정반대로 다시 재빨리 고개를 흔들었다. "하지만 그건 불가능해. 내가 이 저택과 옆집 주위에 열네 명을 배치해뒀거든. 그리고 그들은 하나같이 한눈 같은 건 팔지 않는, 훌륭하고 의욕 넘치는 친구들이란 말이지. 게다가 그들 중 둘은 이 저택과 별채 사이 북쪽 면에서 경비를 섰어. 그녀가 창문을 넘어 나갔다면 열 걸음도 못 가서 그 두 사람을 지나쳐야만 했을 거야. 그랬다면 그들 눈에 띄지 않았을 리가 없어."

"그리고 이 저택과 옆집은 내가 구석구석 다 조사했단 말이죠." 스파이크가 말했다. "지하실과 다락을 낱낱이 들여다봤고 심지어 벽난로와 굴뚝까지도 다 봤어요. 양쪽 집의 벽장이란 벽장은 죄다 헤집었고요. 그녀는 어느 집에도 없습니다. 그렇다면 어떻게 —"

"내 말이!" 실콕스는 별안간 무슨 생각이 떠올랐는지 눈을 깜박거렸다. "비밀 통로야!"

스파이크는 미소를 지었다. "보안관, 이건 삼류 소설이 아니라고 말씀드리고 싶지만, 감히 그러지 못하겠네요. 말씀하신 비밀 통로가 유일한 방법 같아요. 이리 오세요!" 그는 일어나서 실콕스와 함께 거실과 주방을 가로질러 메리와 질이 쓰는 방의 문으로 갔다.

방 안에서 그들은 잠시 서서 방을 살펴보았다. 한쪽 구석에는 이불이 구겨져 있고 정리가 안 된 커다란 더블 침대가 놓여 있었다. 전반적으로 어수선한 방 안은 간밤에 일어난 황망한 사건과 방에 거주하던 두 사람 중 한 사람이 느닷없이 탈출한 일을 말없이 증언하고 있었다.

"그녀는 어디로 갔건 여행 가방은 갖고 가지 않았어요." 스파이크가 말했다. 그리고 방을 가로질러 벽장으로 가서 벽장 문을 열었다. 바닥에는 세 개의 가방이 있었는데, 그중 한 개는 수많은 여행을 경험한 낡디낡은 것으로서 태평양 기선의 라벨과 상하이 호텔의 스티커들을 덕지덕지 붙여 달고 있었다. 윗면의 잠금장치 옆에는 '메리 제프리'라는 손 글씨가 적힌, 가죽 테두리 이름표가 있었다. 다른 두 개의 가방은 그와는 현저히 대조적으로 깔끔한 새 수화물 가방으로서, J.J.라는 이름 첫 글자가 각각의 끝부분에 금빛으로 박혀 있었다. 스파이크는 세 개의 가방을 하나씩 차례로 들어 올렸다. 가벼운 것으로 보아 비어 있음이 틀림없었다.

벽장의 선반과 옷장 서랍들은 방 주인 두 사람의 대조적인 성격을 더 잘 보여주는 증인이었다. J라는 글자가 하나하나 섬세하게 새겨진 비싼 실크 속옷들과 메리의 것임이 분명한 단순하고 하얀 무명옷들이 나란히 놓여 있었다.

"음," 스파이크는 방의 한가운데 서서 말했다. "실력 한 번 발휘하시죠. 비밀 통로가 있다고 말씀하셨잖아요. 그걸 찾아보자고요."

그리고 그 말에 맞춰 두 남자는 영화를 통해 익히 알려진 방식대로 벽을 톡톡 두드리고, 목조 부분 중 의심스럽게 보이는 지점을 눌러보고, 헐거운 판자와 타일을 찾아보는 헛수고를 했다.

그들은 욕실에서도 같은 과정을 반복했고 옆방인 미스 윌슨의 방에서도 또다시 같은 일을 되풀이했다. 메리는 여전히 단풍나무 침대에 눈을 감고 누워 있었다. 하지만 그녀는 잠들어 있지는 않았는데, 그들이 방 안에 있는 동안 움직이지도, 말을 하지도 않았다.

서재로 다시 돌아온 그들은 마치 우스꽝스러운 아이들의 놀이를 하다 들킨 성인들처럼 소심하게 서로의 얼굴을 마주 보았다.

"음," 실콕스가 말했다. "비밀 통로는 없어."

"그렇습니다." 스파이크가 동의했다. "그리고 그녀는 창문으로 나간 것도 아니고 문으로 나간 것도 아닙니다. 그렇다면 도대체 어떻게 나갔다는 거죠?"

두 사람이 각자 답이 없는 것 같은 수수께끼 — 비밀 통로 따위는 없고 경비가 완벽하게 둘러싸고 있던 방에서 도망쳐 사라진 여자 — 에 답하려 애쓰는 사이 방 안에는 5분 넘게 침묵이 흘렀다.

"유일하게 제안할 수 있는 이론은 증발인데요." 스파이크가 마침내 말했다. "내가 직접 그 젊은 숙녀를 만났고, 그녀가 나를 시골 도로 건너편으로 끌고 가서 내 의지에 반해 나를 자동차로 밀어 넣은 게 24시간이 채 지나지 않았으니, 나는 그녀가 뼈와 근육, 그리고 고집 덩어리지 증발하여 소멸할 대상이 아니라는 걸 알고 있습니다. 그러므로 우리는 원점으로 돌아와 있는 셈이지요."

실콕스는 언짢은 듯 동의하며 고개를 끄덕였다.

"사정이 그런 이상," 스파이크가 말을 계속했다. "그녀가 어떻게 사라졌는지 찾으려 하는 대신 그녀가 어디로 갔는지에 집중하도록 하죠."

"벌링턴이겠지, 아마도." 실콕스가 말했다. "역장 말로는 그녀가 지난 몇 달 사이에 두세 차례 벌링턴행 기차표를 구입했다네."

"그녀는 아마 어제 하지 못했던 랑데부를 하러 갔을 겁니다." 스파이크는 이렇게 추측하며 자신이 질 제프리와 어떻게 처음 만났는지, 그녀가 얼마나 황급히 마을로 달려 내려왔는지 짤막하게 말했다.

"그리고 어쩌면," 그는 계속해서 말했다. "비벌리가 이 위기 상황에 도움이 될지도 모릅니다."

"비벌리가?" 보안관은 믿기지 않는 듯한 말투였다. 그는 아들이자 후계자인 비벌리의 전반적인 능력을 특별히 높이 평가하지 않는 것이 분명했다.

"제가 볼 때 이 주변에서 그녀를 부정적인 시선으로 보지 않는 유일한 사람이 그 친구인 것 같은데요. 그가 벌링턴에서 집으로 오는 기차에서 그녀를 처음 만났다는 걸 기억하시잖아요. 그녀가 그에게 어디 다녀오는 길인지 말했을 가능성이 있어요.

그를 데려와 봅시다."

몇 분 후에 비벌리가 방으로 들어왔다. 보안관보 선서를 한 그는 그 책임감에 눌려 밤새 늙어버린 모습이었다. 매끈한 그의 젊은 이마에는 주름이 졌고 입은 굳게 닫혀 있었다. 촌스럽게 번쩍거리던 대학 휘장 따위는 걸치지 않았고, 어른의 직업에 입문했다는 더 확연한 증거로서 그는 씹는담배를 힘껏 씹고 있었다. 그런 까닭에 정중하면서 아버지 같은 스파이크의 말투가 왠지 껄끄러운 모양이었다.

"비벌리," 그는 청년에게 의자에 앉으라는 몸짓을 하며 말했다. "질 제프리에 대해 자네가 품었던 희망 없는 열정은 잊어버리도록 하고 우리에게 실상을 알려주게."

자신의 불행한 사랑을 암시하는 이 말을 듣고 비벌리는 신경질적으로 발을 움직였다. 샤론은 살해되고 질은 모습을 감추었다. 이 두 가지 사실을 병렬한 끝에 그가 이른 결론은 그의 정열에 찬물을 끼얹었다. 그는 자신을 다 바쳤던 첫사랑의 황홀감이 이제 의혹에 휩싸여 차갑게 식은 것을 깨닫고는 회한의 감정을 느꼈다. 그의 사랑은 시험을 견디지 못했던 것이고, 그래서 그는 막연한 부끄러움을 느꼈다. 그런 까닭에 그는 아무 말도 하지 않았다.

"내 말은," 스파이크가 설명했다. "자네가 우리를 도울 수 있을지 모른다는 거야. 벌링턴에서 집으로 돌아오는 기차에서 그녀를 처음 만났던 날로 되돌아가서 그녀가 어디 있다가 오는 길이라고 했는지 한번 기억해 봐."

비벌리는 오랫동안 진지하게 생각에 잠겼다가 마침내 고개를 저었다. "아뇨, 그녀는 별로 말을 하지 않았어요. 말은 대부분 제가 했고 그녀는 거기 앉아서 그냥 웃기만 했어요."

"상상이 되는군." 스파이크 역시 그녀가 조롱하듯 장난스럽게 '시골뜨기 남자친구'라고 말하던 기억이 나서 미소를 지었다.

"그래도 벌링턴의 어떤 장소나 어떤 사람들이라도 언급했겠지?"

"아뇨, 그녀가 말을 했을 때도 그건 대부분 이곳에 관해서였고 여기로 돌아오는 게 얼마나 싫은지에 관해서였어요."

"학교에서 돌아온 후 자네는 그녀를 몇 번이나 만났지?"

"아, 두 번, 세 번입니다."

"그때는 무슨 얘기를 했나?"

"으음, 모르겠어요. 그냥 이런저런 것들요." 사실상 비벌리는 어떤 대화가 오갔는지 전혀 기억하지 못했다. 그때는 그녀의 존재 자체가 그의 감각을 마비시켜서 그는 하늘의 천사들과 함께 구름 위에 떠 있는 것같이 황홀한 느낌만 들었을 뿐이었던 것이다. 그걸 떠올리자 그의 발은 또다시 신경질적으로 이리저리 움직였다.

"그럼 자네가 질 제프리에 대해 생각할 수 있는 건 하나도 없다는 건가? 우리에게 도움이 될 어떤 단편적인 빗나간 정보라도 전혀?"

비벌리는 고개를 저었다.

"자네 앞에서 그녀가 했던 말이나 행동 중에서 샤론 박사의 살인과 그녀의 실종을 해결할 실마리가 될 만한 걸 전혀 기억하지 못하나?"

비벌리는 또다시 한참이나 진지하게 생각했다. "네." 그는 기대에 부응하지 못하는 자신의 결함을 의식하기라도 하는 듯 맥없이 말했다. "네, 한 가지도 생각이 안 납니다. 아마도 그걸 제외하면 —" 그는 자신이 막 말하려는 사소한 일이 주의를 기울일 가치와 의미가 없는, 아무것도 아닌 것처럼 잠시 머뭇거렸다. "어쩌면… 그녀가 제게 부치라고 했던 그 편지를 제외하면요."

스파이크와 실콕스, 두 사람이 동시에 소리쳤다.

"무슨 편지?"

"그게, 지난… 잠깐만요… 월요일이었어요. 오늘부터 꼭 일주일 전이네요. 이 주변을 어슬렁거리고 있는데 질이 살며시 나오더니 제게 부탁 하나만 들어주겠냐고, 자신을 위해 편지를 부쳐주겠냐고 물었어요. 그래서 저는 그 편지를 들고 바로 콜빌로 출발했죠. 그랬는데 어디선가 그 노인이 튀어나온 거예요. 그 편지를 자기에게 달라고 한 거로 봐서 그는 그녀가 제게 그걸 주는 걸 보고 있었던 게 분명해요. 그래서 저는 편지를 아예 부치지 못했어요. 게다가 —"

"잠깐, 너무 빨라." 스파이크가 끼어들었다. "자네 말은 질이 누군가에게 보내려던 편지를 샤론이 가로챘다는 건가? 그녀는 그걸 알아?"

"그가 그녀에게 말하지 않았다면 알 수가 없죠. 그가 제 앞에 나타났을 때 저는 그 집에서 벗어나서 도로 아래로 내려와 있었거든요. 그는 몹시 화가 나 있어서 저는 그 편지를 내주지 않을 수가 없었어요.”

“이름과 주소는?”

비벌리는 이마를 찡그리며 생각해내려 애썼다. “그런 건 없었어요.” 마침내 그가 말했다.

“그런 게 없었다니, 그게 무슨 말이지?”

“이름 같은 건 없었어요. 그냥 벌링턴의 사서함 번호만 있었습니다.”

“그게 다였어?”

“네.”

“그럼 혹시 그 사서함 번호는 기억이 나나?”

비벌리는 고개를 저었다.

“자네가 그 편지를 부치지 못했다는 걸 질에게 얘기는 했어?”

“아뇨, 기회가 없었어요. 어제 제가 여기 왔을 때 당신이 여기서 기다리고 있었잖아요.”

청년이 나가고 문이 닫혔을 때 스파이크와 실콕스의 시선이 마주쳤다. “심성이 착한 친구네요, 보안관?” 그가 중재자의 말투로 말했다.

“그건 그렇지.” 실콕스는 건조하게 인정했다. “머리를 벌충하려면 무지하게 착해야겠지.” 그러면서 그는 말을 하지 않는 편이 낫다는 듯이 아무렇게나 침을 뱉었다.

“달력을 한번 보죠. 월요일인 7월 6일, 샤론은 질이 벌링턴의 사서함에 보내려고 쓴 편지를 가로챕니다. 수요일인 7월 8일, 그는 우리가 이미 본 바 있는 ‘복수는 나의 것’이라는 편지를 쓰죠.

나흘 뒤인 7월 12일, 그는 살해되고 질은 사라집니다. 그러니까 우리가 그 가로챈 편지를 볼 수 있다면 지금보다 훨씬 많은 것을 알게 될 거로 생각되는군요."

그는 일어나서 방 안을 왔다 갔다 했다. "보안관, 사람들은 어디다 물건을 숨기죠?" 실콕스 앞에 멈춰 서서 그가 갑자기 말했다.

"글쎄, 내 아내는 내가 25년 전에 준 루비 약혼반지와 장모님에게서 물려받은 오팔 브로치를 밀가루 통 바닥에 주로 보관하더군. 한 번은 실수로 그 반지를 넣고 체리 파이를 만들었지 뭔가. 그래도 그걸로 망가진 건 없었네. 그러니까 파이가 망가지진 않았단 말이네."

"하지만 샤론 노인과 밀가루 통은 연상이 안 되는군요." 스파이크가 반대 의사를 표명했다. 그는 책상 앞에 앉아서 한 번 더 편지 더미 속에 있는 편지들을 하나씩 죄다 들춰 보았다. 편지는 모두 여섯, 내지 일곱 통이었다. 두 통은 상거래 관련으로 뉴욕의 상점에서 온 것이고 다른 여러 개는 목회 동료들과 출판사에서 온 광고물이었다. 벌링턴의 사서함 번호로 보내는 편지는 없었다.

다시 한번 그는 처음 뒤질 때보다 훨씬 더 꼼꼼하게 책상을 훑어 살폈다. 그는 침실과 벽장 두 군데, 욕실에서도 같은 일을 반복했다. 아무것도 없었다! 그는 살해된 남자의 몸에 착용된 잠옷 가운과 바지 주머니를 조심조심 뒤졌다. 역시나 아무것도 없었다.

서재로 돌아와서 실콕스 앞에 섰을 때 그는 점점 더 짜증이 나고 있는 상태였다. 그는 서재 안을 돌아다녔다. "알았다." 그가 갑자기 말했다. "그림 뒤에 숨겨진 벽 금고야." 그리고 열심히 두 방에 있는 그림이란 그림의 뒤를 다 찾아봤다. 또다시 아무것도 없었다.

"책이야! 사람들은 가끔 책 속에 물건을 넣지." 그는 책들이 일렬로 늘어선 벽을 눈으로 훑으며 으르렁거렸다. "1,000권은 넘는 게 틀림없어. 2,000권은 될 것 같군."

그는 잠깐 주저하더니 결의에 차서 벽난로 근처의 책장을 공략했다. "이 구석부터 시작할 거예요, 보안관. 당신은 저쪽에서 시작하시죠."

두 남자는 일에 착수했다. 책을 하나하나 펼쳐서 뭔가 떨어지는 게 있는지 털어봤다. 그들은 5분 정도 말없이 일을 계속했다. 얼마 지나지 않아 스파이크는 하던 일을 멈추고 웅크리고 앉아서 손수건을 꺼내 이마로 올렸다.

그때였다. 그는 누군가의 시선이 자신을 향하고 있음을 점점 더 강하게 의식하기 시작했다. 눈이나 그 눈의 주인을 보지 않아도 느낄 수가 있었다. 이상한 심령이 인지에 개입한 것처럼 그는 자신이 관찰당하고 있는 것을 느꼈다. 지켜보는 힘이 내뿜는 어떤 기운에 그의 신경이 응답하는 것 같았다.

그는 조심스럽게 이마를 닦고 기지개를 켜고서 저 멀리 잔디를 향해 고개를 뒤로 젖혔다. 그리고 얼굴을 들어 바로 왼쪽에 있는 벽난로 위의 거울을 향했다. 그의 눈은 감긴 것 같았지만 완전히 감기지는 않았기에 베란다 기둥 중 하나에 몸을 기대고 있는 페더스톤이 보였다. 그는 열린 문을 통해 서재 안을 바로 볼 수 있도록 몸을 기대고 있었다.

스파이크는 자신을 세심하게 관찰하는 눈길을 전혀 의식하지 못하는 것처럼 태연하게 수색을 계속했다. 하지만 그러는 내내 거울에 반사된 모습을 은밀하게 지켜보고 있었다. 그는 선반에서 책 세 권을 꺼내 펼쳐보고 흔든 다음 제자리에 돌려놓았다. 네 번째 책에 손이 닿았을 때 그는 관찰자의 표정이 순간적으로 변하는 것을 포착했다. 페더스톤은 갑자기 몸이 뻣뻣해졌고, 두려운 마음으로 꼼짝하지 않고 기다리고 있는 것 같았다.

스파이크는 흥분감에 손을 떨며 책을 꺼내 조심스럽게 펼치면서 한 번 흔들었고 그런 다음 한 장씩 책장을 넘기었다. 아무것도 없었다! 완벽하게 아무것도! 그는 표지와 책등을 툭툭 두드렸다. 불룩하게 구겨진 데 없이 매끈했다. 밑에 감춰진 것도 아무것도 없었다.

그는 실망하며 그 책을 선반에 다시 꽂았다. 그의 손이 다음 책에 미치자 뻣뻣하게 미동도 없이 있던 인물이 스르르 주저앉는 것이 보였다. 얼굴에서 두려움과 근심 어린 표정이 사라져갔고 입술 밖으로 안도의 한숨이 거의 들릴 정도로 새어 나왔다.

스파이크는 얼떨떨한 심정으로 인상을 썼지만 하던 일을 계속했다. 잠시 뒤 그는 일어나서 베란다로 나가는 문 쪽으로 돌아섰다. 페더스톤은 뒤로 슬그머니 물러나더니 양손을 주머니에 꽂은 채 멀리 서서 계곡 아래를 보고 있었다. 스파이크는 조용히 문을 닫고 페더스톤의 얼굴에 갑작스럽고 이상한 변화를 가져온 책을 향해 되돌아갔다. 그는 그 책을 다시 꺼낸 다음 책이 빠진 빈 공간을 들여다봤다. 주먹을 그 속에 집어넣어 목재를 쿵 하고 두드려보았다. 아무 일도 일어나지 않았다. 그러자 그는 책 자체로 관심을 돌렸다.

칙칙한 녹색 표지의 두꺼운 책이었다. 그는 책의 제목이 있는 쪽을 펼쳐서 제목을 보고는 낭패감을 느꼈다. <Hukommells-estab og Dobbeltbevidsthed>가 제목이었고 오거스트 위머라는 저자가 1918년에 코펜하겐에서 출간한 것이었다.

그는 그 책을 들고 한동안 생각에 잠겼다. 한 페이지씩 넘길 때마다 알 수 없는 단어들이 펼쳐지자 그는 짜증이 나서 이맛살을 찌푸렸다. 그는 실콕스에게 페더스톤이 지켜보았다는 이야기를 짤막하게 해주었다. "제가 이 책을 만지자 그는 거의 혼이 빠질 것처럼 두려워했습니다. 하지만 왜일까요?"

그는 책을 제자리에 돌려놓았다. "이건 다시 돌려놓지만 저는 이 책을 예의주시할 것이고 페더스톤 씨에 대해서도 그럴 겁니다."

두 남자는 끝이 없을 것 같은 임무를 재개했고 그들이 수색을 하는 동안 서재에는 다시 침묵이 흘렀다. 마침내 스파이크가 진절머리가 난다는 듯 한숨을 쉬며 일어나서 때 묻은 손을 털었다. "보안관, 이렇게 힘들고 단조로운 일은 거의 해본 적이 없습니다. 이건 의욕을 갉아먹는 일이네요." 그는 양손을 주머니에 찔러 넣었다. "도대체 사람들이 물건을 진짜 숨기는 장소가 어디란 말인지 — 밀가루 통, 설탕 통, 다락방, 마루 밑, 벽돌 밑, 은행 금고, 벽 금고, 책들, 하 —"

그는 별안간 말을 중단하고 실콕스를 쳐다봤다. 스파이크가 숨길 만한 장소를 열거하고 있을 때 보안관 역시 자리에서 일어났다.

"잠깐, 흥분은 금물이야! 어디 보자. 내 기억이 맞는다면, 나는 그 샤론 노인이 외출해서 직접 차를 운전하고 마을로 가는 걸 본 적이 있어. 그가 마을에서 우리를 상대하는 것을 본 적이 한 번도 없었기 때문에 그때 내가 특이한 일이라고 생각했던 기억이 나. 그게… 가만있어 보자. … 지난주 어느 날이었어. 그가 차를 세운 곳은… 그래, 이런!" 실콕스는 갑자기 흥분해서 말을 중단하고는 전화기를 움켜잡았다.

"이봐, 교환원, 라파예트 리머의 집을 바로 연결해줘. 그냥 그쪽으로 연결해서 계속 벨을 울려. 라파예트를 아침 일찍 깨우는 건 거의 불가능하니까 말이야."

그러나 2분 만에 연결이 이루어진 걸로 보아 라파예트는 깨어 있었던 것 같았다. "라파예트, 에브라임이네. 샤론 저택에서 무슨 일이 일어났는지 알고 있지? … 그래. … 아니, 아직은 아니야. 하지만 거의 다 되어가네. … 내가 자네한테 전화한 건 용건이 있어서야. 자네 지난주 어느 날인가 샤론 노인을 본 적이 있지? … 그래. … 그가 원한 게 뭐였나? …"

상대방의 말을 듣는 동안 실콕스의 입꼬리에 서서히 만족스러운 미소가 번져갔다.

"좋아. 자 들어봐, 라파예트. 자네가 좀 해줘야 할 일이 있네. 그걸 지금 바로 여기 샤론 저택으로 가져와 줬으면 해. … 뭐라고? … 불법이라고? … 잘 듣게, 라파예트. 난 보안관이고 살인이 일어났어. 그리고 난 법원 명령이 나올 때까지 기다릴 수가 없네. 그러니까 자네가 30분 이내에 여기로 오지 않는다면 난 지난 크리스마스에 내게 준 위스키를 집에서 제조하고 여태껏 보관하고 있는 혐의로 자네를 체포할 걸세. … 그래. … 좋아, 그럼 서둘러 움직이게."

실콕스는 수화기를 내려놓고는 스파이크를 향해 돌아섰다. "밀가루 통, 설탕 통, 다락방, **은행 금고**." 그는 노래를 읊으며 거의 깡충깡충 뛰었다. "라파예트는 콜빌 내셔널 은행 직원이야. 그런데 지난 화요일 오후에 샤론 노인이 은행에 와서 금고를 대여했다네. 그리고 딱 한 가지를 그 속에 넣었는데 그건 크고 긴 봉투였어. 라파예트가 그를 본 거야. 그리고 그 금고와 은행의 금고 열쇠를 가지고 지금 이리로 오는 중이야. 그렇지 않으면 내가 그냥 넘어가지 않을 테니까 말이지."

20분 뒤에 스파이크와 실콕스, 그리고 비벌리 청년은 초록색 기다린 금속 상자가 놓인 책상을 둘러싸고 앉아 있었다. 보안관이 열쇠를 넣고 뚜껑을 올린 다음 봉투를 꺼내 스파이크에게 건넸다. 그 속에는 두 개의 더 작은 봉투가 들어 있었는데, 그중 하나가 버몬트주, 벌링턴, 사서함 260으로 보낸 편지였다.

"이게 그 편지인가?" 스파이크가 주소를 청년에게 보여주며 말했다.

"네, 이겁니다. 이게 질이 제게 부쳐 달라고 줬지만, 그 노인이 가로채버린 그 편지예요."

"고맙네. 그럼 이제 나가봐."

9
사서함 260

"자, 뭘 기다리고 있나?" 실콕스는 아들이 나가고 문이 닫히자 초조한 목소리로 말했다. 스파이크는 한 손에 그 편지를 들고 미동도 없이 앉아 있었다.

"그냥 생각하고 있습니다. 이 편지가 누구에게 보낸 것인지 우리가 찾아내지 못하는 한 이건 별 쓸모가 없을 겁니다. 혹시 벌링턴 경찰청에 친구가 있으신가요?"

"음, 버드 위버라고 콜빌 출신인 친구가 있는데 지금 거기 있기는 하네."

"그에게 벌링턴 우체국에 전화해서 사서함 260이 누구 이름으로 되어 있는지 알아보고 이리로 전화해 달라고 해주세요."

실콕스가 전화하는 동안 스파이크는 그 봉투를 만지작거리며 느긋하게 앉아 있었다. 그리고 보안관이 마침내 수화기를 내려놓자 그에게 그 편지를 건넸다. "이걸 보세요."

그 주소는 잉크로 쓴 것으로서 다소 정교한 여성의 필체였다. 그러나 뒤쪽에는 연필로 쓴 이상한 기호가 있었는데 가늘고 기다란 글씨였다. 그는 책상 서랍에서 수표책을 꺼내서 펼친 다음 연필로 쓴 기호와 대조했다. "샤론의 글씨예요."

두 남자는 그 기호를 쳐다봤다. "Mldv. 4-21. Htks. 5-22."

"이게 뭐라고 생각하나?" 실콕스가 물었다.

스파이크는 당황하며 어깨를 으쓱했다. 그리고 편지를 개봉했다. "날짜는 7월 6일입니다." 그는 이렇게 말하고 읽기 시작했다.

사랑하는 당신

**** 이 ****는 내가 생각하고 있는 동안 5분이 다 지나갔다는 표시예요. 당신도 알다시피 이건 내가 처음 쓰는 연애편지랍니다. 그래서 이런 걸 어떻게 쓰는지 아주 잘 알지는 못해요.

연애편지… 사랑… 누군가가 날 사랑할 거라는 게 재미있어요. 내 짧은 인생에는 증오와 괴로움만이 있을 뿐이었는데 이제 내게는 — 당신이 있어요. 맞줄표 안에 — 당신 — 이라고 쓰고 보니 그게 의미하는 건… 아, 그게 뭘 의미하는지 어떻게 당신에게 말할 수 있을까요. 그건 이 끔찍한 감시, 이 끊임없는 두려움에서 벗어난 새로운 인생을 의미해요. 매 순간 나는 존재하기 위해 싸워야 해요. 그들 모두에게 맞선 싸움이죠. 샤론만 아니라면 내가 이길 수 있을 거예요. 난 메리나 윌슨은 두렵지 않아요. 그들은 싸울 만한 배짱이 없어요. 하지만 샤론은… 그가 나를 보고 내게 말하기 시작하면 나는 힘을 잃어버려요. 모래 속으로 빠져 들어가는 기분이 들죠. 나는 그를 증오해요. … 그를 증오해요. … 그를 증오해요. 그가 당신과 나 사이에 끼어들려고 하기만 하면 난 그를 죽일 수도 있어요.

스파이크는 그 종이를 내려놓고 실콕스를 쳐다봤다. "이게 추리소설이라면," 그가 말했다. "마지막 문장이 진한 글씨로 강조

되어 있겠죠." 보안관은 고개를 끄덕였고 그는 계속해서 편지를 읽었다.

당신이 오기 전 나의 하루하루는 그런 것이었어요. 증오와 두려움, 그리고 투쟁. 그런데 지금… 지금도 나는 증오하고, 두렵고, 싸우고 있지만, 내 앞에는 희망이 있어요. — 탈출이죠. 하지만 언제, 언제일까요? 아, 사랑하는 당신, 그날이 빨리 오게 해줘요. 당신이 약속한 대로 나를 데려가 줘요. 삶과 행복을 찾아, 그리고 내게 사랑의 경이로움을 가르쳐준 당신에게로 달아나게 해줘요.

스파이크가 읽기를 멈췄다. "서명은 그냥 'J.J.'라고 되어 있습니다."

실콕스는 역겨운 표정이었다. "'사랑의 경이로움'이라니," 그가 감정을 드러내며 말했다. "꿀꿀이죽 같은 소리! 풋사랑 따위!"

스파이크는 고개를 내저었다. "아뇨, 이건 그냥 풋사랑은 아닌 것 같군요. 추신을 들어보세요." 그러면서 그는 그 편지를 다시 들고 읽었다.

추신 — 방금 재미있는 게 생각났어요. 내가 아기를 가진다면 어떻게 될까. **그러면** 메리가 놀림감이 되지는 않을까요?

실콕스는 잠시 아무 말도 하지 않았다. 그런 뒤 드러난 내용의 심각성이 충분히 인식되기 시작하자 그는 제대로 충격을 받은 표정이었다. "수치심도 없는 망나니 같으니! 채찍질 당해야 해. 그 남자도."

"아, 모르겠네요." 스파이크가 이의를 달았다.

"모르겠다고? 뭘 몰라. 만일 내 딸이었으면, 나는 ─"

그러나 질 제프리가 에브라임 실콕스의 딸이었다면 어찌 되었을지 모를 그녀의 운명은 전화벨 소리에 가로막히고 말았다.

보안관이 수화기를 들었다. "그래. … 일은 빨리 진행되고 있는 거지? … 그래. **뭐라고?** … 확실해? … 음, 내가 갈 ─ … 나중에 말해주지. 지금은 시간이 없어. … 정말 고맙네."

그는 수화기를 내려놓고 흥분해서 스파이크에게로 돌아섰다. "벌링턴의 버드 위버네. 그가 우체국에 전화해서 그 사서함에 대해 알아냈어. 우체국에 있는 그 친구는 그 사서함을 똑똑히 기억하고 있다고 하네. 그 이름이 아주 특이했고 여자가 아주 당돌해 보였기 때문이라는군."

"이름은 뭐고 여자는 어땠는데요?"

"그 사람 말로는, 어떤 여자가 한 달쯤 전에 거기 왔는데, 굉장히 예쁘고 검은 머리에 멋있어 보이는 젊은 여자였대. 그 여자가 사서함을 대여했는데, 자기 이름이 아니라 남자의 이름으로 했다는 거야." 그는 스파이크의 긴장한 모습을 즐기면서 잠시 말을 멎었다.

"어서 말씀하세요. 이름이 뭔가요?"

"제롬 W. 페더스톤."

10

"당황하지 마시라."

스파이크는 안락의자에 등을 대고 누워서 한없이 나른하게 담배 연기를 허공에 뿌렸다. "의아하네요." 그가 말했다. "그냥 의아할 뿐이에요."

"의아할 것 없네." 실콕스가 잘라 말했다. "내가 볼 땐 지극히 단순해."

"글쎄요, 어떤 분은 머리가 맑으시니, 다행이네요. 저는 모든 게 뿌연 상태예요."

"불 보듯 뻔한 일이야. 질이라는 그 여자가 페더스톤과 관계를 갖고 있었는데, 노인이 그걸 알아낸 거지. 그래서 그녀에게 양자택일하라고 하자 그녀가 그를 죽인 거야. 그놈이 그녀를 도왔다고 해도 난 별로 놀라지 않을 걸세. 그들은 둘 다 겉만 번지르르한 인간들이야."

"하지만 이해가 안 되는 게 뭐냐면, 바로 옆집에 사는 그들이 왜 벌링턴의 사서함으로 편지를 쓰냐는 거예요. 물론, 그렇다고 해도 그들이 폭넓은 대화를 나눌 기회를 못 가질 수는 있겠죠." 스파이크의 마음 한구석에는 풀 먹인 하얀 옷을 입고 감시하고, 또 감시하는 사람의 형상이 어른거렸다. "미스 윌슨이 수사본부의 미행하는 형사처럼 질을 따라다니는 것 같으니까요."

"그럴지도 모르지." 실콕스는 인정했지만 그다지 설득되지는 않았다.

"그리고 이해가 안 되는 또 다른 점은요," 스파이크가 계속해서 말했다. "질의 이런 피해망상의 근본적인 이유가 뭐냐는 겁니다."

"뭐라고?" 이 현대 심리학 용어는 콜빌이라는 따분한 지역의 지성을 뚫고 들어가지 못했다.

"제 말씀은, 도대체 그녀는 왜 항상 누군가 자신을 죽이려 한다고 생각하냐는 겁니다. 살기 위해 싸운다는 이 모든 말이 대체 뭐냐고요?"

"그녀가 자기 평판을 조금만 더 생각했다면 얼마나 좋았겠어."

스파이크는 고개를 내저었다. "아뇨, 보안관. 요즘 시대에 명예를 지키려고 싸우는 건 영화에서나 있는 일이지요. 인생에도, 여자들에게도 이제 더는 눈처럼 깨끗한 처녀의 순결이란 건 없답니다. 다행한 일이죠." 보안관의 성난 도덕성을 존중해 주느라 그는 마지막 말을 하면서 소리를 낮췄다.

스파이크는 잠시 아무 말 없이 생각에 잠겼다. "아뇨," 마침내 그가 말했다. "제 생각에 여기엔 노이로제 환자의 망상을 넘어서는 뭔가가 있습니다. 뭔가 이상하고 특이한데 손에 잡히질 않네요. 어제 이 집에 첫발을 들였을 때 저는 뭔가 모를 불길한 긴장감을 느꼈습니다. 왜 그런지 안다면 지금보다 문제 해결에 훨씬 더 가까워지게 될 텐데 말입니다."

"페더스톤에게 물어보는 게 어떨까?"

"말도 안 되죠. 그가 제게 말할 거라는 생각은 들지 않습니다. 그렇게 하는 건 그의 손에 든 카드는 보지도 못한 채 제 손을 펴 보이는 것일 뿐이에요. 그와 다시 얘기하기 전에 그에 대해 좀 더 많은 걸 알아내고 싶습니다. 제가 알고 싶은 건 —"

그는 말을 멎었다. 그의 눈은 기다란 초록색 사서함을 다시 더듬고 있었다.

"우리가 잊은 게 있네요." 그가 말했다. 그리고 그는 조금 더 작은, 다른 봉투를 꺼냈다. 그것은 질에게서 가로챈 편지를 발견한 흥분 때문에 제쳐 놓았던 것이었다.

그 안에는 부서지기 쉬운, 빳빳한 종이 한 장이 있었다. 스파이크는 그 종이를 흘낏 보고는 실콕스에게 건네면서 눈썹을 치켜올렸다. "사본이군요." 그가 말했다.

"혼인 신고서로군." 그 종이를 보면서 보안관이 보충해서 말했다. 그리고 그는 14년 전으로 기록된 날짜를 읽었다. "오하이오주, 제인스빌… 사라 엘렌 타워와 시어도어 해리슨."

그는 스파이크를 쳐다봤다. 그의 민첩한 작은 눈이 휘둥그레졌다. "이 사람들은 누구지?"

스파이크는 그 종이를 잡아채서 찬찬히 조사했다. "아마도," 그가 말했다. "아마도 —" 그러더니 그는 보안관의 팔을 붙잡았다.

"이걸 들어보세요. 그리고 저와 같은 생각인지 한번 보세요."

그는 안주머니에서 구겨진 종이 한 장을 꺼냈다. 그것은 그가 그날 새벽 샤론의 휴지통에서 복구해 낸 것이었다.

"'너는 명예와 부끄러움을 모르는 독사다. 나는 너의 추악한 죄를 낱낱이 알고 있다. '복수는 나의 것'이라고 신께서 말씀하시니 나는 신의 도구가 될 것이다. 그리고 무기는 이미 준비되어 있다.'"

"'무기'," 스파이크는 이 말을 되풀이하며 사본을 탁하고 쳤다.

"앗, 자네 말은 아마도 페더스톤이 기혼자일지도 모른다는 거로군." 실콕스가 불현듯 깨닫고서 소리쳤다. "그의 이름은 해리슨이고 그는 이 타워라는 여자와 오하이오주 제인스빌에서 14년 전에 결혼했던 거야. 그리고 지금 가명을 쓰고서 미혼인 척하며 여기서 어슬렁거리고 있는 거고."

"훌륭하십니다!" 스파이크가 그의 등을 힘껏 쳤다. "우리는 헛다리 짚고 있었던 거예요. '복수는 나의 것'이라는 이 편지는 질에게 쓴 게 아니에요. 이건 페더스톤에게 쓴 거죠. 그리고 이게," 그러면서 그는 사본을 다시 가리켰다. "'무기'인 거죠. 왠지 —"

스파이크는 흥분해서 말을 중단했다. 다물어진 입술은 예리한 추측을 따라가고 있었다.

"저는 질 제프리가 지난 3, 4개월 동안, 그러니까 여기 온 이래로, 벌링턴에 갔던 날짜를 알아내고 싶습니다. 가능하다면 말이죠. 그게 가능하다고 생각하세요?"

"뭐라 말하기 어렵군그래. 여기는 이동이 별로 많지 않은 곳이야. 역에 근무하는 모스 쉐플리라면 기억할지도 몰라."

"그럼, 가능한 방도를 찾아주세요. 그리고 그와 더불어 페더스톤이 그쪽으로 여행 간 적이 있는지도 알아내 주시고요. 만약

역에서 아무것도 알지 못한다면, 주유소들도 한번 조사하시고요. 그가 차로 이동해서 휘발유를 채우느라 들렀을 수도 있으니까요. 아, 그리고 해야 할 또 다른 일이 있습니다. 벌링턴에 있는 그 친구분의 도움을 빌릴 수 있는지 한번 알아보세요. 우체국 사서함에 감시인을 배치해야 하니까요. 지금으로서는 그게 큰 도움이 된다기보다는 그냥 안전을 기하기 위해서입니다. 그 사람들이 보안관을 위해 이런 것들을 해줄까요?"

보안관은 고개를 끄덕이고는 의자에서 일어섰다. 문 앞에서 그는 잠깐 멈춰 섰다. "내가 없는 동안 무슨 장난질이라도 하는 건 아니겠지?"

스파이크는 미소를 지으며 고개를 저었다. "아뇨, 보안관. 저는 그냥 앉아서 생각을 좀 할 겁니다." 실콕스가 담배를 새로 피워 물고 나가자 그는 안락의자에 좀 더 깊숙이 몸을 파묻었다. 그는 마음속으로 그날 새벽에 드러난 증거들을 흥미진진하게 더듬어 나갔다. 비극적 드라마의 주인공들 — 샤론 — 메리 — 질 — 간호사 — 페더스톤이 머릿속을 맴돌았다.

페더스톤이 그 여자를 속여 농락한다. ⋯ 노인이 그걸 알아차린다. ⋯ 마구 화를 내며 호통을 치고 나서 페더스톤이 이미 결혼한 상태여서 질과 결혼할 수 없다는 것을 알게 된다. ⋯ 그가 가명을 쓰는 사기꾼이라는 걸 폭로하겠다고 협박한다. ⋯ 페더스톤에게 유일한 탈출구는 그 늙은이를 제거하는 것이다.

스파이크는 다시 한번 머릿속의 움직임을 멈추었다. 자신의 지시에 따라 제롬 W. 페더스톤의 결혼 생활을 조사해줄 사설탐정이 있었으면 좋겠다는 생각이 들었다. 결국에는 그런 사람에게 기댈 필요가 있을지 모르지만 지금으로서는 —

바로 그 순간 그의 상념을 깬 것은 나지막이 부르릉거리며 풀밭을 가로질러 다가오는 자동차 소리였다. 실콕스일 리는 없었다. 힘 좋은 고물 덩어리, 그의 포드 자동차라면 더 시끌벅적하게 움직였을 것이다.

"벌링턴의 그 의사입니다." 차가 집 앞에 멈추자 보안관의 부하 중 한 명이 몇 분 뒤에 와서 보고했다.

레슬리 카맥 박사는 키가 크고 비율 좋은 남자였고, 의사치고는 젊었다. 아마도 서른다섯 살 정도일 것 같았고 아무리 해도 마흔 살은 되지 않았을 터였다. 매끈하게 면도를 한 얼굴에 잘 빗어 넘긴 검은 머리, 그리고 안경 너머로 다소 날카로운 눈이 보였다. 한 손에 가방을 들고 그가 차에서 내리자 사무적이고 효율적인 병원의 분위기가 물씬 풍기는 듯했다.

낯선 젊은 남자가 자기를 맞으러 나오자 그는 의문을 표하며 눈썹을 치켜올렸다. 하지만 스파이크가 베란다를 가로질러 겨우 반쯤 앞으로 나갔을 때 그의 뒤에서 뭔가가 재빠르게 움직였다. 미스 윌슨이 앞문에서 뛰쳐나와 현관을 가로질러 차로 달려가는 것이었다.

"오, 선생님, 와주셔서 정말 기쁩니다. 무서운 일이 벌어졌어요. 저는 — 저는 —" 그녀는 주위를 돌아보다가 스파이크가 바로 뒤에 있는 것을 보자 몸이 굳어졌다. 그녀는 다시 간호사의 차분함을 회복했다. "이 신사분은," 그녀가 말을 시작했지만, 스파이크가 그녀의 말을 막았다. "이 신사분이 선생님을 먼저 뵙고 비참한 일의 내막을 설명해주실 겁니다."

의사는 당혹스러운 표정으로 두 사람을 번갈아 보았다. "하지만 환자가 ―" 그가 항변했다.

"그녀는 기다려도 됩니다." 스파이크의 단호한 말이었다. 그리고 그는 팔을 내밀어 의사의 팔짱을 꼈다.

서재에 단둘이 있게 되자 그는 비극적인 상황과 이 사건 수사에서 자신이 맡은 역할을 짧게 설명했다. "그래서 저는 지금," 그가 마지막으로 말했다. "박사님이 조금 도와주시기를 바라는 바입니다."

"물론 저는 할 수 있는 건 뭐든지 할 생각입니다. 하지만 ―" 들은 이야기에 충격을 받은 그는 말을 잇지 못했다.

"박사님께서는 ―" 스파이크는 갑자기 말을 멎고는 전화기를 잡았다. "교환원, 브로스켈튼 박사의 집을 연결해주세요." 그러나 연결이 되었음에도 통화 내용은 그가 원하던 바가 아니었다. 그는 수화기를 내려놓고 카맥을 보며 상황을 설명했다.

"아시겠지만, 박사님, 여기 사람들은 살인 사건을 별로 접한 적이 없습니다. 이게 첫 사건이지요. 마을의 유일한 의사는 자리를 비운 상태입니다. 그의 부인이 방금 말하기를, 5분 전에 남편이 전화했는데 다리가 물에 쓸려가 버려서 움직이지 못한다며 훨씬 더 늦게야 온다는 것입니다. 박사님께서 그분을 대신해 주실 수 있을까요?"

"물론입니다. 제가 할 수 있다면요."

"그럼 됐군요." 스파이크는 일어나서 침실로 통하는 문을 열고 의사에게 안으로 들어가라는 몸짓을 했다. "말씀해주세요, 박사님." 두 사람이 움직이지 않는 인물을 내려다보며 섰을 때 그가 말했다. "샤론 박사는 사망한 지 얼마나 됐습니까?"

카맥은 머뭇거렸다. "제가 확인해 보도록 하겠습니다." 그가 말했다. "하지만 이건 전혀 제 분야가 아닙니다. 이건 어찌 보면 그 자체가 과학이고 경찰청 전문가들이 능숙하게 하는 일이죠. 평범한 의사들은 이런 일에 불려가는 일이 별로 없지요."

"그건 압니다만," 스파이크는 고집을 부렸다. "어쨌든 박사님의 의견을 말씀해주세요."

의사는 시신 위에 몸을 숙여서 외과 의사의 단단하고 강한 손으로 팔다리를 들어 올리고 근육을 굽혀 보았다. 그리고 죽은 이의 눈꺼풀을 올려 뒤집어보았다. 다음으로 그는 가슴에 난 상처로 시선을 돌려 셔츠 위에 응고된 작은 핏자국을 보고 섬세한 손가락으로 옷을 들어 올려 조사했다. 마침내 그가 일어났다.

"규명하기가 어렵네요." 그는 이렇게 말하고는 시계를 꺼냈다. "지금이 8시 10분이군요. 근육의 상태로 볼 때 사망 시점은 일곱에서 여덟 시간 전이라고 말씀드리겠습니다. 아마도 자정 무렵일 것 같군요."

"한 11시 30분쯤?" 스파이크가 조심스럽게 추측했다.

"글쎄요, 어쩌면요. 하지만 조금 더 뒤가 아닐까 생각됩니다."

두 남자는 방에서 나왔고 스파이크가 뒤쪽으로 조용히 문을 닫았다. "정말 고맙습니다, 박사님. 자, 이제 질문을 몇 개 하겠습니다. 저는 직업윤리라는 게 있다는 것, 그리고 의사는 고해 신부와 비슷해서 환자의 비밀을 유출해서는 안 된다는 것을 인지하고 있습니다만 이런 특별한 경우에는 상황에 맞게 좀 달라져야 하지 않을까 생각하거든요. 그래서 박사님께 이 가족에 대해 가능한 모든 것을 제게 말씀해주십사고 부탁드리는 바입니다. 샤론과 두 여자분, 그리고 간호사와 이 페더스톤이라는 친구에 대해서요."

"좋습니다. 저는 문제의 소지 없이 그렇게 할 수 있다고 생각합니다만 의사로서 이들과 만난 것 외에는 아는 게 거의 없어서 도움이 될지 의문입니다."

"그건 제가 판단하겠습니다."

"제가 샤론 박사와 미스 윌슨, 그리고 메리를 만난 건 크리스마스 직전이었습니다. 메리가 심한 맹장염에 걸려 병원으로 실려 왔던 겁니다. 저는 그들을 전혀 알지 못했지만 장모님이 한때 포레스트 힐에 있는 샤론 목사님의 교회 신도였기에 제게 수술을 해달라고 하더군요.

저는 메리를 수술했고 그 후 그녀를 담당하게 되어 상태가 어떤지 보기 위해 크리스마스 뒤에 이곳에 여러 번 왕진을 왔습니다. 그녀는 신경이 쇠약하고 예민해서 제가 기대했던 것만큼 빨리 회복하지 못했습니다."

"그 노인에 대해서 아시는 바는요?" 스파이크가 물었다.

"거의 없습니다. 그는 뉴욕 사람인데 평화롭게 죽음을 맞으려고 이곳에 왔지요."

"죽음이라고요?"

"네, 그는 만성 당뇨병을 앓고 있었는데 병증이 거의 말기에 가까워져 있었습니다. 그래서 간호사를 데리고 있었던 거죠. 상대적으로 활력이 있는 기간도 있기는 했지만, 그는 병이 깊고 매우 쇠약한 상태였습니다. 그를 죽인 사람이 누군지 몰라도 그자는 기다렸어야 해요. 기껏해야 몇 달이 남았을 뿐이니까요."

"다른 여자에 관해서는요?"

"질 말입니까?"

스파이크가 고개를 끄덕였다.

"그녀에 관해서는 제가 아는 게 거의 없습니다. 벌링턴에서는 당연히 미스 윌슨과 그 노신사, 그리고 제 환자를 잘 알게 되었지만, 그 언니는 거기 없었습니다. 여기로 왕진을 왔을 때 그녀를 잠깐 봤을 뿐입니다. 그녀는 제가 보기에는 —" 그는 적절한 단어를 찾고 있었다. "그게 참, 메리와는 달랐습니다."

"아주 다르죠! 페더스톤은요?"

"아, 그는 아주 착한 청년인 것 같더군요. 하지만 저는 우연히 만나봤을 뿐이랍니다. 그 사람에 관해서는 제가 정말 안다고 할 수가 없군요."

"그가 어디 출신인지 아십니까?"

"뉴욕인 것 같은데, 확실한지는 모르겠군요."

"그에 대한 샤론의 태도는 어땠습니까?"

"제가 아는 한 아주 우호적이었습니다."

"샤론이 페더스톤을 좋아하지 않는다고 생각할 만한 것은 아무것도 없었다는 말인가요?"

"네." 스파이크는 그가 살짝 주저하는 것 같다는 느낌이 들었다.

"확실합니까, 박사님?"

"그야… 당연하죠." 이번에는 그 느낌이 확실했다. 하지만 페더스톤과 샤론의 관계에 대한 거듭되는 질문에도 카맥은 원래의 입장을 고집했다.

"그게 당신이 아는 전부인가요?" 스파이크가 마지막으로 말했다. "지금의 긴급 상황에 도움이 될지도 모르는 건 그게 다인가요?"

의사는 이마를 찡그리며 열심히 생각했다. "네," 그가 마침내 말했다. "그게 다인 것 같습니다."

"정말 감사합니다, 박사님. 이제 환자에게 가보셔도 됩니다. 조금 전에 제가 봤을 때 그녀는 그렇게 안 좋은 상태는 아닌 것 같았습니다. 제 생각엔 미스 윌슨이 지나치게 불안해하는 것 같아요."

"트레이시 씨, 저처럼 의사 일을 오래 하다 보면 서글프기도 하고 짜증이 나기도 하지만 여자들은 때때로 그런 식으로 행동한다는 것을 알게 될 겁니다." 그는 자다가 일어나야 했던 많은 밤들을 떠올리며 씁쓸하게 말했다.

"그렇지만 어쨌든," 스파이크가 항변했다. "미스 윌슨은 간호사인걸요. 그들은 상황을 냉정하게 보게끔 되어 있지 않나요?"

"하지만 그런 동시에 여자이기도 하죠. 그리고 때로는 냉정하기 짝이 없는 여자라도 감정이 개입되면 판단력을 상실하기도 하죠."

스파이크의 눈썹이 치켜 올라갔다. "아, 상황이 그런 건가요? 노인을 사랑하는 게로군요."

"아, 아닙니다." 의사가 재빨리 반박했다. "그런 얘기가 아니었어요. 그녀는 그의 교회 신도라고 알고 있는데, 그만큼 그를 오랜 세월 알고 지냈다는 것뿐입니다. 자연히 그들의 관계는 단순한 환자와 간호사 사이를 넘어선 거지요."

"그 노인은 결혼했었나요?"

"그건 모르겠습니다."

스파이크는 거실로 가는 문을 열고 의사가 지나가도록 옆으로 비켜섰다. 그 넓은 중앙 거실의 반대편에서 페더스톤이 막 주방에서 나오는 것이 보였다. 고개를 떨군 그의 얼굴은 창백했다. 그러나 카맥을 보자 어떤 긴장감 같은 것이 떠올랐다.

"맙소사, 오셨군요, 선생님." 그가 방을 가로질러 오며 말하는 소리가 스파이크의 귀에 들렸다. 두 남자는 함께 페더스톤이 전날 밤 묵었던 침실로 들어갔다.

몇 분 뒤에 실콕스가 돌아왔다. 임무를 잘 수행해서 만족스러운 표정이었다.

"됐어. 그 날짜들을 거의 다 파악했네. 모스 말로는, 그 여자가 벌링턴으로 왔던 날을 최소한 두 번은 정확하게 기억한다네. 한 번은 자기 생일이어서 표를 팔면서 그녀에게 그에 관해 무슨 말인가를 했더니 그녀가 자기를 늙었다고 놀렸기 때문이라더군.

또 한 번은 그램프 와이로더 영감의 관을 벌링턴으로 보낸 다음 날이었어. 관을 실으면서 장례식에 썼던 꽃들을 치워야 했는데 그중에 어떤 화관을 역 안에 두고는 잊어버렸다는 거야. 그 화관은 밤새 거기 있어서 다음 날에는 좀 시들었지. 그 바보 같은 여자가 역에 와서 열차를 기다리는 동안 그 화관을 목에 걸고 덩실덩실 춤을 춰서 모스를 혼비백산하게 했다더군."

"그게 언제 언제였죠?"

"음, 모스가 기억하고 있는 두 번은 그의 생일인 4월 8일과 5월 22일이었네. 물론, 그는 그녀가 다른 때도 왔다고 하는데 정확한 날짜는 알 수가 없다고 해. 그리고 —" 여기서 실콕스는 효과를 극대화하기 위해 말을 잠깐 멎었다. "그리고 모스는 자기가 기억할 수 있는 한 우연히도 페더스톤이 그녀에 앞서 다녀갔다고 하더군. 전날인지 아니면 바로 전 열차인지는 몰라도 말이야. 그가 벌링턴으로 가면 매번 그녀가 바로 뒤따랐다는 거지."

"그럴 거로 의심했습니다." 스파이크는 그 정보를 흥미롭게 받아들였지만 놀라지는 않았다.

"모스는 그들이 뭔가 재미있는 일을 도모하고 있다고 생각했다고 해. 그들이 함께 돌아온 건 딱 한 번이라고 그는 말하고 있어. 대부분은 따로따로 온 거지. 그는 그때 그녀가 춘 춤보다 더 남사스러운 춤은 한 번도 본 적이 없다고 해. 그가 말하더군. '아이고, 그 여자가 내 딸이었으면 나는 —'"

그러나 스파이크는 더는 듣고 있지 않았다. 그는 한 시간 전에 은행 금고에서 입수한 편지를 주머니에서 꺼냈다. 그리고 샤론의 필체로 뒷면에 연필로 써 놓은 기호를 두고 궁리하고 있었다.

"보안관," 그가 실콕스의 장황한 말을 끊으며 말했다. "마을 우체국에 전화해서 친구분에게 여기 버몬트주에 호치키스 비슷한 지명이 있는지, 그리고 또 밀리지빌, 혹은 마일드베일, 아니면 그 비슷한 느낌의 지명이 있는지 물어봐 주세요."

"전화할 필요도 없네. 호치키스와 말라드베일은 벌링턴 근처에 있는 지명이야."

스파이크 책상 위에 몸을 기울여서 관찰하고 있던 연필로 쓴 기호를 가리켰다. 그의 얼굴에는 서서히 미소가 번져갔다. "이것 보세요. 'Htks.-5-22.' 호치키스, 5월 22입니다."

실콕스는 이마를 찡그린 채 종이 위로 고개를 숙였다. 그리고 종이 위로 손전등 불빛을 천천히 비췄다. "자네 말은, 그녀와 그가 5월 22일에 호치키스에 갔다는 건가?"

스파이크가 고개를 끄덕였다. "그리고 말라드베일, 4월 21일이고요. 보안관, 이 두 곳의 호텔들에 전화해서 두 날짜에 숙박부에 기재된 사람을 찾아내면 좋을 것 같군요."

한 시간 반이 지나지 않아서 그들 앞에는 그 정보가 놓여 있었다. 제롬 W. 페더스톤 부부가 4월 21일에 말라드베일의 그레이트 노던 호텔, 그리고 5월 22일에는 호치키스의 팰리스 호텔에 투숙했던 것이다.

"그렇기는 한데, 좀 웃기는 상황이야." 실콕스가 두 번째 통화를 한 후 수화기를 돌려놓으면서 말했다. "두 호텔 측 모두 말하기를, 두 사람이 8시쯤 와서 방으로 올라갔다가 10시, 11시쯤에 남자가 내려와서 갔고 다시는 나타나지 않았다네. 그리고 다음날 아침에 여자 혼자 체크아웃을 했다는 거야. 이건 어떻게 생각하나?"

스파이크는 궁리를 했다. "아마도 그는 다른 곳에 가야 할 예정이어서 밤새 묵을 시간이 없었던 거겠죠."

"그럴듯하군." 실콕스가 인정했다.

스파이크는 아까 마음속으로 만들어봤던 가설을 다시 한번 점검했다. "페더스톤은 여자를 속이고 있었어요. 그로선 한두 번 있던 일이 아니지만, 그녀에게는 중국인을 제외하고는 아마도 처음 맞는 기회였겠죠. 그녀는 열정적으로 덤벼들었지만, 페더스톤은 그냥 즐기고 있는 거죠. 그러다가 노인이 그걸 알게 되죠. 최근에 그가 혼자서 마을에 여러 번 갔다고 말씀하셨잖아요. 그는 아마도 그들에 대한 정보를 모으고 있었던 걸 겁니다. 그리고 페더스톤의 결혼 기록을 찾아보고 있었겠죠. 그는 이걸 무기로 쓰게 됩니다. 가명을 쓰고 주변을 어슬렁거리는 사기꾼이라는 것을 폭로하겠다고, 그가 있는 곳을 그의 아내에게 알리겠다고 협박하죠. 페더스톤은 두려워집니다. 밤에 노인의 방으로 가서 그를 칼로 찔러 더 이상 그가 ―"

"잠깐만, 거기," 실콕스가 끼어들었다. "자네는 그가 없애려고 했던 그녀의 피 묻은 가운은 잊어버린 건가?"

스파이크는 갑자기 담벼락에 퍽 부딪힌 것처럼 잠시 당황스러워했다.

"그렇군요, 그걸 잊고 있었네요." 그는 다소 의기소침해져서 그 점을 시인했다. "하지만 ―" 그 문장은 허공으로 사라져갔다. 그의 두 눈에 서서히 이상한 표정이 떠올랐다. 어둡고 혼탁한 심연 속에서 안개가 낀 듯 흐릿하긴 해도 분명 윤곽을 드러낸 밑바닥을 마침내 보게 된 사람의 얼굴에 떠오르는, 그런 표정이었다. 그는 느닷없이 의자에서 튀어 오르더니 실콕스의 팔을 붙잡았다.

"맙소사, 보안관, 이걸 모르시다니요. … 질도 역시 우연히 들렀다가 그를 목격한 겁니다. … 그녀는 가운으로 상처를 닦아준 거예요. 이제 자유로워져서 페더스톤과 결혼할 것이라고 생각하면서요. 그녀는 그가 전에 결혼한 걸 알지 못하니까요. 하지만 그는 아니죠. 그는 이제 전보다 훨씬 더 궁지에 몰린 거예요. 그에게 남은 선택은 딱 하나이고, 그는 그걸 합니다.

그녀는 도망가지 않았어요, 보안관. 그녀는 여전히 이 집 안에 있어요. 죽어서요. 샤론을 쓰러뜨린 그 손에 의해 살해된 겁니다."

실콕스의 눈은 얼굴에서 튀어나오고 있었다.

"그럼 자네 말은… 사체가… 여기… 어쩌면, 토막 나서… 숨겨져 있다는 건가?"

두 남자는 문을 향해 달려갔다. 실콕스가 먼저 닿아서 문을 열어젖혔다.

"하지만 자네는 뭘 하려고 하는 건지 —" 그가 갑자기 멈춰 섰다.

"저, 두 친구분들, 주제넘은 말이지만, 먼저 당황하지 마시라고 말씀드리고 싶군요."

스파이크는 한 대 얻어맞은 사람처럼 비틀거렸다. 그는 헉 소리를 내며 의자에 주저앉더니 바보같이 웃었다. 질 제프리가 실콕스 옆을 스쳐 지나 서재로 들어왔던 것이다.

11

몽둥이가 필요해.

파란색과 은색이 어우러진 가운을 입고, 눈에는 웃음을 머금고, 목소리는 경쾌하고 느긋하며 여름 아침처럼 생기가 넘치는, 사랑스럽고 매력적인 젊은 여자를 떠올려 보라. 그러면 서재로 걸어 들어와서 토막 난 자신의 시체를 찾기 시작하려던 두 남자 앞에 선 질 제프리의 모습이 보일 것이다.

스파이크는 실망과 경악으로 숨넘어가는 소리를 내며 주저앉았던 의자에서 힘없이 눈을 들어 실콕스를 보았다. "보안관," 그가 희미하게 말했다. "다음번에 제가 도를 넘는 행동을 하면 그냥 몽둥이로 때려주세요."

그러나 실콕스의 혼란스러움도 그저 조금 덜한 수준일 뿐이었다. 그 역시 의자에 몸을 파묻고 앉아 핫도그를 씹고 있던 규칙적인 턱의 움직임조차 멈출 정도로 얼이 빠져 있었다.

세 사람 중에서 그 여자 혼자 냉정하고 침착한 상태 그대로였다. 그녀는 느긋하면서도 약간은 즐기는 듯한 분위기로, 마치 기분 좋게 수다라도 떨려고 왔다는 듯 편안하게 자리를 잡고 앉아서 스파이크 쪽으로 손을 내밀었다.

"담배!" 그녀가 명령했다. 그는 기계적으로 담뱃갑을 내밀고, 그런 다음 불을 제공했다. 그녀는 등을 기대고 앉아 섬세하고 아름다운 코로 연기를 내뿜었다.

"내가 너무 무례하게 끼어들었을 때 당신들이 하고 있던 말은 —" 그녀는 태연하게 말을 꺼냈다.

그러나 실콕스나 스파이크 두 사람 다 아직은 이 침입자를 상대할 상태가 아니었다. 그들은 그저 그녀를 멍하니 쳐다보는 것 말고는 아무것도 하지 못했다. 그렇지만 한참 있다가 스파이크가 정신을 가다듬었다.

"이봐요, 숙녀분." 그가 힘없이 말했다. "나한테 말해주 —" 그러다 그는 말을 멈추고 질 제프리가 설명해야 할 것들이 얼마나 많은지를 깨달았다. 그런데 그 순간 제일 시급한 것이 무엇인지를 선택할 수가 없었다. 그녀가 그를 돕고 나섰다.

"무엇보다 먼저," 그녀가 말했다. "당신들은 아마도 도대체 내가 어떻게 나갔는지 알고 싶어 죽을 지경이겠죠. 그리고 마찬가지로 어떻게 다시 들어왔는지, 그동안 내가 어디 있었는지도요."

"맞아요." 스파이크가 감동하여 대꾸했다.

"흠, 그건 이런 거죠. 재능이라는 거요. 후디니*라면 내 비법을 알려고 수백만 달러를 줬을걸요."

"후디니도 없고 수백만 달러도 없는 판인데, 절충해서 5달러, 어때요?" 그는 주머니에서 지폐를 꺼내 테이블 건너편으로 던졌다.

그녀는 충격을 받았다는 말투였다.

---

* 해리 후디니(1874-1926). 헝가리의 마술사이자 스턴트맨. 손과 발에 수갑과 족쇄를 채우고서 행하는 탈출묘기의 귀재로 명성을 떨쳤다.

"**트레이시 씨!** 지금 내게 뇌물을 먹이려는 거예요? 금으로 살 수 없는 딱 한 가지가 순수한 여자의 마음이라는 걸 몰라요?"

"이봐요, 아가씨. 당신은 사정상 봐줄 수 있는 경솔함을 넘어섰다는 생각이 드는군요."

그녀는 마치 '당신은 정말 아무것도 모르는군.'이라고 말하는 것처럼 눈썹을 치켜올렸다. 그러더니 입가에 즐거운 미소가 번졌다.

"그래요," 그가 힘주어 말했다. "이제 장난은 그만하고 시작해보죠. 이 집에서 어떻게 나가서 어떻게 돌아온 겁니까?"

"내가 이미 말했잖아요. 그건 재능이라고요."

"내가 원하는 건 좀 더 구체적인 겁니다."

"당신은 원하는 걸 항상 얻나요?" 그녀가 반박했다.

"얻지 못하면, 가져오죠." 그는 단호하게 이를 악물고 그녀를 뚫어져라 응시했다.

그녀의 얼굴에서 삽시간에 미소가 사라졌다. 그녀의 가슴이 들썩이기 시작하더니 그녀가 양팔을 그에게 내밀었다.

"나를 가져가요. 크고 힘센 남자분, 나를 가져가라고요. 나를 당신 하고 싶은 대로 해요."

스파이크가 째려봤다. 그러다가 그의 얼굴에서 분노와 울분이 서서히 사그라지고 바보 같은 웃음이 그 자리를 대신했다. 그는 실콕스에게 책망하는 눈길을 던졌다. "보안관, 내가 당신에게 몽둥이를 쓰라고 말했던 걸로 생각하는데요."

"뭐라고?" 실콕스는 여전히 혼란스러움에서 헤어나지 못한

118

채 그저 앞에 있는 두 사람을 어리둥절한 눈빛으로 바라보며 앉아 있을 뿐이었다.

스파이크가 다시 여자 쪽을 돌아봤다. "하지만 제프리 양, 진지하게 요청하는데, 이제부터 내 질문을 빈정거리고 깐죽거리기 위한 소재로 쓰지 말아주세요. 이 집에서 어떻게 나갔습니까?"

"알면 놀랄걸요."

"어떻게 다시 들어왔습니까?"

"알면 놀랄걸요."

"그동안 뭘 하고 있었나요?"

"알면 놀랄걸요."

"달리 말하면, 대답하지 않겠다는 거군요?"

"절대로요."

"당신이 아는지 모르겠지만 ―"

"내가 어떤 걸 말하거나 하지 않는 게 내게 불리하게 작용할 거라는 거요? 그럼요, 잘 알죠."

"그렇다면 당신이 아는 건 ―"

"살인이 일어났다는 거죠." 또다시 그녀가 문장을 마무리했다. "그리고," 그녀는 계속해서 말했다. 즐거운 듯한 미소가 또다시 입가에 떠올랐다. "그리고 당신들은 내가 그랬다고 생각하고요."

스파이크와 실콕스는 말문이 막혔다. 그녀는 담배를 비벼 끄더니 하품을 하고는 팔팔한 어린 짐승처럼 몸을 쭉 늘렸다. 그녀는 멀리 떨어진 계곡 반대편 언덕을 잠시 눈으로 더듬었다.

"자," 그녀가 마침내 말했다. "당신들이 알고 싶다면 말씀드리죠. 난 안 죽였어요."

스파이크는 침묵 속에서 얼마간 그녀를 지긋이 응시했다. 그러고는 일어나서 방을 가로질러 벽장으로 걸어가서 복슬복슬한 하얀 가운을 가지고 왔다. 그가 그녀의 뒤로 다가갔기 때문에 그녀는 그가 자기 앞에 설 때까지 뭘 하려고 하는지 알 수 없었다. 그는 빠른 동작으로 책상 위에 가운을 펼쳐 놓았다.

"**저건** 뭡니까?" 그는 소리를 빽 지르며 순백을 오염시킨 검붉은 자국을 손가락으로 비난하듯 가리켰다.

일순간 그녀는 꼼짝도 하지 않고 앉아서 얼룩진 가운을 응시했다. 그러다 양손이 목으로 가더니 거친 목소리가 터져 나왔다.

"하느님 맙소사! 모든 게 끝났어! **피야**!"

그러나 마지막 단어에서 그녀의 목소리는 감정에 겨운 듯 갈라졌다. 그녀는 등을 뒤로 기대고 웃음을 터트리며 위에 있는 남자의 얼굴을 들여다보았다. 눈에는 조롱기가 가득했다.

스파이크는 가운을 내던지고는 실콕스 쪽으로 다시 한번 돌아섰다. 이번에 그의 목소리는 짤막한 포효에 가까웠다.

"보안관, 몽둥이를 가져올 겁니까, 말 겁니까?"

여자의 명랑한 웃음소리가 방 전체에 울려 퍼졌다. 곧이어 그녀는 성난 아이를 달래는 어머니처럼 온화해졌다. "자, 자," 그러면서 그녀는 스파이크의 팔을 어루만졌다. "질이 다 얘기해줄게. 그러니까 울지 마. 엄마한테 웃어줘야지." 그녀가 채근했다. "활짝 웃어보렴."

스파이크는 저도 모르게 웃음이 났다.

"자, 이제 조용히 앉아봐요. 그러면 내가 그게 뭔지 설명해줄 테니." 그리고 그녀는 얼룩이 묻은 가운을 가리켰다. "사실, 저건 피예요. 샤론의 피죠." 그녀는 차분하고 침착한 목소리로 말했다.

"있잖아요, 그날 밤에 나는 마음이 좀 싱숭생숭했어요. 그래서 집 주위를 배회하기 시작했죠. 그러다가 우연히 샤론의 방으로 들어갔는데 그가 그런 상태로 있었던 거예요. 나는 허리를 숙였고 그가 죽었다는 걸 바로 알았어요. 그래서 그 단검을 뽑았고 피가 내 잠옷 가운에 묻게 된 거랍니다. 바로 그때 제롬이 갑자기 들어왔고 경악했죠. 그도 역시 주위를 배회하고 있었던 거예요. 내 가운에 묻은 피를 보고 그는 극단적인 반응을 보이면서 그걸 가져가서 태우겠다고 우겼어요. 하지만 당신들이 그를 저지했나 보네요. 부탁인데, 담배 한 대만 더."

이야기를 하는 내내 그녀의 목소리는 무미건조하고 차분했다. 시신을 발견하던 때를 묘사하는 그녀의 감정선은 담배를 달라고 할 때와 다를 바가 없었다. 그녀가 내비치는 감정을 보면, 살짝, 하지만 그냥 살짝만 재미있는, 무슨 시시한 소문이라도 전하고 있는 것 같았다.

스파이크는 그녀에게 담배를 건넸고 라이터도 내밀었다. 그 자신도 한 대를 꺼내서 불을 붙였다. 그는 마음이 불편했다. 교활한 인간을 다룰 때 그는 연막전술을 쓰는 쪽이었다.

"재미있군요." 그가 한참 있다가 말했다. "아주 재미있어요." 그의 목소리는 이제 차분하고 침착하고 평정심을 되찾아 있었다. "오늘 새벽에 페더스톤과 얘기를 했는데, 그는 어젯밤에 당신이 본 것과는 다른 걸 본 것 같더군요."

"정말요?" 그녀는 약간의 관심만을 보일 뿐이었다.

"그는 **자기가** 제일 먼저 안으로 들어가서 시신을 발견했다고 했습니다."

"그라면 그랬겠죠. 순수한 저의 인격에 오점이 남을까 두려워서 땀을 뻘뻘 흘렸거든요."

그녀는 업신여기는 투로 말했다.

스파이크는 다음 질문을 던지며 그녀를 세밀하게 관찰했다. "당신과 제롬은 굉장히 친한 사이인가요?"

"아, 우린 서로 못 잡아먹어 안달인 사이죠." 그러더니 갑작스레 무슨 생각이 떠올랐는지 그녀의 눈이 반짝거렸다.

"아니 그럼, 제롬이 한 짓인가요?"

"뭘 해요?"

"살인이죠, 멍청하기는."

"음," 스파이크는 또다시 실눈을 하고서 조용히 물었다. "음, 그가 했나요?"

"내가 어떻게 알겠어요? 난 탐정이 아니잖아요. 그건 당신네 일이죠."

"제롬이 샤론을 죽이고 싶은 무슨 이유라도 있다고 생각하나요?"

"전혀요. 샤론이 지독하게 못돼 먹은 늙은 독수리라는 것 말고는요."

"당신이 그를 죽이고 싶어 할 만한 이유는요?"

그녀는 다시 웃음을 터뜨렸다. "아주 많죠!"

"어떤 것들이죠?"

"그건 당신이 상관할 바 아니에요."

스파이크는 짜증이 나서 양 주먹을 불끈 쥐었다. "젊은 숙녀분, 아는지 모르겠지만 —"

"입 다물어요." 그녀가 항변했다. "지금 나한테 무슨 말을 하려는지 난 정확히 알고 있어요. 살인에 대한 온갖 부질없는 말들과 나를 포함해서 모두가 용의자라는 것, 그리고 법의 존엄함 따위를 말한 다음 마무리는 당신의 질문에 내가 답하지 않으면 나를 감옥에 넣겠다는 위협이겠죠." 그녀의 높고 강하고 서늘한 목소리는 이제 장난스러운 조롱과는 거리가 멀었다. 그녀의 눈은 분노로 타올랐다.

"자, 어서 나를 감옥에 넣어요. 그런 건 아무것도 아니에요. 난 인생의 대부분을 감옥살이하듯 갇힌 채 억눌려 지내왔어요. 하지만 내가 당신한테 할 말은, 그 늙은 샤론을 내가 살해하지는 않았지만 누가 그랬는지 알고 싶다는 것뿐이에요."

"그렇게 관심이 있으시다니 감동적이군요." 스파이크가 심하게 비꼬며 말했다.

"천만에요. 난 단지 감사의 표시로 꽃다발을 보내고 싶어서 내 은인이 누군지 알고 싶은 거랍니다."

스파이크는 그녀를 신랄하게 공격했다. "당신은 내가 살면서 만난 최악의 냉혈한에 비정한 악녀야. 알겠어요? 당신이 이 세상에 혈혈단신으로 남았을 때 당신을 보호해준 사람, 중국의 누추한 선교 환경에서 당신을 구해내고 당신에게 집을 제공해준 사람, 당신을 딸처럼 대한 사람이 죽었어. 살해당했단 말입니다. 그런데 당신은 거기 앉아서 그를 살해한 자를 은인이라고 부르는군요."

그녀는 어깨를 으쓱하고는 다시 한번 조롱하는 미소를 되찾았다. "메리와 얘기를 했군요." 그녀가 말했다.

"그래요, 메리와 얘기했습니다." 그가 인정했다. "그래서 말인데, 당신은 그녀를 조금이라도 본받으려고 노력하는 게 좋을 것 같군요."

그녀는 절망스럽다는 시늉을 하며 양손을 쳐들었다. "당신도 그렇군요. 다른 모든 사람과 똑같아요. 난 당신은… 다르다고 생각했는데 말이죠." 그의 눈과 마주친 그녀의 눈은 통속극에 나오는 갈망과 비난을 담은 눈빛이었다. 으레 진부한 대사가 이어 나오는 그런 눈빛 말이다. 그러더니 그녀는 악동처럼 빙긋 웃으며 몸을 앞으로 기울였다. 그는 몸이 뻣뻣하게 굳어서 의자가 허용하는 한 최대한 뒤로 기대며 불안한 시선으로 실콕스를 보았다. 그러나 그녀는 살랑이는 부드러운 머리카락이 그의 뺨에 닿을 정도로 점점 더 가까이 다가왔다.

"그렇지만 있잖아요," 그녀가 달콤한 악마의 목소리로 사악하게 말했다. "당신은 날 데리고 나가고 싶죠?"

그는 얼굴이 달아올랐고 의자의 팔걸이를 부여잡은 손가락 마디가 새하얘졌다.

"안 그래요?" 그녀가 채근했다.

그는 가쁜 숨을 쉬었다. 혈관이 터질 것만 같았다. "그-그래요." 그는 몸을 떨며 그 말을 인정했다. "난… 난 —" 그가 갑자기 일어나더니 그녀의 등을 책상에 밀어붙이고는 노려봤다.

"꺼져버려, 이 나쁜 년."

12

머저리들

스파이크 트레이시는 의자에 힘없이 무너졌다. 그날 아침 두 번째였다. 그는 지금 막 벼랑 끝에서 떨어질 위기를 모면한 사람의 눈빛이었다.

"보안관," 실콕스가 일어나서 문으로 가자 그가 희미한 소리로 막았다. "나를 두고 가지 말아요." 그러나 그 요구는 묵살되었다. 보안관은 병든 자가 혼자서 기력을 회복하도록 내버려 두고서 등 뒤로 문을 쾅 닫았다.

저 멀리 계곡 아래서 딸랑거리는 소 방울 소리가 약하게 들려왔다. 뒷마당에서는 부르릉거리는 자동차 소리가 조용히 들려왔다. 헨리가 자동차를 수리하고 있는 모양이었다. 벌 한 마리가 방충망에 부딪히며 한가로이 윙윙거렸다. 그러나 서재 안에서는 안도와 놀라움이 뒤섞인 깊은 한숨 소리만이 적막을 깨뜨리며 들릴 뿐이었다.

얼마 안 있어 문이 열리더니 실콕스가 다시 방으로 들어왔다. 그는 잠시 스파이크 앞에 서서 역겨운 눈빛으로 그를 정면으로 쳐다봤다.

"정말 어이가 없어서 —"

"알아요, 압니다." 스파이크가 말을 가로막았다. "자꾸 말하지 않으셔도 됩니다. 당신이 아는 온갖 말을 다 동원해서 날 비난해도 받아들이겠지만, 하지만… 보안관, 그녀는 치명적이고, 그녀는 매혹적이고, 그녀는 —" 알맞은 단어는 나오지 않고 그의 목소리는 점점 황홀경 속으로 사라져갔다.

"그래," 실콕스가 건조하게 인정했다. "그리고 그녀는 어쩌면 살인자인지도."

"그게 참," 스파이크는 죽을 쑨 표정이었다. "그것 때문에 물론 달콤한 사랑의 기운이 싹 없어져 버리는 거죠." 그는 부끄러운 열정을 고귀하게 포기하는 사람처럼 한숨을 쉬며 냉정을 되찾았다.

"지루한 임무로 되돌아가야죠, 보안관. 그녀는 어떻게 다시 들어왔을까요?"

"그게 바로 내가 경비 요원들에게 물어보고 있던 거라네. 어젯밤과 똑같이 열네 명이 집 안팎을 둘러싸고 있었는데 그녀가 자기 방에서 걸어 나와서 주방으로 들어가 응접실을 가로질러 이 서재로 들어올 때까지 그들 중 누구도 그녀의 머리카락 한 올 보지 못했다는 거야."

"다시 말하면, 우리는 원점에 돌아와 있는 거로군요. 그녀는 밀접하게 감시당하던 방에서 사라지는데 문도, 창문도, 비밀 통로도 이용하지 않습니다. 그런 다음 똑같이 불가사의하게 다시 나타납니다. 그녀 말이 맞아요. 후디니라도 그녀에게 자리를 내줬을 겁니다."

"음, 경비 요원들에게 그녀에게서 눈을 떼지 말라고 말해뒀

네." 실콕스는 이렇게 말하면서 집 앞 50미터 지점의 절벽 끝을 향하고 있는 창문을 가리켰다. 그녀가 지금 거기서 계곡 아래를 내려다보면서 관목들 사이를 한가롭게 거닐고 있었다. 한 번씩 몸을 숙여 꽃을 꺾어 한 손에 작은 꽃다발을 만들면서. 그런 그녀는 달콤하고 싱그러운 여름 새벽을 마시고 있는 사랑스러운 여인의 모습이었다.

그리고 정원의 반대편에서는 풀 먹인 하얀 옷을 입은 인물이 또 마찬가지로 꽃을 꺾어서 보고 또 보고 하는 것이었다.

스파이크는 한숨을 내쉬었다. "우리가 경고해봐야 아무 소용이 없을 것 같군요." 그가 말했다. "질이라면 카네기 홀 청중 앞에서도 자기 방에서 혼자 했던 것과 똑같이 사라지는 연기를 할 수 있을 거라 생각해요."

그는 담배를 새로 피워 물고서 기운을 차리고는 그 매력적인 풍경에서 억지로 눈을 돌렸다.

"질 제프리 양에 대해 말하자면," 그는 마치 그녀의 이름이 이제 막 대화 속으로 들어오기라도 했다는 듯이 말했다. "그리고 그녀를 객관적으로 보자면, 그녀는 완벽한 악녀라는 게 내가 받은 인상입니다."

"이제야 중요한 걸 말하는군." 실콕스가 동조하며 말했다. "완벽한 악녀일 뿐만 아니라, 설명할 수 없는 악녀이고, 영리하지. … **빌어먹을 만큼** 영리해. 그녀가 페더스톤에 대해 툭 던진 말 들었지? '우린 서로 못 잡아먹어 안달인 사이죠.' 대단해!"

"자네한테는 나름의 이유가 있었겠지만," 실콕스가 말했다.

"난 자네가 왜 페더스톤에게 보낸 그 편지를 그녀에게 내보이지 않았는지, 그 이유를 모르겠어. 그랬으면 그녀는 그렇게 침착하게 굴지 못했을 텐데 말이지."

"그럴 생각도 했습니다, 보안관. 하지만… 뭐랄까요, 엿 같게도, 그녀는 너무 똑똑해서 감당하기가 좀 버거워요. 아마도 그걸 아무렇지도 않게 힐끗 보고는 '멋지군요!' 내지는 '재미있는걸요!' 이런 식으로 말했을 겁니다. 그게 내가 얻을 수 있는 전부였을 거예요. 그렇게 되면 그녀는 내 손에 든 카드를 다 아는데 난 그녀의 카드를 아직도 추측하게 되는 거죠."

실콕스는 어쩔 수 없이 동의한다는 듯 고개를 끄덕였다. "그런데 자넨 이게 그녀의 짓이라고 생각하는 건가?"

"그녀는 충분히 그럴 수 있다고 생각합니다. 무자비하고 아름답고 어린 악령이죠. 그녀는 ―" 그가 말을 멎었다. "그런데… 그런데 그 편지를 잊을 수가 없습니다. 샤론이 가로챘던 편지 말입니다. 거기에는 뭔가 마음을 울리는, 뭔가 아련한 어떤 게 있습니다. 그녀는 ―" 그가 신경질적으로 말을 중단했다. "내가 졌어요. 그녀가 나를 주저앉히네요. 난 그녀의 정체를 모르겠어요. 어쩌면 ―"

"자, 이봐, 친구." 실콕스가 끼어들었다. 그의 마음속에 떠오르던 어떤 생각이 형태를 갖춘 것 같았다. 그가 확신하지는 못하겠다는 투로 천천히 말했다. "뭐랄까… 내가 그 여자를 변호하는 건 아니네. 그녀는 개망나니고 도덕성이라는 게 없지. 하지만 어쩌면… 보이는 것처럼 그렇게 엉망은 아닐지 몰라. 자네가 말했듯이, 그 편지는 비윤리적이라 하더라도 뭔가 마음을 울리는 게 있단 말이지. 그 여자는 진심으로 그놈을 사랑한다는 거지. 그리고 어쩌면 그녀는 사랑에 빠져서 정신이 없어진, 그야말로 미쳐버린, 그런 사람일지도 몰라."

실콕스는 잠시 말을 멈추고는 생각을 주의 깊게 정리했다.

"그냥 그 남자에게 미친 거지. 그리고 그때 그가 그 노인을 죽였다는 걸 알게 돼. 어쩌면 그가 기혼이라는 걸 알지도 몰라. 그래서 그에게 어떤 일이 생길까 봐 겁이 난 거야. 그녀가 해서는 안 될 관계를 맺고 있다는 걸 아마 우리가 알게 될 테니까 말이지. 그녀는 똑똑한 여자야. 그보다 훨씬 더 똑똑해. 그녀라면 그를 돕기 위해 무슨 일이든지 할 거야. 자기가 위험에 빠진다 해도 말이야.

그래서 우리를 속일 수 있다고 생각하고 여기로 들어와서 우리의 눈을 흐리게 하고, 그녀 자신이나 그는 아무것도 알지 못한다고 주장하는 거지. 그녀는 최대한 냉정하게 행동하면서 자기와 페더스톤은 아무 사이도 아닌 척하고, 그가 신경이 곤두선 건 그녀의 명예 때문이라고 이유를 대. 그녀는 그가 일을 저질렀다는 걸 알고서 그를 구해주려고 애쓰는 걸 거야. 아마도 말이야."

실콕스는 망설이며 마지막 말을 덧붙였다. 그러고는 편안히 앉아서 의견을 묻는 표정으로 동료를 쳐다봤다. 스파이크는 이맛살을 찌푸리고는 잠시 생각에 빠졌다.

"보안관," 마침내 그가 말했다. "당신 말이 맞을지도 모르겠습니다. 어쨌든 한 번 알아보자고요. 그 남자친구를 한 번 더 조사해봅시다." 그는 말을 멎었다가 다시 이어갔다. "그리고 이번에는 전력을 다하는 게 좋을 거라 생각합니다." 그는 주머니에서 두 통의 편지를 꺼냈다. 휴지통에서 구제해 낸 편지와 금고에서 가지고 온 것이었다. 그리고 사본도 꺼냈다. "이것들에 대해 페더스톤에게 설명을 요구하는 게 나을 것 같습니다. 그가 할 수 있다면 말이죠."

페더스톤을 찾아낸 것은 그로부터 몇 분 뒤였다. 그는 실콕스가 그 집안 구성원들에게 부여한 상대적인 이동의 자유를 이용해 자신의 별채로 돌아가 있었다. 마침내 그가 그날 아침 두 번째로 서재로 들어왔을 때는 이전보다 훨씬 차분한 상태임이 분명했다. 그는 이제 면도를 하고 옷을 제대로 차려입고 있었으며 확실히 평정심을 회복해 있었기에 스파이크는 내심 마음이 불편했다.

그러나 그는 큰소리로 무심하게 질문을 던졌다. 그 질문들에 시간 때우기 이상의 중요한 의미는 없다는 듯한 태도였다. "페더스톤, 또다시 귀찮게 해서 미안합니다만," 그가 말했다. "여전히 좀 석연치 않은 게 몇 가지 있어서요."

그는 의자를 가리키며 담배를 피우겠냐고 물었으나 괜찮다는 답이 돌아왔다. 그는 자기 담배에 불을 붙이고는 멀리 떨어진 의자에 앉아서 발끝을 무심히 바라봤다. 페더스톤은 아무 말도 하지 않고 자리에 앉아서 기다렸다.

"제가 방금 제프리 양 — 그러니까 질 제프리 양 — 과 얘기를 나눴는데요. 그녀가 한 이야기가 당신 말과 맞지 않는 부분이 있어서 말입니다. 예컨대, 그녀는 자기가 샤론의 시신을 처음 발견했다고 했거든요. 그런데 오늘 새벽에, 정확히 기억하신다면, 당신은 제게 샤론이 죽어 있는 걸 제일 먼저 발견한 건 당신이고 그 뒤에 제프리 양 — 질 말입니다. — 과 미스 윌슨이 거실로 들어와서 당신이 그들에게 그 사실을 알렸다고 했단 말이죠."

스파이크는 실눈을 뜨고 어떤 감정적 동요를 찾아내려 해보았지만 페더스톤의 얼굴은 가면이나 다름없었다. 팽팽하게 긴장한 근육조차도 그의 평정을 깨뜨리지는 못했다. 그가 입을 열었을 때 그의 목소리는 낮고 무미건조했다. "제가 했던 말이 실제 일어난 일을 정확하게 설명한 겁니다."

"그렇다면 시신을 제일 먼저 발견하고 당신에게 알렸다고 질이 말했다는 사실에 대해서는 어떻게 생각합니까?"

"제프리 양은 — 질 말입니다. — 그 비극적 사건 때문에 너무 흥분하고 신경이 곤두서서 사태를 정확하게 기억할 수가 없습니다. 사람들은 엄청난 정서적 긴장을 겪게 되면 나중에 자신들이 했던 일과 말을 정확하게 기억할 수 없다는 걸 잘 아실 텐데요."

"맞는 말입니다." 스파이크는 인정했다. "다만, 이 사건의 경우 그녀가 자기 이야기를 고집한다는 거죠. 제가 그녀에게 당신이 한 말과 그녀의 말이 다르다는 걸 지적하기까지 했지만, 그녀는 여전히 자기 입장을 고수하고 있습니다. 당신의 말은 기사도 정신의 발현이고 '거짓말을 해서라도 그녀를 구하려는' 입장이라는 거죠."

페더스톤은 말없이 단호하게 고개를 저었다. "그녀는 일어난 일을 정확하게 기억하지 못합니다. 그녀의 말은 틀렸어요. 제가 한 말이 맞습니다."

스파이크는 일어나서 조금 전에 얼룩이 묻은 하얀 가운을 되돌려 놓았던 벽장으로 걸어갔다. 그는 그 가운을 꺼내서 테이블 위에 툭 던졌다.

"그렇다면 이건 어떻게 설명하실 건가요?"

유심히 관찰한 결과 그는 페더스톤의 목 근육이 살짝 수축하는 것을 볼 수 있었다. 하지만 그는 똑같이 무미건조하고 차분한 목소리로 대답했다. "제가 그녀에게 — 질에게요 — 사실을 알리자 그녀는 제가 말릴 새도 없이 샤론 박사의 방으로 달려가서 시신을 향해 몸을 굽혔어요. 그때 그녀의 가운이 상처 부위를 스친 겁니다."

"그렇군요." 스파이크가 고개를 끄덕였다. "페더스톤, 제프리 양에게 말을 했을 당시 당신은 어디에 서 있었나요?"

"거실에요. 그녀는 막 자기 방에서 나온 참이었습니다."

"그러면 그녀의 눈에 샤론 박사의 방 안이 보였을까요?"

"여기 이 두 문은 열려 있었습니까?" 그러면서 그는 거실로 들어가는 문과 샤론의 침실로 들어가는 문을 가리켰다.

"네."

"그렇다면 샤론의 침실로 들어가려고 그녀가 문을 열 필요는 없었겠군요. 그녀는 멈추지 않고 바로 들어갈 수 있었군요?"

"네."

"그럼," 스파이크는 잠시 말을 멈추고는 담배 연기를 길게 뿜어 구름을 만들어 올렸다. "그럼 당신이 양쪽 문의 손잡이를 그 토록 조심스럽게 문질러 닦아 없앤 건 제프리 양의 지문이 아니 군요."

"당신이 무슨 말을 하는지… 모르겠군요."

"뭐, 그렇다면, 말씀드리죠. 어젯밤 당신이 저를 이 집에서 내 쫓은 후 저는 전화로 경찰을 불렀고, 그런 다음 옆으로 돌아가 서 샤론의 방 창문 안을 들여다봤습니다. 바로 그때 당신이 두 문의 손잡이, 그리고 단검 손잡이를 조심스럽게 닦고 있는 걸 봤습니다. 이제 아시겠습니까?"

페더스톤은 눈을 떨구었다. 그는 고개를 끄덕였다.

"제프리 양의 지문이 아니었다면 누구의 지문이었던 거죠?" 스파이크의 목소리는 이제 망치로 내려치듯 강경하고 가차 없었 다. "누구의 것이었나요?"

페더스톤이 이를 악물면서 눈을 들었다. 그리고 조용히 말했 다. "저의 지문입니다."

"그 지문을 왜 닦아 없앤 거죠?"

"왜냐하면… 저는…." 그는 머뭇거리며 의자에서 천천히 일어 났다. 그리고 스파이크가 앉아 있던 책상 쪽으로 다가왔다. 샤 론이 일을 할 때 앉던 자리였다.

"제가… 문서화… 하고 싶은 게 있습니다. 여기 앉아도 될까 요?"

스파이크는 잠자코 일어섰다. 페더스톤은 자리에 앉아서 펜 과 종이를 가져왔다. 책상 반대편에서는 스파이크와 실콕스가 점점 고조되는 흥분 속에서 서로를 쳐다보며 그가 빠르게 갈겨쓰는 거꾸로 선 글자들을 읽으려 애쓰고 있었다.

페더스톤은 한 번씩 쓰는 동작을 멈추고, 단어를 떠올리는 듯 눈으로 방을 둘러보았다. 종이 위에 긁히는 펜의 소리를 제외하면 방에는 완벽한 정적이 흘렀다. 마침내 그는 얼룩 방지 패드를 집어 들어서 자신이 쓴 종이 위에 덮어 눌렀다. 그런 다음 그는 그 종이를 접고는 책상 서랍에서 봉투 한 장을 꺼내어 그 안에 넣고 봉했다. 그는 자리에서 일어나서 그 봉투를 스파이크에게 내밀었다.

스파이크가 한 손을 앞으로 내밀어 그 봉투를 받는 동안 두 남자는 잠시 서로를 정면으로 쳐다봤다.

바로 그때였다. 민첩하고 강력한 일격이 턱을 강타했다. 스파이크는 그 자리에 고꾸라졌다.

실콕스가 앞으로 튀어나왔다. 페더스톤은 의자를 들어 올려 보안관에게 날렸다. 실콕스가 충격을 받으며 뒤로 비틀거렸다. 그가 소리를 지르며 싸울 수 있게 되기도 전에 페더스톤이 그의 위를 덮치며 목을 눌러 찍소리도 나지 못하게 했다.

그는 오른손으로 힘껏 보안관의 목을 졸라 끌면서 왼손으로는 벽에 붙은 선반에서 책 한 권을 낚아챘다. 그리고 또 한 권, 다시 한 권을 빼냈다.

그는 거친 동작으로 실콕스를 방 반대편으로 내던졌다. 바로 그때 보안관보 한 사람이 거실에서 이어지는 문으로 뛰어 들어와서는 휘둥그레진 눈으로 그 자리에 멈춰 섰다. 그 시골뜨기 경찰이 바닥에 뻗어 있는 두 사람의 의미를 깨닫는 데는 1초도 걸리지 않았다. 스파이크는 죽은 듯이 누워 있었고 실콕스는 짓눌렸던 목으로 숨을 들이켜 쉬면서 힘없이 움직이고 있었다.

그러나 페더스톤에게는 그 1초가 필요한 전부였다. 그는 샤론의 침실로 이어지는 문을 통과해서 길목에 누워 있는 죽은 자를 뛰어넘고 베란다로 통하는 다른 문으로 나갔다. 그리고 베란다 난간을 뛰어넘었다.

저택의 모퉁이에서 한 남자가 그에게 돌진했다. 페더스톤은 세 권의 책을 왼팔에 꽉 낀 채, 마치 공을 잡고 뛰는 미식축구 선수처럼 오른팔로 공격을 물리쳤다.

그는 진입로에서 조용히 부르릉거리며 도로를 향해 서 있던 차를 향해 곧장 달려갔고 책을 차 안으로 던져 넣고는 운전석에 뛰어들었다. 차는 비명을 지르며 앞으로 튀어 나갔다. 보안관보 한 사람이 차를 향해 달려들었다가 길옆으로 내동댕이쳐져서 뻗었다. 요란한 엔진 소리와 함께 차는 속력을 올렸다. 차는 도로를 질주해 내려가서 들판을 가로질러 고속도로로 들어갔다.

저택 앞에 있던 다른 보안관보가 포드 차량에 뛰어올라 멀리 사라져가는 차의 뒤를 쫓아 우스꽝스럽게 쉭쉭거리고 통통거리면서 추격에 나섰다.

서재에서는 스파이크가 비틀비틀 몸을 움직이면서 손에 든 봉투를 멍청하게 바라보고 있었다.

"보-보안관," 그가 힘없이 말했다. "방금… 기억이 났어요. … 저 남자가 누군지."

13

또 하나의 훌륭한 추론, 헛다리를 짚다.

"머저리들입니다, 보안관. 그냥 머저리들이라고요"

스파이크는 커피를 한 모금씩 마시며 입을 움직일 때마다 인상을 찌푸렸다. 책상 너머 그의 맞은편에 앉은 실콕스는 앞에 놓인 김 나는 뜨거운 찻잔을 물끄러미 바라보며 목을 어루만지고 있었다.

"우리는 우리 둘이 전국에서 둘째가라면 서러울 정도로 똑똑하다고 오판하며 일하고 있었지만, 제롬 페더스톤 씨의 주먹 한 방으로 우린 그저 머저리들일 뿐이라는 게 증명되었어요. 굴욕스럽고 모욕적이며 원통한 심정입니다. 머리는 깨질 듯이 아프고요. 보안관은 어떠세요?"

하지만 실콕스는 그 말을 마지못해 수용한다는 듯 그냥 고개만 끄덕일 뿐이었다. 말을 하는 것조차 아직은 너무 고통스러웠던 것이다. 집 밖 진입로에서는 차들이 야단법석을 피우며 들어오고 나갔고, 남자들이 우왕좌왕 뛰어다니고 전화벨이 쉴 새 없이 울렸다. 보안관보 한 사람이 거실에서 그 전화를 받고 있었다. 남자가 운전하는 짙은 청색 로드스터 대형 승용차를 멈추게 하라는 지시가 전화선으로 하달되었고… 운전자인 페더스톤에 대한 묘사가 뒤이었으며… 고속도로 곳곳에서 계속 보고가 들어왔다. 차량은 아드슬레이 쪽으로 전속력으로 달리는 것이 마지막으로 목격되었고 벌링턴으로 향하고 있는 것으로 보였다. 콜빌과 아드슬레이 중간에 있는 레드 스타 필링 역으로 전보가 발송되었다.

하지만 사라진 페더스톤을 추적하는 임무를 부하들에게 맡겨 놓고서 스파이크와 보안관은 아무런 활동도 하지 않고 있었다. 그들은 아직도 기력이 바닥나 있었기에 몸에 난 상처를 어루만지면서 마을에서 공수해 온 커피와 샌드위치를 먹으며 추락한 자존심을 달래줄 방법을 헛되이 찾아 헤매고 있었다.

스파이크는 다시 한번 페더스톤이 괴발개발 갈겨 쓴 글씨들이 가득한 종이 한 장을 앞에 놓고 들여다봤다. 멋 부리지 않은 직설적인 문구들로 쓴 짤막한 진술서였다.

저는 예전에는 뉴욕주에 거주했으나 지금은 버몬트주 콜빌에 거주 중인 제롬 W. 페더스톤입니다. 저는 7월 12일 저녁에 샤론 박사의 침실에서 그를 살해했음을 자백합니다. 저는 그가 잠자리에 들려고 하고 있을 때 침실로 들어가 그의 뒤로 다가가서 쇠 파이프로 그의 후두부를 가격했습니다. 그런 다음 그를 확실히 죽이기 위해 벽에서 단검을 꺼내서 그를 찔렀습니다. 그는 즉사했을 것입니다. 저는 그때 그 집에서 탈출해서 콜빌을 떠나려고 했지만, 노인을 살해하는 과정에서 소리가 났고 그로 인해 질 제프리 양과 미스 윌슨을 깨우게 되었습니다. 그들이 거실로 들어왔고 저는 그들에게 누군가 샤론을 살해했다고 말했습니다. 제가 아닌 다른 누군가가 살인자인 척한 것입니다. 제프리 양은 샤론 박사의 시신이 누워 있는 방으로 달려가서 몸을 숙여 시신을 보다가 잠옷 가운에 피를 묻히게 되었습니다. 제가 샤론 박사를 죽인 데는 충분한 이유가 있지만 그것을 밝히지는 않을 것입니다. 저는 저의 자유 의지에 따라, 그리고 자진해서 이 자백을 하는 바입니다.

제롬 W. 페더스톤 (서명)

스파이크는 남아 있는 샌드위치를 마지막까지 꼼꼼하게 씹으면서 우울하게 그 서명을 응시하고는 암담하게 의자 속으로 몸을 던졌다.

"자네가… 말하기를," 실콕스는 통증 때문에 자주 말을 멈추면서 천천히 말하기 시작했다. "막 정신이 들었을 때 자네는… 그가 누구인지 기억났다고."

스파이크가 고개를 끄덕였다. "턱을 한 대 맞고 나니까 기억이 났어요. 몇 년 전에 사우샘프턴에서 자산가 협회가 후원하는 자선 행사가 있었습니다. 그가 권투 시합에 나온 게 지금 기억이 납니다. 잘생긴 거구의 야수였죠. 그는 뉴욕 협회에 등록된 젊은 선수 세 명을 3분 안에 때려눕혔어요."

"자네 말은, 그가 권투 선수였다는 건가?"

"프로 선수는 아니었죠. 그냥 아마추어요."

"그때 그는 어떤 이름을 썼지? 해리슨, 아니면 페더스톤?"

"그건 기억이 안 납니다. 인사를 나눴는지 아닌지도 모르겠어요. 하지만 그는 그다지 돈이 많지 않아서 부유한 젊은 여자를 찾고 있다고 들었습니다."

"재산을 노리고 결혼하려는 그런 사람들 중 하나라고?"

"네, 그리고 한번은 거의 성공할 뻔했다고 알고 있습니다. 나중에 그를 뉴욕의 사교 파티에서 봤는데 4, 5백만 달러짜리 여자와 같이 있더군요. 하지만 그건 아무런 소득도 없이 끝난 것 같았어요. 그 여자는 나중에 이탈리아 작위를 샀으니까요."

"그렇다면 그는 왜 여기 와 있는 거지? 그녀는 돈도 없지 않나?"

"모르겠어요. 하지만 뉴욕의 허쉬만 경위가 샤론의 유언장에 관해 내가 문의한 것에 얼른 답을 보내주기를 바라고 있습니다."

"글쎄, 내가 바라는 건," 이제 말하기가 훨씬 편해진 실콕스가 힘주어 말했다. "페더스톤의 차가 어떻게 시동이 걸린 채 그를 기다리며 도로 바로 앞에, 고속도로를 향해 세워져 있었는지 말해줄 누군가라네."

"그러고 보니까, 보안관, 나는 그 사태에서 완전히 괴리된 느낌이네요. 턱을 강타당한 뒤에 일어난 모든 일이 내게는 캄캄한 암흑이라는 걸 아시잖아요."

"그래, 많은 일이 일어났지. 하지만 너무 빠르게 일이 벌어져서 별로 말해줄 게 없어." 그리고 그는 페더스톤이 달아나게 된 흥미진진한 5분간의 사태를 설명했다.

그가 페더스톤이 책 세 권을 두고 벌인 이상하고 설명할 수 없는 행동에 이르자 스파이크는 어리둥절한 시늉을 하며 이마를 찡그렸다. "그러니까 나를 때려눕히고 당신을 거의 질식시킨 다음 그는 가벼운 읽을거리를 집어 가려고 책장 앞에 멈춰 섰다는 겁니까?"

"가벼운 읽을거리라곤 하지 않겠네." 그러면서 실콕스는 벽난로 옆에 있는 책장을 향해 고갯짓을 했다. "저기 외국어로 된 녹색 책이 사라졌어."

스파이크는 빈 공간을 보며 실눈을 떴다. "그럼, 보안관, 다른 두 권은 그냥 아무 책이든 개의치 않고 집어 갔나요, 아니면 특정한 책들을 고르는 것 같던가요?"

"아, 그는 정해진 책들을 뽑아냈어. 안 그러면 그가 내 목을 잡고 방을 거의 두 바퀴나 끌고 다녔을 이유가 없지. 그가 책들을 꺼내는 동안 나는 소리도 지르지 못했다니까. 그 책들이 어디 있는지 바로 아는 것 같았어."

스파이크는 일어나서 선반을 훑어보면서 방을 왔다 갔다 했다. 책 세 권이 없어진 자리를 눈여겨보면서 그는 신경질이 나는 듯 이마를 찡그렸다.

"이건 미친 짓이야. 바보 같은 짓이라고." 그가 마침내 말했다. "살인을 자백하고 도망친 남자가 읽을거리를 챙기다니 —" 그는 말을 잠시 멈췄다가 느릿느릿 다시 이어갔다. "그 세 권의 책 속에 우리가 봐서는 안 되는 뭔가가 있지 않은 한은 말이죠."

"그러나 우리가 봤던 그 외국어 책 속에는 아무것도 없었잖아."

"오, 아니죠. 우리는 그 책을 읽을 수 없었던 것뿐입니다."

"그럼 자네는 그 책에 중요한 무언가가 **있다는** 얘긴가?"

스파이크는 고개를 끄덕였다. "그리고 그게 어떤 책들인지 알아낼 수 있다면 뭐가 있는지 알 수 있겠죠. 내 생각엔 —" 그는 생각을 하느라 말을 멎었다. "목록이 있죠. 바로 그거예요. 도서 목록. 내 생각엔 —" 그는 문장을 허공에 뿌리며 구석에 있는 벽장을 향해 갔다. 그의 머리 한구석에는 사소하지만 의미가 없지는 않을 것 같았던 어떤 인상이 남아 있었다. 지금 그 인상은 새로운 의미로 그에게 돌아왔다. 그는 벽장 선반에서 곰팡이가 핀 긴 장화와 모자, 그리고 흰색 작은 카드들이 잔뜩 들어 있는 검은색 기다란 상자를 끄집어 내렸다.

그는 방을 가로질러 상자를 책상으로 가져가서 두껍게 내려앉은 먼지를 훅훅 불어 없앴다. 뚜껑을 올려 카드 몇 개를 꺼냈을 때 그의 눈이 만족스럽게 빛났다. 그는 파일에서 무작위로 꺼낸 카드들을 참고하며 재빨리 선반을 검사했고, 이 실험이 흡족한 듯 마침내 실콕스에게 눈길을 보냈다.

"이거예요. 샤론 박사의 도서 목록. 이제 난 도움이 좀 필요해요. 사실, 많이 필요해요. 아주 재미없고 지루한 작업이 되겠지만 이건 꼭 해야 하는 일이에요. 비벌리 어떨까요?"

"글쎄…." 실콕스는 회의적인 반응이었다. 자기 아들에 대해서 그는 늘 그런 식이었다.

"아, 이건 아주 간단한 일이에요." 스파이크가 그를 안심시켰다. "페더스톤이 가져간 책 세 권의 제목을 알아내고 싶은 거랍니다. 도서 목록이 최근까지 작성되어 잘 보관되어 있다면, 선반의 책들과 일치하지 않는 세 장의 카드가 있을 겁니다. 비벌리가 할 일은 그 세 장의 카드가 어떤 건지 찾아내는 거죠. 한 권은 이미 우리가 알고 있고요."

그렇게 해서 실콕스와 스파이크는 거실로 작전 기지를 옮겼고 서재의 지루한 임무는 비벌리에게 넘겼다.

"하지만 자넨 아직 내 질문에 대답하지 않고 있네." 실콕스가 새로운 수사본부에 자리를 잡으면서 다시 한번 언급했다. "페더스톤의 그 차는 어떻게 해서 시동이 걸린 채 고속도로를 향해 도로에 딱 서서 그를 기다리고 있었던 걸까? 그 차가 필요했던 바로 그때 말이야?"

"상황이 운 좋게 맞아떨어졌던 것 같습니다."

"뭐라고?"

"그게 사실이라기엔 너무 운이 좋다는 뜻입니다. 그리고 답은 헨리 욘슨에게 있다는 생각이 드는군요. 그 잘생긴 야수를 데려오시죠."

실콕스는 베란다로 통하는 문으로 걸음을 옮겨서 바깥에 서 있던 보안관보 한 사람에게 지시를 했다. 돌아왔을 때 그의 찡그린, 작고 예리한 눈에는 미심쩍은 기색이 가득했다. "이봐," 그가 말했다. "그 친구는 자네가 말한 대로 잘생겼네. 그래서 내 생각에 ㅡ" 그는 잠시 말을 멈추고는 스파이크에게 눈길을 주었다. 마치 입 밖에 내지 않은 자신의 추측을 맞춰보라고 말하는 듯이.

스파이크가 고개를 끄덕였다. "내 생각도 그렇습니다. 그 친구는 이 집에서 아무렇지도 않게 지내기엔 너무 매력적이죠. 질 제프리는 페더스톤과 사랑에 빠져 있을지 모르지만 다른 매력적인 남자에게 수작을 걸지 않을 여자가 아니죠. 그리고 헨리가 매력적이라는 건 두말하면 잔소리죠. 그뿐만 아니라 그는 ―"

그러나 더 이상의 분석은 바로 당사자인 헨리가 들어옴으로써 끊기고 말았다. 그는 여전히 무표정한 모습으로 그들 앞에 공손히 섰다. 스파이크는 바로 요점을 말했다.

"헨리, 페더스톤이 타고 간 차는 누구 차였죠?"

"그의 차입니다."

"어쩌다 당신은 그 차를 차고 밖으로 가져다 놓는 일이 생긴 거죠?"

"그 차는 스파크 플러그 두 개가 새로 필요했고 카뷰레터의 타이밍이 제대로 작동하지 않았습니다."

"수리하느라 밖에 둔 지 오래됐나요?"

"아뇨, 오래되지 않았습니다."

"수리를 오늘 아침에 하게 된 건 우연인가요?"

"최근에 저는 정원 일로 바빠서 시간이 없었습니다. 페더스톤 씨는 4, 5일 전에 제게 수리해달라고 부탁했었죠. 그런데 오늘은 온갖 사람들이 주변에 있어서 정원 일을 하기가 힘들어 보였어요. 그래서 차를 수리하기로 한 겁니다."

"그렇군. **당신이** 결정한 거로군요!"

"그렇습니다."

"하라고 시킨 사람은 없었나요? 예를 들어, 페더스톤 씨라든지?"

"없었습니다."

"확실한가요?"

"네."

"헨리, 당신은 우리가 지금 샤론 박사의 살인 사건을 조사하고 있다는 걸 알고 있어요. 그리고 진실을 감추거나 자의적으로 왜곡시키는 사람은 누구라도, 음, 구속될 수 있다는 것도 말이죠." 스파이크는 그런 처벌 규정을 자기 자신도 몰랐기 때문에 머뭇거렸으나 헨리는 망설임 없이 대답했다.

"알고 있습니다."

스파이크는 잠시 말을 멈췄다. 머리를 담벼락에 박은 것만 같은 느낌이었다. 언젠가부터 그의 마음 언저리에 맴돌고 있던 다른 질문이 생각난 것은 그가 그 운전기사를 막 내보내려던 참이었다.

"헨리, 당신은 어떻게 해서 지금껏 내내 샤론 박사 밑에서 일하고 있게 된 거죠?"

"그분은 훌륭한 분이셨으니까요." 그의 목소리에 처음으로 감정이 묻어났다.

"이 일은 어떻게 하게 된 건가요?"

"샤론 박사님의 어머니는 덴마크인이었습니다. 칼블럼 가문이었죠. 덴마크에 있는 저희 가족은 계속 칼블럼 가문에서 일해 왔습니다. 그래서 미국에 와서 직업을 가질 나이가 되자 저는 샤론 박사님 밑에서 일하게 된 것입니다."

"하지만 샤론 박사는 미국인 아니었나요?"

"맞습니다. 박사님의 어머니가 이 나라를 방문했다가 목사님과 결혼하게 된 겁니다."

"덴마크의 그 가족은 부유했나요?"

"네, 아주 부유한 가문입니다. 그들은 스웨덴에 대규모 철 탄광을 소유하고 있었습니다."

"그 탄광은 지금 누구 소유죠?"

"샤론 박사님과 칼블럼 가문의 유일한 다른 상속인인, 덴마크의 호센스에 사는 사촌이 공동으로 소유한 것으로 알고 있습니다."

"샤론 박사는 덴마크에 가본 적이 있나요?"

"네, 방문한 적은 있지만 그곳에 사신 적은 없습니다."

"박사는 덴마크어를 할 줄 압니까?"

"네." 대답은 곧바로 나왔지만 운전기사의 입 주변 근육이 살짝 팽팽해지는 듯했다.

"읽을 줄은?"

"아십니다."

"당신은 덴마크어를 읽을 줄 압니까?" 스파이크가 그에게 질문을 던졌다. 그러나 그 질문이 그의 허를 찌를 것이라는 그의 희망은 실망으로 변했다.

"아뇨." 남자는 무미건조하고 차분한 목소리로 대답했다.

"하지만 말은 하잖아요. 어떻게 읽을 줄은 모르는 거죠?"

"저희 가족이 덴마크에서 여기로 저를 데려왔을 때 저는 겨우 다섯 살이었습니다. 글은 한 번도 배워본 적이 없습니다. 글을 배우게 되었을 때 제가 배운 건 영어였죠."

"아내는 읽을 줄 아나요?"

"아뇨."

"그럼, 문맹이란 말인가요?"

"그렇습니다." 그는 비난조의 그 말을 듣고도 그녀의 머리 색깔이 노랗다는 말을 듣기라도 한 것처럼 무표정한 얼굴이었다.

"다 됐습니다. 가도 좋습니다." 스파이크는 쏘아붙이듯이 나가라고 말했다.

운전기사가 나가자 실콕스는 짜증 난 표정으로 스파이크를 쳐다봤다. "거짓말을 하고 있어."

"그렇습니다. 진실을 말하는 사람들은 대부분 약간의 감정 동요를 보이는데 저 친구는 눈도 깜짝하지 않는군요."

스파이크는 의자에 등을 기댔다. 교묘한 표정이 그의 얼굴 위로 번져갔다. "보안관, 콜빌의 그 우체국장은 자기에게 모이는 그 작은 것들에 대해 개인적인 관심이 있나요? 그러니까 그가 우편엽서나 편지들을 들여다보면서 남의 일에 기웃거리는 편이냐는 뜻입니다."

"우체국장은 그가 아니야. 그녀라고."

"아, 그렇군요. 그럼 다시 말할게요. 그녀에게 전화해서 덴마크어로 쓰인 편지나 신문, 잡지 같은 게 욘슨 부부 앞으로 온 적이 있는지 물어보세요."

몇 분 뒤에 실콕스는 전화기를 내려놓고 스파이크를 향해 고개를 끄덕였다. "그녀 말로는 거의 매주 덴마크의 어떤 곳에서 헨리 욘슨에게 신문이 오고 한 달에 한 번 정도 욘슨 씨 부인에게 편지가 온다는군."

"다른 말로 하면," 스파이크가 말했다. "헨리 욘슨은 우리가 그에게 어떤 덴마크어 책을 번역해달라고 할까 봐 읽을 줄 모른다고 한 거네요. 보안관, 정말 그 책 — 페더스톤이 가져간 그 녹색 책 — 이 뭔가를 의미하는 겁니다. 엄청나게 중요한 뭔가를요. 페더스톤은 그걸 알고 있었고, 그 욘슨도 알고 있는 거죠. 페더스톤은 탈출이 불가능할지도 모르는 위험을 기꺼이 감수하면서 그 책과 다른 두 권의 책을 가져갔습니다. 그는 자신이 샤론을 살해했다는 걸 우리에게 선뜻 알렸지만, 그 책들 속에 뭐가 들어 있는지는 우리가 알도록 내버려 두지 않았어요." 스파이크는 일어나서 주머니에 양손을 꽂은 채 방을 왔다 갔다 했다.

"내가 세 살짜리 어린애라면 얼마나 좋을까요." 그가 말했다. "그럼 바닥에 드러누워 짜증을 내면서 발로 차고 소리 지르고 물어뜯고 할 테고, 그러면 기분이 좀 좋아질 텐데 말이죠. 지금 상태에서는 —" 그는 의자에 몸을 휙 던지고는 담뱃불을 붙였다. "머저리들이에요." 그가 우울하게 되풀이해 말했다. "그냥 머저리들이라고요."

이 세상에서 그만큼 침울한 사람은 테이블 건너편에 있는 실콕스 말고는 아무도 없을 것이었다. 그는 이내 말을 꺼냈지만, 옆 사람에게 말을 한다기보다는 생각을 소리 내서 하는 것 같았다. "'제가 샤론 박사를 죽인 데는 충분한 이유가 있지만 그것을 밝히지는 않을 것입니다.' 그는 당연히 그 이유를 절대 밝히지 않을 겁니다. 샤론이 밝히려 했을 테니까요. 하지만 그 무거운 덴마크어 책과 그 이유는 대체 무슨 관계가 있는 걸까요?"

11시에 헐레벌떡 도착한 브로스켈튼 박사는 숨을 헉헉거리며 빗발치듯 질문을 해댔다. 겉보기에 그는 어쩌다 보니 흰털 달린 빨간 옷을 집에 두고 버몬트의 평상복을 입고 온 진짜 산타클로스처럼 보였다. 그의 친절한 파란 눈은 당황하고 흥분하여 휘둥그레졌고 둥근 배는 평소에 하지 않던 운동을 해서인지 들썩거리고 있었다.

실콕스가 그에게 상황을 설명했다. 의사는 거의 기절초풍할 듯한 반응을 보였다. 40년간 아기들을 세상에 내보내고 노인들을 무덤에 보내는 일을 해온 그로서는 살인 사건 수사의 검시관이라는 무시무시한 역할을 할 준비가 되어 있지 않았던 것이다.

그럼에도 그는 처음 소식을 들었을 때의 충격에서 회복되자 자기 앞에 놓인 임무를 놀라울 정도로 착착 수행했다. 침실에서 그는 사체 위로 몸을 숙였다. 스파이크와 실콕스는 그가 강직된 근육을 구부리고, 가슴에 난 검은 얼룩을 면밀히 조사하는 등 검사를 하는 과정을 지켜봤다. 그는 정맥이 드러난 무거운 머리 아래로 조심스럽게 한 손을 넣어 목을 앞뒤로 움직이고 양옆으로 돌려보았다. 그는 탐색하던 손가락을 잠깐 멈추고 두개골 뒤쪽을 주의 깊게 만졌다. 그런 다음 양손으로 골격을 눌러보았다. 그는 머리 뒷면을 좀 더 쉽게 검사할 수 있도록 사체를 옆으로 돌렸다. 한참 만에 그가 고개를 들었다.

"칼에 찔린 것 말고도, 이 사람은 머리 뒤를 심하게 가격당했습니다. 즉사할 만큼 강한 타격이었습니다. 보세요. 부풀어 오른 게 아니라 움푹 들어갔잖아요. 그가 즉사하지 않았다면 부풀어 올랐을 겁니다."

그는 아주 조심스럽게 머리를 밑으로 내리고 처진 턱을 원위치로 올려놓은 다음 가슴에 난 상처를 검사하기 위해 사체에 더 가까이 몸을 숙였다. 자기가 검사하는 대상이 마치 여전히 살아 있기라도 한 듯이 그는 아주 조심스러운 손길로 셔츠와 속옷을 올려 뒤집었다.

"칼에 찔린 상처는," 그가 계속해서 말했다. "사후에 생긴 겁니다. 보세요. 피가 아주 적게 났어요. 죽은 몸에서는 피가 마구 흐르지 않습니다. 상처 바로 옆에 있는 피만 솟구쳐 나오는 거죠. 이게 그런 겁니다. 이 사람은 머리를 가격당해 살해된 다음 칼에 찔렸습니다."

스파이크와 보안관은 페더스톤의 자백으로 그들이 이미 알고 있던 내용을 확인하게 되자 고개를 끄덕였다.

"그런데 박사님," 스파이크가 말했다. "사망 시각은 어떻게 됩니까?"

의사는 구부려 있던 몸을 펴고는 고개를 저었다. "제가 정확하게 말씀드릴 수가 없는 걸 묻고 계시네요. 제가 최대한 말씀드릴 수 있는 것은 한참 전이라는 겁니다. 그리고 '한참 전'이라고 하는 것은 11시간, 혹은 12시간 전이라는 뜻입니다. 가장 근접하게는 오늘 새벽 1시 이전 언제쯤이라고 말씀드리겠습니다."

"11시 30분은 어떨까요?" 스파이크가 제안했다.

"11시 30분일지 12시 30분일지 10시 30분일지 저는 모르겠습니다."

브로스켈튼 박사가 가고 나자 스파이크는 거실로 돌아왔고 보안관은 사체를 콜빌 장의 시설로 옮길 절차를 밟았다. 임무를 완수하자 그는 자신의 침울한 동료 옆에 있는 의자에 다시 앉았다.

"페더스톤에 관해 들어온 보고는요?" 스파이크가 물었다.

실콕스는 고개를 저었다. "전국에 전보를 발송했네. 하지만 콜빌을 떠나 남쪽을 향해 고속도로로 들어간 이후 그는 눈에 띄지 않고 있어."

두 남자는 한동안 말없이 앉아 있었다. 이윽고 스파이크가 일어나서 방을 가로질러 비벌리가 일하고 있는 서재 쪽으로 갔다. "아직 건진 게 없어요!" 그가 묻자 청년은 고개를 저었다. 그는 다시 침울하게 의자에 몸을 던지고는 앞에 널브러진 자기 발을 쳐다보며 인상을 썼다. "페더스톤이 샤론을 살해한 건 그 노인이 그가 오하이오주 제인스빌에 아내를 두고서 가명을 쓰고 돌아다니는 사기꾼이라는 걸 폭로하려 했기 때문이야. 그리고 —" 그는 말을 멎었다가 다시 강경하게 말했다. "그리고 그 책들 속에 있는 어떤 내용 때문이고. 사람을 살해할 이유치곤 어처구니없는 것 같지만 그렇다는 거지." 몇 분간 그는 생각에 잠겨 있었다. 그러더니 벌떡 일어났다. "그 벌링턴의 의사와 다시 얘기를 해봐야겠어요."

몇 분 뒤에 카맥이 부름에 응답해서 미스 윌슨의 방에서 나와 그 방으로 들어왔다. 스파이크는 그에게 의자를 가리키고 담배를 한 대 주었다.

"박사님이 아마 알고 계시듯이," 그가 말을 시작했다. "페더스톤이 자취를 감췄습니다."

"그 말은 ―" 카맥이 말을 꺼냈지만 스파이크는 그의 말을 잘랐다.

"그게 무슨 뜻인지는 말하지 않겠습니다. 제가 당신에게 묻고 싶은 한 가지는 이겁니다. 페더스톤은 이곳을 떠나기 전에 아주 이상한 짓을 했습니다. 너무나 이상해서 황당할 지경입니다. 그래서 저는 당신이라면 그의 설명할 수 없는 행동을 밝혀줄 실마리가 될 만한 걸 알지 않을까 하고 생각했습니다." 그리고 스파이크는 아주 짤막하게 그 책들에 얽힌 사태를 얘기해주었다.

카맥은 어안이 벙벙한 듯 고개를 저었다. "아뇨, 저는 설명이 안 되네요."

"당신은 샤론 박사의 서재를 잘 아십니까?"

"아뇨, 전 여기 두세 번 온 게 전부이고 그것도 아주 잠깐씩 있었을 뿐입니다. 하지만 서재의 많은 부분이 종교 서적일 것이라고 짐작합니다."

스파이크는 고개를 끄덕였다. "그렇지만 저는 그 젊은 페더스톤이 종교 서적에 심취해 있다는 건 상상이 안 됩니다. 그게 금전 문제와 관련이 있다면 ―"

"금전이라고요?" 의사는 어리둥절한 눈빛이었다.

"그러니까," 스파이크가 말했다. "저는 페더스톤 씨와 약간 인연이 있는데요. 뭐 가까운 사이는 아닙니다. 그런데 그가 재산을 노리고 결혼을 하려는 사람이라는 평판이 있습니다. 그리고 저는 방금 이곳의 잡역부인 헨리 욘슨에게서 샤론 박사가 스웨덴에 있는 수익성 높은 광산의 공동 소유주라는 걸 들었습니다. 또 우연히 제가 알게 된 바로는 —" 그는 자신이 너무 멀리 나간 것을 후회한다는 듯 갑자기 말을 중단했다.

"하지만 —" 의사 역시 생각을 하느라 말을 멎었다. 그의 얼굴에서 어리둥절한 표정이 뭔가를 추측하는 표정으로 서서히 바뀌어갔다. "당신 말은 페더스톤이 질과 메리 중 하나를 —" 그러나 스파이크가 더 이상 설명하지 않았기에 카맥은 얼마간 생각에 잠겨 있었다.

"그게 어쩐지," 그가 말했다. "당신 말을 들으니 지금 마음속에 떠오르는 것이 있습니다."

"그게 뭡니까?"

"제가 지난번에 여기 왔을 때였는데요. 한 달이 넘은 것 같군요. 저녁을 먹고 나서 우리는 베란다로 나갔습니다. 샤론과 저단둘이서요. 그리고 어쩌다가 유언장 문제가 나오고 신탁 회사의 장점이 거론되었는데, 그는 그 회사들에 대해 크나큰 신뢰를 표현하더군요. 그러면서 말하기를 —" 그는 말을 잠시 멎고서 정확한 단어를 기억하려 애썼다. "그가 말했어요. '난 유언장을 변경하려고 합니다.'라고 말이죠. 그냥 그렇게만 말했어요. '난 유언장을 변경하려고 합니다.'"

"어떻게 바꾼다는 거죠?"

"모르겠습니다. 그건 말하지 않았어요. 왠지는, 기억이 안 나네요. 그 말을 하고 나서 바로 화제가 다른 걸로 바뀌었거든요."

"그와 관련해서 그가 페더스톤에 대해 뭐라도 말한 것이 있나요?"

"아뇨."

"혹시 그의 유언장 내용을 아십니까?"

"아뇨, 그와 저는 그 정도까지 막역하지는 않았습니다."

"그건 뭐, 괜찮습니다. 저는 그 문제와 관련해서 이미 뉴욕에 전보를 보낸 상태입니다. 대단히 감사합니다, 박사님. 이제 저희끼리 있어도 괜찮을까요? 보안관과 얘기하고 싶은 몇 가지 일들이 있습니다."

의사가 나가자 스파이크는 진지하게 말했다. "뭔지 알게 된 것 같아요, 보안관. 샤론은 아마 두 여자를 상속인으로 정했을 겁니다. 페더스톤은 질과 사랑에 — 음, 이런 식으로 말하지 않는 게 좋겠군요. 그는 좋은 기회에 주목했고 그녀를 자기 손에 현금을 안겨줄 기회로 본 겁니다. 노인은 살날이 얼마 남지 않았기에 페더스톤은 흔쾌히 때를 기다리겠다고 생각하죠.

그때 샤론이 질과 페더스톤의 관계를 눈치채게 되고 또한 페더스톤이 결혼한 것도 알게 됩니다. 그래서 그는 자기 돈을 신탁회사에 맡기기로 결심합니다. 아마도, 질이 페더스톤과 부정한 관계를 지속한다면 그녀에게 단돈 한 푼도 주지 않는다는 조항을 넣어서요. 그런 다음 그는 페더스톤에게 이를 알리고, 한술 더 떠서 그를 폭로하겠다는 말도 합니다. 그래서 페더스톤은 그 노인이 계획을 실행하기 전에 뭔가를 해야겠다고 결심하는 겁니다. 그래서 —"

실콕스가 옳다는 듯이 고개를 끄덕였다. "그럴듯한 말이야." 그가 인정했다.

스파이크는 다시 한번 일어나서 마룻바닥을 왔다 갔다 했고 점점 더 흥분해갔다. "허쉬만에게서 전보가 오기를 학수고대하고 있는데."

그러나 그가 그 말을 한 바로 그 순간, 뉴욕시 경찰청 수사본부에서는 허쉬만 경위가 그의 부하가 책상에 올려놓은 보고서를 살펴보면서 그 보고서를 버몬트로 보내라고 지시하고 있었다.

30분 뒤에 스파이크는 초조한 손길로 노란 봉투를 찢어 열고 전달된 내용을 큰소리로 읽었다.

릴런드의 말로는 샤론의 자산은 현금 25만 달러 정도이며 이와 함께 매년 스웨덴에서 들어오는 배당 수익이 5만 달러 정도임. 작년 10월 11일 자 유언장은 사라 윌슨에게 1만 달러, 헨리 욘슨에게 1만 달러를 주고 메리 제프리를 나머지 모든 재산의 상속인으로 정한다고 되어 있음.

스파이크는 잠깐 읽기를 멈췄다. "아니, 질에 관해서는 아무것도 없잖아?" 그는 빠르게 한마디를 하고는 계속해서 읽어 내려갔다.

한 달 전에 릴런드는 샤론에게서 윌슨과 욘슨 조항은 그대로 남겨

두지만, 나머지 자산은 메리 제프리를 수익자로 하되 신탁 회사로 이전하여 관리하게 하라는 지시를 받음. 토요일에 샤론에게서 다음과 같은 내용의 7월 10일 자 편지를 받음. '친애하는 릴런드. 얼마 전에 나는 유언장을 변경하라는 지시를 했소. 그 지시는 무시하고 새 유언장 초안을 작성하시오. 지금은 자세히 말할 수 없는 대단히 중요한 문제를 논의하기 위해 월요일 아침에 당신을 보러 갈 생각이오. 새 유언장이 마련되면 그때 내가 서명하겠소. 월슨과 욘슨 조항은 똑같이 남겨두지만, 나머지 모든 재산의 상속인은 메리 제프리에서 —

스파이크는 숨이 턱 막힌 듯 읽기를 중단했다. 그리고 눈을 깜박거렸다. "보안관," 그가 말했다. "내가 바보가 된 건가요? 아니면 내 눈이 어떻게 된 건가요?" 그는 전보를 실콕스에게 떠밀고서 끝에서 두 번째 줄을 가리켰다.

… 나머지 모든 재산의 상속인은 메리 제프리에서… 실콕스가 천천히 읽었다. … 제롬 W. 페더스톤으로 변경하시오. 나는 페더스톤에게 이렇게 변경할 것이라는 의향을 알렸소.

실콕스의 손에서 전보가 흘러내렸고 그는 스파이크를 쳐다보며 멍청하게 입을 벌리고 있었다. 그리고 마지막 문장을 허탈하게 되풀이했다. "'나는 페더스톤에게 이렇게 변경할 의향이라고 알렸소.'"

"다른 말로 하면," 먼저 정신을 차린 사람은 스파이크였다.

"페더스톤이 기혼자라는 걸 알고 그가 질을 유혹했다는 것, 그는 모든 면에서 악당이라는 걸 아는 샤론이 그를 자신의 전 재산을 받을 상속자로 지정한다는 거네요. 그리고 이 사실을 통보받은, 그래서 자신에게 곧 엄청난 돈이 들어온다는 말을 들은 페더스톤이 노인이 실제로 유언장을 그렇게 변경하기 전에 그를 살해한다는 거고요." 스파이크는 양손을 무기력하게 쳐들었다.

"그건 미친 짓이야! 말이 안 된다고! 그건 ―" 그는 더는 말을 잇지 못했다. 그는 아연실색해 있었다. 그리고 그 전보를 실콕스에게 도로 던져버렸다.

14

마르쿠스 아우렐리우스는 지옥으로!

오후의 태양이 샤론 저택의 부드럽고 윤기 흐르는 잔디 위를 금빛으로 길게 물들였다. 저 멀리 언덕들은 금박을 입힌 듯 빛났고 부드러운 산들바람에 전동싸리 풀 내음이 짙게 실려왔다. 아름답고 목가적인 풍경이었다!

이 목가적인 풍경과 불협화음을 이루는 단 한 가지가 있다면, 그것은 주변 숲속에 슬그머니 숨어 있거나, 문과 창문 앞에 심각한 표정으로 서 있거나, 낡아빠진 시끄러운 자동차를 타고 앞뒤로 왔다 갔다 하고 있는 스무 명 넘는 비장한 버몬트 마을 사람들, 그리고 이 혼란스러운 움직임에 합류한 일군의 기자들과 사진기자들이었다.

그리고 저택 앞쪽으로는, 밑의 계곡을 향해 수직으로 떨어지는 잔디밭 가장자리에 아무렇게나 널브러져 있는 두 인물이 있었다. 내리쬐는 햇빛 속에서 꽃들 사이에 앉아 인생의 비탄에 빠져 있는 스파이크 트레이시와 에브라임 실콕스 보안관이 그들이었다.

"있잖아요, 보안관." 스파이크가 말했다. "혹시 오늘 오후에 세잔의 수채화 전시회를 하는 곳이 콜빌에 있을까요?"

"뭐라고?"

"아니면 심포니 공연이라도?"

"글쎄, 콜빌 실버 군 관악대가 일주일에 한 번씩 공연을 하기는 하지만 토요일이나 돼야 할걸."

"진짜 유감이군요! 하지만 마르쿠스 아우렐리우스의 책 한 권 쯤은 아마 갖고 계시겠죠?"

"자네가 뭘 하려는 건지 모르겠지만, 그게 뭐건 간에 안 될 일이야."

"좋습니다! 그런데요, 보안관. 최고의 탐정들은 모두 말이죠. 교착 상태에 봉착하거나 단단한 벽에 부딪혀 완전히 좌절할 때면, 혹은 다음에는 어디로 향해야 할지 모를 때면, 반드시 미술 전시회나 음악회를 간다든가 집에 틀어박혀 고전을 읽는다든가 하거든요. 그리고 그건 언제나 속임수죠. 그다음 장에서 벌써 그들은 상황을 파악하고 사방에서 놀라운 발견을 해내고 있는 겁니다." 그는 잠시 말을 멈추고는 암담한 듯 한숨을 쉬었다.

"하지만 나한테는 그런 게 전혀 통할 것 같지 않네요. 현대 회화는 인생 최대의 미스터리 중 하나일 뿐이란 말이죠. 그 그림들을 보면 실수로 아래위를 거꾸로 걸어 놓지 않았나 하는 생각을 떨칠 수가 없답니다. 심포니 공연도 한 번 가보긴 했는데 끝날 때까지 아기처럼 잠만 잤어요. 그리고 난 고전이 무서워요. 마르쿠스 아우렐리우스의 금언을 한참 읽다 보면 우드하우스*의 다음 책은 언제 나오는지 궁금하다니까요. 나한테 필요한 건 ―"

---

* 펠럼 그렌빌 우드하우스(1881-1975). 20세기에 가장 널리 읽힌 책들을 집필했다는 영국의 작가. 영국 유머의 표상이라 불린다.

실콕스가 그의 말을 끊고 단호한 눈빛으로 그를 봤다. "젊은 친구, 자네한테 필요한 건 기운을 되찾을 훌륭한 독주 한 잔이야."

"보안관!" 이 외마디 외침에는 감사와 기대가 함께 들어 있었다.

"저택에서 보이지 않는 절벽 저쪽 아래로 살짝 내려가게."

바위 정면에 의해 가려진 서쪽의 경사진 작은 공간에서 실콕스는 뒷주머니에서 짙은 밤색 병을 꺼내서 스파이크에게 건넸다.

"스콜*! 보안관, 스콜!"

실콕스는 움찔하고 놀랐다. "스칸디나비아라면 오늘은 이미 물릴 정도 아닌가?"

"아, 내가 실수했네요. 죄송합니다. 그럼, 좀 더 나은 걸로요." 그러면서 스파이크는 병을 높이 들어 올렸다. "세잔과 마르쿠스 아우렐리우스를 지옥으로!"

두 남자는 술을 마시고는 몸속으로 뜨뜻한 기운이 번져가는 것을 느끼며 잔디에 등을 대고 누웠다.

"내가 말했듯이," 스파이크가 왠지 들뜬 말투로 말을 이었다. "이 상황 전체가 여태껏 본 적이 없을 만큼 지독하게 혼란스럽단 말입니다. 한 남자가 다른 남자를 살해하고 자백을 하지만 이유는 말하지 않습니다. 그사이 세기의 걸출한 인물 두 사람이

---

* 스웨덴어로 건배를 뜻한다.

완벽한 이유를 파악해내죠. 그런데 한 통의 전보가 와서 그 이유를 깨끗이 날려버린 거죠."

"자," 실콕스는 무사태평하게 말했다. "더는 그런 방향으로 궁리해봐야 우리한테 좋을 게 없어. 그보다 우리가 씨름해볼 만한 문제는 —" 그러나 그 순간 그림자 하나가 늦은 오후의 황금빛 햇살을 가로막는 바람에 그 문장은 끝을 맺지 못했다. 절벽 끝부분에서 누군가 그들을 내려다보며 서 있었다.

"저기요, 보안관님, 보안관님을 찾아 진짜 사방을 돌아다녔어요. 저는 지금에야 겨우 빠져나올 수 있었어요. 저는 지금 제이크 폴딩 씨 밑에서 일하고 있는데요. 오늘 오후 말고는 시간이 전혀 없어서 바로 시간을 낸 거예요. 여기 와야 하는데 다음에 시간이 될 때까지 기다릴 수가 없었거든요. 제 인생에서 이렇게 흥분해 본 적은 없어요. 정말이에요. 그 생각을 하면 —"

높고 찢어질 듯한, 지칠 줄 모르는 여자의 목소리가 잠시도 쉬지 않고, 두서없이 이어지고 있었다.

"그리고 여기 이 사람이 차가 고장 나서 보안관님을 돕고 있는 젊은이로군요. 저는 노마 베이커라고 해요. 예전에 페더스톤 씨 밑에서 일했답니다. 그런데 지금 사람들 말이 그가 살인자라더군요. 제가 아는 한, 그보다 더 좋은 사람 밑에서 일할 수는 없을 거예요. 옆집의 그 사람들만 아니었다면 저는 아직도 거기서 일하고 있을 거예요. 그리고 —"

페더스톤의 집에서 잠깐 허드렛일을 했던 노마 베이커가 한 말을 다 옮기자면 소설의 한 장, 그것도 기나긴 한 장은 족히 채

울 것이다. 그 끝에서 알게 되는 내용은 이미 알고 있던 것보다 약간 더 많은 정도일 것이다. 그리 많지도 않은, 약간 말이다.

예를 들어, 당신이 알게 될 내용은, 페더스톤이 별채에 오고 나서 처음 3주 동안 샤론 박사는 이웃의 존재를 두려워하지는 않을지라도 싫어한다는 것을 분명히 드러냈다는 것이다. 사회 상류층의 형식 따위는 개의치 않던 노마는 담 너머 헨리와 그의 아내의 친구가 되려고 노력했지만 퇴짜 맞고 말았다. 상황이 점차 나아지기는 했지만, 헨리와 그의 아내는 끝까지 차가운 태도를 유지했기 때문에 허물없는 사이가 되지는 못했고 그 사이 두 달이 채 못 되어 노마는 잘리게 된 것이었다.

"그렇기는 하지만 페더스톤 씨는 친절했고 저한테 해고 통보가 아니라 한 달 치 임금을 더 주었다는 걸 꼭 말해야 하겠어요. 그런데 저는 그가 왜 그 노인을 살해해야 했는지 모르겠어요. 심지어 제가 떠나기 전에도 그들은 굉장히 친했고 페더스톤 씨는 그나 그 여자들 중 하나, 혹은 미스 윌슨과 산책도 하고, 얘기도 많이 해서, 흔히 말하는, 가족 같은 사람이었기 때문이죠. 그리고 —"

그 기억의 흐름을 스파이크가 단호히 중단시켰기에, 그리고 그의 목소리가 그녀의 목소리보다 더 컸기에 그는 겨우 질문을 하는 데 성공했다. "그 두 여자는 어땠나요? 그들을 자주 봤습니까?"

"글쎄요, 제가 말씀드린 것처럼 얼어붙은 분위기를 제일 먼저 녹인 사람은 질이었어요. 뭐, 정확한 건 아니지만요. 빨래를 널다가 뒤뜰에 있는 커다란 사과나무 아래 앉아 있던 그녀를 제가 처음 봤을 때부터 그녀는 아주 친절했어요. 그때 그녀가 제게로 친근하게 다가와서 우리는 얘기를 나누게 됐죠. 그녀는 자기 이름을 말해줬고 저는 제 이름을 말했는데 그녀는 조금도 거만하게 굴지 않았고 친절하고 상냥하기만 했어요.

음, 며칠 뒤에 마을에 볼일을 보러 갔다가 돌아오는 길에서 산책 나온 그 간호사와 메리라는 다른 아가씨와 마주쳤어요. 저는 자연스럽게 다가가서 그녀의 언니와는 이미 인사했다고 하면서 친해지려고 했죠. 하지만 그 간호사는 아주 쌀쌀맞았어요. 그 아가씨는 상냥하기는 했지만 제가 자기 언니 얘기를 하는 걸 좋아하지 않는다는 이상야릇한 느낌이 들더군요. 그래서 저는 화제를 돌려서 이런저런 얘기를 하기 시작했어요. 저는 언제라도 얘깃거리를 찾을 수 있거든요. 그리고 자연스럽게 제 이름을 말했더니 진짜 이상한 일이 일어났지 뭐예요.

제가 말했죠. '제 이름은 베이커예요. 노마 베이커요.' 그랬더니 메리는 이상한 표정으로 '노마'라고 말하더군요. 그리고 몸을 덜덜 떠는 거예요. 믿어지세요? 비록 그녀는 어떤 내색도 하지 않으려 애쓰는 게 보였지만, 정말로 몸을 덜덜 떨었어요. 그래서 며칠 뒤에 정원에서 질을 만나서 얘기를 나누게 됐을 때, 저는 그녀에게 여동생을 만난 얘기를 했어요. 제가 말했죠. '여동생은 제 이름이 별로 마음에 들지 않은 것 같아요.' 그러면서 메리가 어떻게 반응했는지 말해줬죠. 제가 얘기를 다 끝내자 그녀는 웃음을 터트렸는데… 별로 착한 웃음은 아니었어요. … 좀 못돼 보였죠. 그러더니 그녀가 말했어요. '노마라… 걔라면 그랬을 거예요. 하지만 나는 메리처럼 예민하지 않아요. 노마라는 이름을 들어도 나는 개처럼 떨리지 않아요.'

저는 그녀들을 한 번씩 보게 됐는데 질은 언제나 쾌활하고 말이 많았어요. 마치 그 집에서는 누구도 그녀에게 말을 걸지 않는 것처럼, 그래서 누군가와 얘기하고 싶은 것처럼 말이죠. 그리고 질이 나오면 그 간호사가 항상 그녀를 지켜보고 있었답니다. 그 두 자매는 왠지 서로 좋아하지 않는다는 느낌이 들었어요. 쌍둥이라는 걸 생각하면 진짜 이상한 일이죠.

그 메리는 정말 다정다감했지만 친해지려는 생각은 별로 없는 것 같았어요. 하지만 그 노인과 간호사는 저를 옆에 있는 땅이나 되는 것처럼 거의 없는 사람 취급했어요. 그래서 저도 그들에게 똑같이 —"

그들이 마침내 그녀에게서 벗어나게 되자 스파이크와 실콕스는 안도의 한숨을 내쉬었다.

"그래도," 스파이크가 지적했다. "그녀가 혼자 떠들어댄 말들 중에 몇 가지 흥미로운 게 있었어요. 우선, 그녀는 메리가 이 세상에서 가장 말하고 싶지 않은 주제가 있다면, 그건 자기 언니인 질이라는 우리의 인상을 확인시켜줬어요. 그리고 또 다른 건 그 이름에 관한 겁니다. 노마 베이커라는 이름을 듣고 메리는 왜 전율했을까요?"

"그녀가 알던 사람 중에 싫어했거나, 아니면 그녀에게 못되게 굴었던 사람의 이름인가 보지. 우리는 대부분 과거에 있었던 기분 나쁜 일은 떠올리고 싶지 않잖아."

"이상해요. … 아주 이상하단 말이죠." 스파이크는 생각에 잠겼고 그들 두 사람은 사람을 지치게 만드는 노마 베이커의 말을 듣느라 다 빠져나갔던 기력을 회복하려는 듯 잠시 침묵에 빠져들었다. 침묵은 한참이나 계속되었다.

마침내 스파이크가 단호하게 일어섰다. "자, 이래서는 아무것도 나오지 않을 겁니다. 난 페더스톤에 대해 보고가 더 들어온 게 있는지 보러 집으로 가겠습니다."

그들은 함께 내리막길을 다시 올라가서 집의 잔디로 터덜터덜 돌아갔다. 실콕스는 페더스톤을 쫓아가라는 임무를 줬던 보안 관보를 찾아 나섰고 스파이크는 거실로 들어가서 의자들 중 하나에 몸을 던졌는데, 그곳에서 전화기를 붙들고 있던 카맥을 발견하고는 짧게 목례했다. 의사는 여기서 밤을 보낼 작정을 한 까닭에 벌링턴의 집으로 전화해서 자신이 없는 동안 환자들을 보살필 지침을 내리고 있었다.

"한동안 여기 계셔야겠군요, 박사님." 카맥이 수화기를 내려놓자 스파이크는 이렇게 말하면서 몸을 일으키기 시작했다. 그는 담뱃갑을 꺼냈고 두 남자는 자리를 잡고 느긋하게 담배를 피웠다.

"페더스톤 소식은요?" 의사가 물었고 스파이크는 고개를 내저었다.

"환자는 좀 어떤가요?"

"생각만큼 좋지는 않습니다. 그녀는 —" 그가 불편한 듯 말을 중단했다.

"재미있네요." 스파이크가 계속 말했다. "그녀에게 해줘야 한다는 이 모든 일이 저는 여전히 이해가 안 됩니다. 왜 꼭 당신을 불러와야 했는지도 모르겠군요."

"당신은 의사가 아니잖아요." 카맥이 강한 어조로 답했다.

"그렇다고 해서 제가 상식이 없다는 뜻은 아니죠."

"때때로," 카맥은 점잖게 미소를 지었다. "의사는 상식적이지 않은 감각이 있어야 하죠. 메리 제프리는 예민하고 신경이 약한 유형입니다. 상태가 최상일 때도 근본적으로 아주 허약하답니다. 그녀는 심각한 수술 후에 길고 힘든 회복 기간을 겪고 있습니다. 게다가 최악의 충격을 받았죠. 훨씬 더 강한 사람이라도 무너질 수 있는 그런 충격 말입니다. 당신의 견해가 어떻든 간에, 트레이시 씨, 저는 오늘 여기 꼭 있어야 한다고 느끼고 있습니다."

"박사님, 제 말을 완전히 잘못 이해하고 계시는군요. 저는 당신에게 가라고 하는 게 아닙니다. 반대로 당신이 여기 있어서 기분이 좋은 겁니다."

그러나 카맥은 쉽게 기분이 풀릴 것 같지 않았다. 그는 좀 흥분해 있었다. "이건 제가 좋아하고 말고의 문제가 아닙니다. 정확히 말씀드려야겠는데, 저는 약간의 희생정신으로 여기 있는 거예요. 오늘은 하필 제 생일이어서 아내가 저를 위한 저녁 파티를 준비하고 있답니다. 당신도 아내가 있다면, 아내가 정성껏 준비한 저녁 파티를 마지막 순간에 쉽게 취소하는 남자는 없다는 걸 알게 될 겁니다."

"용서하세요, 박사님. 저는 아내가 있어 본 적은 없습니다만, 당신이 용감한 남자라는 건 알겠네요." 스파이크는 웃음을 터트렸다.

몇 분 후 그를 두고 나갈 때도 카맥의 얼굴은 여전히 어두웠다. 얼마 안 있어 실콕스가 돌아왔고 그들 두 사람은 밖으로 나가 일대를 한가로이 거닐었다. 스파이크는 방금 의사와 나누었던 대화를 그에게 전해주었다.

"내가 볼 때," 그가 말했다. "카맥은 환자를 가까이서 돌보기에는 불안감이 좀 심한 것 같아요."

실콕스가 고개를 끄덕였고 두 남자는 말없이 계속 걸어서 잔디의 북쪽 끝을 한 바퀴 돌고 정문으로 가로질러 갔다가 페더스톤의 별채를 돌아 양쪽 집 사이를 오갔다. 그들은 각자 자기 생각에 빠져 아무런 목적 없이 빙빙 돌고만 있었다.

"페더스톤에 대해 새로 들어온 소식은요?" 스파이크가 결국 물었다.

"그의 차가 위너를 조금 지난 도로변에서 발견됐어. 위너는 동쪽 끄트머리에 있는 작은 마을이야. 그가 택한 방향으로 보면 그는 벌링턴을 향해 가고 있었던 것 같아. 하지만 마음을 바꿔서 옆길로 갔음이 분명해."

"책들은 어떻게 됐나요?"

"차 안에는 없었어. 주 경찰에게 위너 주변의 숲을 샅샅이 뒤지도록 했으니까 놈은 잡히게 돼 있어. 아이라 헤닝거가 거기 서

장인데 아주 열심히 일하는 친구지. 그는 페더스톤을 산 채로 데려오지 못하면 시체로라도 데리고 올 걸세. 그는 —"

실콕스가 헤닝거의 거친 성격으로 이야기를 옮겨감에 따라 두 남자는 집을 다시 한 바퀴 돌고 베란다로 돌아와서 다시 서재로 들어갔다. 거기서는 비빌리가 카드 목록과 책을 대조하는 노동을 잠시 팽개치고 있었다.

스파이크는 기지개를 켜고는 담배에 불을 붙였다. 보안관은 작지만 향이 강한 파이프 담배를 꺼내서 담뱃잎을 채우고 불을 붙였다. 그렇게 두 남자는 담배를 피우며 앉아 있었다.

하지만 조금 후에 그들은 더는 그렇게 편안하게 앉아 있을 수가 없었다. 바람에 훅 풍기는 냄새에 반응하는 숙련된 사냥꾼처럼 두 사람 모두 귀를 쫑긋 세우고 허리를 바로 세워 앉았다.

문 뒤… 거실에서… 싸우는 목소리가… 처음에는 여자들의 목소리가, 그리고 이제 남자의 목소리가 들렸던 것이다. 스파이크는 문으로 성큼성큼 걸어가서 문을 활짝 열었다. 카맥 박사와 미스 윌슨, 그리고 그들 사이에 메리가 있었다. 메리는 붙잡은 그들의 손을 뿌리치려 하면서, 하지만 힘이 없어 비틀거리고 있었다. 그녀는 잠옷 위에 짙은 색의 무거운 목욕 가운을 입고 있었다.

"나를 놔줘요. … 난 가야 해요. … 정말이에요." 그러자 애원하는 미스 윌슨의 목소리가 들렸다. "메리, 안 돼, 안 돼. 제발… 내가 널… 제일 잘 알잖아."

그때 세 사람의 눈에 서재 문에 서 있는 스파이크와 보안관이 들어왔다. 미스 윌슨의 얼굴이 심각하게 굳어져서는 양손으로 메리의 팔을 더 강하게 움켜잡았다. 메리 자신은 몸부림을 멈추고 숨을 헐떡이며 박사의 부축하는 팔에 등을 기대고서 호흡이 돌아오기를 기다리고 있었다.

스파이크는 성큼성큼 방을 가로질러 긴장한 세 인물을 눈으로 훑었다. 그다음 그의 시선은 메리에게 가서 멎었다. 그녀는 갑자기 양팔을 내밀어 그의 코트를 붙잡으며 고통에 빠져 정신이 나간 듯한 두 눈을 들어 그를 봤다. "내 말 좀 들어줘요. … 들어야 해요. … 당신한테 꼭 해야 할 말이 있어요. … 내가…."

그녀의 말은 그 몸을 세차게 흔드는 미스 윌슨에 의해 잘리고 말았다.

"메리, 진정해. … 넌 아픈 몸이고 신경이 곤두서 있어. 넌 자기가 무슨 말을 하는지도 모르고 있어. 넌 —"

"알아요, 안다고요. 그리고 그 말을 꼭 해야 해요. 난 내버려둘 수가 없 —"

그러나 또다시 간호사는 손으로 메리의 입을 가리면서 그녀의 말을 막으려고 미친 듯이 애썼다.

"내 생각으로는," 스파이크가 조용히 말했다. "제프리 양이 내게 뭔가 할 말이 있다면 내버려 두는 게 좋겠어요, 미스 윌슨."

간호사는 활활 타는 듯한 눈빛으로 그의 흔들림 없는 시선을 마주 보았다. 그 눈 속에는 무력한 분노와 공포가 혼재되어 있었다. 그녀는 잠시 주저하더니 카맥을 돌아봤다.

"선생님, 뭐라도 해보세요. 메리가 침대에서 나와서는 안 된다는 걸 아시잖아요. ⋯ 말을 해서는 안 된다고요. ⋯ 메리는⋯."

의사는 가만히 고개를 끄덕였다. "알죠. 하지만 계속 이렇게 실랑이를 할 수는 없어요. 그러면 상태가 더 안 좋아지기만 할 거예요."

"그런 경우," 스파이크가 말했다. "이분을 혼자 있게 내버려 두는 게 제일 쉽고 간단한 일입니다. 나와 함께 말이죠." 그는 이렇게 말하면서 그녀의 두 손을 잡고 미스 윌슨의 손아귀에서 그녀를 빼내려고 했다.

"안 돼요. ⋯ 안 됩 —" 이제 간호사의 목소리에는 극심한 공포가 담겨 있었다.

"미스 윌슨!" 의사가 날카롭게 말했다. "진정하세요!" 그러더니 그는 스파이크 쪽으로 눈을 돌렸다.

"가능한 한 빨리 끝내주세요. 그녀는 오래 견딜 수 있는 상태가 아닙니다. 당신은 그녀와 단둘이 있고 싶겠지만 주치의로서 나는 미스 윌슨이 그녀 옆에 있도록 해줄 것을 강하게 요구하는 바입니다."

"잘 알겠습니다." 스파이크는 그 말을 받아들이고는 서재를 향해 갔다.

간호사는 카맥과 스파이크를 잠시 번갈아 쳐다보며 그 의사가 적의 손에 놀아나고 있다는 사실에 저항하는 듯 불안하고 화난 표정을 지었다. 그러나 패배를 받아들이는 것 말고는 달리 어찌할 수가 없었다. 그녀는 메리를 감싸고 있던 팔을 거두고는 메리가 방을 가로질러 서재로 들어가도록 그 불안정한 걸음을 이끌어 부드럽고 깊은 의자에 그녀를 가만히 앉게 했다.

메리는 완전히 무너진 것처럼 보여서 한순간 스파이크는 그 몸싸움이 너무 무리였던 건 아닐까 두려워졌다. 다만 그녀의 눈썹이 미세하게 흔들리고 오래도록 떨면서도 숨을 쉬고 있었기에 그는 조금 안심이 되었다.

2, 3분 동안 방 안에는 죽은 듯 침묵이 흘렀다. 스파이크의 두뇌 속에서는 조금 전의 미친 듯한 외침이 메아리쳐 들리고 있었다. '당신한테 꼭 해야 할 말이 있어요.' 그는 그 불안한 떨림이 자신에게 퍼져가는 것을 느꼈다. '내 말 좀 들어줘요. … 당신한테 꼭 해야 할 말이….'

그는 속으로 자문했다. 이토록 사랑스러운 사람이 이 사악하고 위험한 살인에 관해 무엇을 말할 수 있단 말인가? 그의 눈은 그녀에게 매료되어 있었다. 짙고 풍성한 머릿결, 창백한 상앗빛 피부, 가늘고 섬세한 손. 그러나 그 모든 것을 능가한 건 얼굴 표정이었다. 마음을 울리는 그 이상한 느낌의 표정, 설명할 수 없는 무거운 짐을 지고 있는 듯한 그 표정을 그는 그날 아침에 흘깃 봤었다. 그러나 이제는 그 짐이 감당할 수 없을 만큼 무거워져서 고통에 시달리는 그 영혼은 더는 싸울 힘도 없이 덤벼드는 암흑과 재앙 앞에 무방비로 무력하게 서 있기만 할 뿐이라는 듯 그 표정이 더 뚜렷해져 있었다.

스파이크는 마음속 깊이 저릿함을 느꼈다. '당신한테 꼭 해야 할 말이 있어요.' 그는 몸서리를 쳤다. 그 순간 그는 그 방에서 빠져나와 자신이 속했던 세상으로 되돌아갈 수만 있다면, 괴로움에 짓이긴 메리 제프리의 목소리와 무엇이든 그 목소리가 밝히려 했던 것에서 멀어질 수만 있다면 어떻게라도 했을 것이었다.

이제 그녀가 말을 하고 있었다. 고통이 끝나기를 열망하는 듯 절망적이고 지친 말들이었다. 중국에 관한 어떤 일… 그리고 자신의 아버지 얘기였다. 그녀는 눈을 감은 채 말을 했다. 하얀 이마에는 커다란 땀이 송골송골 맺혀 있었다. 그녀는 평온했으나 움직임 없는 그 겉모습 아래에서 스파이크는 고뇌에 찬 영혼을 느낄 수 있었다. 스파이크는 더 이상 견딜 수가 없었다. 그것은 마치 상처 입은 동물을 지켜보는 것과 같은 일이었다. 그는 민첩하고 무자비한 일격으로 그 동물의 숨을 단번에 끊어 놓아야 했다.

그가 갑자기 앞으로 몸을 기울여서 부서질 듯한 그 두 손을 잡고 그녀가 눈을 뜰 때까지 부드럽게 그녀를 흔들었다.

"메리 제프리, 그냥 한 가지만 네, 혹은 아니오, 라고 말해줘요. 당신이 샤론 박사를 살해했나요?"

그녀의 눈이 커지더니 호흡이 가빠졌다. 그녀는 몸을 움츠려 그에게서 빠져나가려는 것 같았지만 그는 그녀를 자신의 눈과 손으로 강하게 붙잡고 있었다.

"당신이 샤론 박사를 살해했습니까?"

"난 —" 그녀는 더듬거렸다. 그녀의 입은 떨리고 있었다. 그녀의 목소리는 몸속 저 깊은 곳에서 찢겨 나온 듯 잠겨 있었다. "난… 난 모르겠어요."

잠시 침묵이 흘렀다.

"당신은… **모르겠다고요?**" 믿기지 않았다.

그녀는 고개를 내저었다. "네… 알 수가… 난 —" 그녀는 비극적으로, 가련하게 허우적거렸다. 스파이크는 그녀에게 이 유혈참극은 죄다 잊어버리라고, 그녀의 괴로운 마음에서 모든 비극과 공포를 지워버리고 가만히 누워서 휴식하며 평화를 찾으라고 말하고 싶은 마음이 굴뚝같았다. 하지만 그럴 수는 없었다.

그녀가 갑자기 그의 손을 뿌리쳤다. 그러더니 지금까지와는 정반대의 낯선 태도로 그의 양어깨를 꽉 붙잡았다. 그녀의 손톱이 결사적으로 그의 살갗을 파고들었다. "난 모른다고요. 정말이에요." 그녀의 목소리는 거의 미친 듯한 외침에 가까웠다. "그게 내가 설명해야 했던 거, 내가 설명하려 노력하고 있는 거예요. 이 모든 일은 내가 중국을 떠나기 얼마 전에 시작됐어요. 그게 언제냐면 —"

그러나 그녀의 입에서 어떤 말이 나오기 전에 그 가냘픈 턱에 재빠른 일격이 가해져서 그녀는 계속 말을 이어갈 수 없었다.

스파이크는 의식을 잃고 쓰러지는 그녀를 붙잡았다. 의자 맞은편에서 미스 윌슨이 화난 표정으로 득의만만하게 그를 노려보고 있었다.

15
끝마치지 못한 일

다시 윌슨의 방이었다. 네 사람이 침대를 에워쌌고… 메리는 하얗게 질려 움직이지 않았다. 희미하게 뛰는 맥을 찾는 의사의 손가락이 가느다란 손목을 누르고 있었으며, 침대 맞은편에서는 창백한 얼굴의 간호사가 꼼짝도 하지 않고 있었다. 양손을 등 뒤에서 꽉 쥐고서.

그리고 침대 발치에서는 스파이크와 실콕스가 기다리고 있었다. 메리 제프리가 의식이 있던 그 순간으로, 비극과 고통의 세계로 되돌아가서 '… 설명해야 했던 건… 내가 중국을 떠나기 얼마 전에… 그때 있었던 일이에요.'라고 했던 이야기를 끝마쳐주기를 기다리고 있었다.

15분… 30분. 의사가 간호사에게 한 번씩 간단한 지시를 했고 그러면 그녀는 붙박여 있던 침대 옆을 떠나 물과 약, 그리고 뜨거운 물주머니를 가져오곤 했다.

"두 분 신사분, 제가 다시 한번 부탁드려야겠군요." 의사가 여전히 파닥이는 맥박을 짚으면서, 그러나 눈으로는 스파이크를 올려다보면서 말했다. "좀 나가주시죠. 메리는 상태가 심각합니다."

그러나 스파이크는 고개를 저었다. "아뇨, 박사님. 우리는 여기 있을 겁니다."

카맥은 무기력하게 어깨를 으쓱하고는 간호사를 쳐다봤다. 마치 '난 할 수 있는 모든 걸 다했지만 아무 소용 없어.'라고 말하는 듯한 눈빛이었다.

그러자 이번에는 그녀가 침대 위의 하얀 얼굴에서 발치에 있는 두 사람에게 눈길을 옮겼다. 증오와 두려움이 뒤섞인 눈빛이었다.

"선생님이 말씀하신 대로 해요." 그녀가 다그치듯 말했다. "나가주세요! 나가달라고요! 메리가… 어떤지 안 보여요? 저 아이는 —" 그녀는 하던 말을 끝마치고 싶지 않다는 듯 말을 중단했다. 스파이크가 그녀 대신에 그 말을 끝마쳤다. 그의 나지막한 목소리는 상처에 소금을 뿌리는 것만 같았다.

"네, 미스 윌슨. 보입니다. 그리고 그 책임은 당신에게 있죠."

그녀는 대답하지 않았다. 할 수가 없었다. 할 말이 없었던 것이다.

"마지막으로 당신에게 묻겠습니다. 왜 그런 짓을 한 거죠?" 스파이크가 계속 말했다.

돌처럼 차갑고 물러서지 않을 것 같은 침묵이 흘렀다. 간호사는 완강하게 저항하며 거기 서 있었기에 그녀가 메리 제프리의 가냘픈 턱을 그토록 빠르고 세게 내리친 이유는 목숨이 위태롭다 해도 그녀의 입에서 나오지 않을 것임이 명백했다.

네 사람의 관찰자 위로 다시 침묵이 내려앉았다. 그러나 곧이어 그들의 걱정스러운 눈이 빠르게 움직였다. 아주 살짝이지만 눈꺼풀이 움직였고… 손에서도 미미한 움직임이… 그리고 팔다리가 흔들리기 시작했다.

의사는 자신의 손이 섬세한 의식의 회복에 행여 방해라도 될세라 쥐고 있던 손목을 침대보 위에 내려놓았다. 스파이크와 실콕스는 가만히 서 있었다.

침묵을 깨뜨린 것은 간호사의 본의 아닌 민첩한 움직임이었다. 눈꺼풀이 처음 떨리자 그녀는 터져 나오는 비명을 막으려는 듯 양손을 목으로 가져갔다. 메리를 보고 있던 그녀의 눈에 두려움과 근심이 가득 찼다. 마치 지금 막 자신이 목격하게 될 어떤 일을 두려워하는 것만 같았다. 그녀는 입가가 비틀린 채 손을 덜덜 떨고 있었다.

스파이크는 보안관을 슬쩍 찔러서 간호사를 보게 했다. 침대에서 미약한 소리가 났다. 근심과 두려움의 표정은 더 강해진 것 같았다. 그녀는 목을 쥐고 있던 두 손에 있는 대로 힘을 주었다.

"윌리… 사랑하는 윌리… 왜 내가… 계속 말하지 못하도록… 했어요?" 기운을 회복하려 기를 쓰고 있는 그 목소리에는 몹시 지친 듯한 원망의 기운이 가득했다.

별안간, 간호사의 내적 긴장이 줄이 풀린 꼭두각시 인형처럼 풀려버렸다. 그녀는 두 손을 떨어뜨리고 입을 힘없이 열어 늘어뜨리고 눈을 감았다. 그녀는 몸서리치듯 깊은숨을 내쉬며 몸을 떨더니 의자에 주저앉았다. 그녀의 얼굴에는 무섭고 끔찍한 일에서 막 도망쳐 나온 사람의 표정이 어려 있었다.

그녀는 한 손을 슬그머니 내밀어 침대 위의 부러질 듯 약한 손을 부드럽게 쥐고는 메리에게로 몸을 숙였다. 그녀의 강인한 얼굴 위로 눈물이 강처럼 흘러내렸다. "아가⋯ 안 돼, 안 된단다. ⋯ 절대로⋯ 난 그렇게 해야만 했어. ⋯ 내버려⋯ 둘 수가 없었어."

그러나 의사는 그녀를 옆으로 밀어내며 준엄한 눈빛으로 그녀를 쳐다봤다. 마치 그녀에게 당신은 여자이기 이전에 간호사임을 되새기기라도 하는 듯했다. 그녀는 의연하게 몸을 곧추세우고는 곧바로 일어서서 손으로 눈을 가려 그 방과 방 안의 사람들의 시선을 차단했다. 마치 직업적인 평정심을 회복하기 위해 눈과 귀를 일시적으로 닫으려는 것처럼. 마침내 그녀가 손을 내리고 앞에 있는 세 남자를 쳐다봤다. 그녀의 표정은 엄숙하고 신중하며 안정되어 있었다.

그러나 그것도 잠시였다. 그녀의 일시적 휴지기는 짧게 끝났다.

"그러면 이제," 스파이크가 말했다. "보안관과 제가 제프리 양과 얘기를 좀 나누고 싶군요. 우리끼리만요."

그녀의 눈에 다시 공포의 표정이 떠올랐다. "하지만⋯ 안 돼요. 그럴 수 없습니다. 메리는 지금 너무 쇠약한 상태예요. 그렇지 않나요, 선생님?"

"너무너무 쇠약하죠." 의사가 그 말을 강하게 되풀이했다.

"그럼에도," 스파이크도 똑같이 강하게 말을 이어갔다. "우리는 해야 합니다. 그녀의 상태가 심각하다는 건 충분히 이해하고 있으므로 그녀를 편하게 해주려 최선을 다할 겁니다."

"하지만, 이보십시오." 의사가 말을 꺼냈다. "그녀는 ―"

"알아요, 압니다. 그러니까 다시 말씀하셔 봐야 헛일입니다.

저는 제프리 양과 우리만 있겠다고 말씀드리는 바입니다." 그의 목소리는 냉철하고, 강하고, 집요했다. 의사는 그를 인정하고 고개를 숙여 받아들인 다음 방에서 나갔다. 그러나 간호사는 자신의 긴박한 목적 외에는 어떤 것도 보지 않고 듣지 않았다. 그녀는 버티고 있었다.

"미스 윌슨, 다시 한번 요청합니다. 제프리 양과 우리를 두고 나가주시겠습니까?"

"아뇨, 전 이 방에서 나가지 않을 겁니다."

"정말 그럴 생각입니까?"

"물론입니다."

"내가 무슨 말을 해도 마음을 바꾸지 않을 건가요?"

"네."

"좋습니다." 스파이크는 어쩔 수 없다는 것을 인정했다. "그렇다면 힘으로 할 수밖에 없군요."

그것은 보기 좋은 광경은 아니었다. 그녀는 힘이 센 여성이었고 죽을힘을 다해 무섭게 저항했다. 그래서 마침내 그녀를 방에서 끌고 나간 다음 문을 닫았을 때 스파이크는 숨을 헐떡이고 있었다. 그의 얼굴 한쪽은 길게 긁혀서 피가 흐르고 있었다.

한참 동안 그는 침대 옆에 조용히 앉아서 메리를 바라봤다. 오래도록 앉아 있으면 있을수록 후회가 막심해져 갔다. 샤론 저택에 들어오지 말았어야 했다. 이 지긋지긋한 역할을 떠맡지 말았어야 했다. 메리 제프리라는 사랑스럽고 비극적인 여인을 만나지 말았어야 했다.

너무나 하얗게, 너무나 가만히, 그 설명할 수 없는 고뇌를 가득 안고서, 그녀는 불규칙하게 숨을 할딱이면서 눈을 감고 있었다. 이윽고 그녀는 눈을 뜨고 침대 옆에 앉은 스파이크를 올려다봤다.

　그녀의 눈을 마주치자 그는 마지못해 나지막하고 은밀하게, 그러나 집요하게 말을 꺼냈다. "제프리 양, 당신은 제게 할 말이 있다고 했습니다."

　그녀는 다시 눈을 감았다. "네." 그녀가 들릴 듯 말 듯 말했다.

　"무슨 말이었습니까?"

　기나긴 침묵이 흘렀다.

　"무슨 말이었습니까?" 또다시 나지막하고, 은밀하고 집요한 물음이었다.

　시간이 잠시 멈추었다. 그리고 그녀의 약하고 속삭이는 듯한, 지친 — 너무 지치고 지쳐 가엽기까지 한 — 목소리가 흘러나왔다. "아무 소용 없어요. … 제가 했어야 하는데… 해야 하는데… 그런데 할 수가 없어요. … 용기가 없어졌어요. … 저는…."

　그러더니 그녀는 갑자기 침대에서 몸을 돌려 얼굴을 파묻었다. 그녀의 몸은 덜덜 떨렸고 눈물이 쏟아졌다.

　"오, 하나님, 하나님!" 그것은 거의 광기에 가까운 고통스러운 목소리였다. "하나님, 제발 저를… 죽게 해주세요."

16

감상에 젖은 바보들

스파이크와 실콕스는 서재에서 책상을 사이에 두고 마주 앉아 있었다. 그들은 서로에게도 드러내고 싶지 않은 두려운 생각을 마음속에 품고 있는 사람들 같았다.

그러다 스파이크는 갑자기 정신이 번쩍 든 것 같았다.

"우리는 감상에 젖은 바보가 돼선 안 됩니다, 보안관." 그가 거칠게 말했다.

"그건 그렇지." 실콕스는 마지못해 수긍했다. "하지만… 하지만 —"

"네, 알아요, 알아. 그런데 메리는 살인 사건에 얽히기에는 너무 아름답고 너무 사랑스러워 보여요. 뭐, 흔히 있는 일이긴 하지만요. 매력 없는 여자들에겐 기회라는 게 아예 오지 않으니까요."

"하지만 얽힌다는 게 꼭 범행 당사자라는 뜻은 아니지." 실콕스가 우겼다. "그녀는 어쩌면 그냥 뭔가를 알고 있는 것뿐일지도 몰라."

"당연히 그녀는 뭔가를 알고 있죠. 그것도 중차대한 뭔가를요. 그녀와 그 간호사는 어떤 식으로든 협업하고 있는 한 팀이에요. 그 간호사 역시 그 뭔가를 알지만, 메리가 그걸 말하게 하느니 한 대 치는 쪽을 택했죠. 간호사들은 그런 종류의 일을 어떻게 해야 하는지 아니까요. 그들은 위급한 상황에서 정신없이 날뛰는 환자들을 다루는 마지막 수단으로 그런 방법을 배우거든요. 거참, 내가 한 대 먼저 맞았으면 메리 제프리가 그렇게 되진 않았을 거란 말밖엔 할 말이 없네요."

스파이크는 일어나서 서재를 성큼성큼 걸어 다녔다.

"하지만 도대체가 가능해 보이지 않는단 말이지. … 그 여자가 —"

"그렇죠? 자, 그럼, 이건 어떤지 들어보세요. 메리 제프리는 자신이 그 노인의 상속자이고 그가 죽으면 엄청나게 많은 유산을 받게 된다는 걸 압니다. 그런데 그 후 어떤 이유에선지 자신이 상속에서 제외된다는 걸 알게 됩니다. 모든 돈이 자기 언니의 애인인 페더스톤에게 가게 되는 거죠. 그녀는 한 푼도 받지 못합니다. 그녀와 그녀의 언니는 사이가 아주 나쁘죠. 사실, 내가 잘못 추측한 게 아니라면 그들은 서로를 다시는 못 본다 해도 아무렇지도 않을 겁니다. 그래서 메리는 설령 질이 페더스톤에게 돈을 좀 얻어낸다 하더라도 질에게서는 아무것도 기대할 수가 없습니다. 메리는 재정적으로 곤경에 처해 있는 거죠. 새 유언장이 작성되어 서명을 앞두고 있습니다. 샤론은 월요일 아침에 바로 그 목적으로 뉴욕으로 갈 겁니다. 그녀는 그걸 멈추게 해야 하고… 그래서 그렇게 합니다."

스파이크는 잠시 말을 멈추고 담뱃갑에서 담배를 한 대 뽑아 성난 동작으로 재빨리 불을 붙였다. 그는 자기 자신에게 화가 났고 어떤 대가를 치러서라도 보고 싶지 않았던 사태를 너무도 명쾌하게 보고 있는 자신의 차갑고 논리적인 두뇌에 화가 났다.

"그렇지만 이 페더스톤은 무슨 일인지." 실콕스가 그를 일깨워줬다. "그는 범행을 자백하고 사라졌잖아. 왜 그런 거지?"

"왜냐고요? 당연히, 그 여자를 구하기 위해서죠."

"어떤 여자?"

"메리죠."

"음, 그래야 할 이유를 난 전혀 모르겠네. 그는… 어… 자네가 사용했던 그 단어가 뭐였지?" 보안관의 어휘력은 미묘한 상황을 제대로 포착하지 못하고 있었다.

"속여 농락했다고요." 스파이크가 도와주었다.

"페더스톤이 속여 농락한 건 질이지 메리가 아니잖아."

스파이크는 덜컥 말을 멈췄다. 순간적인 흥분에 빠져 상황의 이런 국면은 그에게 떠오르지 않았었다. "이런 제기랄!" 그는 이렇게 말하고는 의자에 털썩 주저앉았다.

"그리고 또 다른 이상한 점이 있네." 실콕스가 말을 계속했다. 스파이크의 짜증과 현격히 대비되는 만족스러운 말투였다. "우리가 압수한 질의 가운, 샤론의 피가 묻어 있던 그 옷은 또 어떤가? 자네는 방금 그 두 자매가 서로 좋아하지 않는다고 했어. 자, 같은 방에 살고 같은 침대에서 자는데, 질이 눈치채지 못하게 메리가 밤에 침대를 빠져나와 사람을 살해하는 게 가능할 것 같지가 않단 말이야. 그리고 만일 질이 내막을 안다면, 메리가 했다는 걸 안다면 그녀가 말하지 않았을까? 당연히 말했을 거야. 하지만 그랬나? 아니지. 그녀는 우리에게 간사를 부리면서 우리를 갖고 놀려 하고 있어. 아니지, 이 친구야. 메리 제프리는 그런 살인을 절대 하지 않았어. 그건 그냥 말이 안 돼."

"이 사건에서 말이 되는 건 하나도 없다고요." 스파이크가 쏘아붙였다. "이건 논리학과 합리성의 모든 법칙을 거역하는 거예요. 내가 아직도 확신하는 단 한 가지 영원한 진실은, 지각이 있어야 하는 당신 같은 영감쟁이도 예쁜 얼굴을 보면 혼란에 빠진다는 겁니다."

실콕스는 자신에게 덮어씌워진 악랄한 혐의가 재미있다는 듯 담배를 피우면서 웃기만 했다. 그러나 곧 그 웃음은 사라져갔고 예리한 추측의 표정이 서서히 그 자리를 차지했다. 그는 잠시 앉아서 생각을 했다. 이마를 찡그리고 파이프 담배의 끝을 이로 씹고 있다가 마침내 그는 마음속을 스쳐 지나간 생각을 밖으로 내놓았다.

"그래도 역시," 그가 말했다. "자네 말이 맞을지 몰라. 하지만 이유는 달라."

스파이크가 재빨리 눈을 들었다. "무슨 말씀이시죠? 다른 이유라니?"

"음, 이런 거지. 아까 자네와 내가 잠시 산책했던 일을 되돌아보게. 우리는 걸으면서 얘기를 하다가 집 앞을 가로질러 느릿느릿 걸어서 페더스톤의 집 뒤쪽을 한 바퀴 돌고 그 두 집 사이로 들어와 여기 이 저택 바로 앞으로 왔네. 기억나나?"

"네. 하지만 그게 왜요?"

"음, 우리가 두 집 사이를 통과했던 바로 그때 자네가 내게 페더스톤에 관해 물었고 나는 자네에게 아이라 헤닝거가 그를 쫓고 있다고 말했지. 만일 내가 했던 말을 내가 잘못 기억하는 게 아니라면 말이지, '그는 페더스톤을 산 채로 데려오지 못하면 시체로라도 데리고 올 걸세.', 이게 내가 했던 정확한 말이라네. 기억나나?"

"네, 네. 그럼요."

"자 그럼, 내가 그 말을 했을 때 우리가 딱 어디 서 있었는지도 기억하나?"

스파이크는 잠시 생각했다. "정확히는 기억이 안 납니다. 우리는 두 집 사이 어디쯤엔가 있었죠."

"음, 난 우리가 있던 곳을 정확하게 기억하네. 왜냐하면 그때 나는 우리가 우리 생각만 하느라 너무 크게 말하고 있는 게 아닌가 생각해서 목소리를 낮췄지. 하지만 그건 내가 그 말 — 페더스톤을 산 채 데려오느냐, 죽여서 데려오느냐 하는 말 — 을 하고 난 뒤였다네. 우리는 미스 윌슨의 방, 그러니까 메리가 있던 방 창문 바로 밑에 서 있었어."

그는 자기 말의 효과가 가라앉기를 기다리며 잠시 말을 멈추고 있었다. 스파이크가 이마를 찡그렸다. "그럼 그녀가 우리 말을 들었다고 생각하시는군요. 그래서 우리가 페더스톤에 관해 하는 말을 듣고 그녀는 자기가 아는 뭔가를 말하기로 결심했다는 거고요?"

실콕스가 고개를 끄덕였다. "척하면 착이지." 그는 흡족하게 단언했다. "자네는 그걸 모르겠어?"

"글쎄요…." 스파이크는 주저했다.

"일은 그렇게 된 거라고. 이 페더스톤은 대단히 잘생긴 친구야. 여자들 대부분이 그에게 첫눈에 반해버리지. 그러니 그가 여기로 이사 왔을 때 질과 메리, 둘 다 그에게 반했어. 그들 둘 다 같은 사람을 좋아했던 거야. 이 세상에서 그보다 더 빨리 두 자매가 서로 등을 돌리게 만들 일은 없는 법이야. 질은 메리의 코앞에서 그를 낚아채서 차지해버린 거야.

메리는 애완동물이지. 그러니까 엄청나게 화가 난 게 그녀만은 아니겠지. 노인이 화가 났고 간호사가 화가 났어. 그들은 죄다 메리 편에 서서 질에게 적대적이었어. 지금까지는 아주 좋아, 그렇지!" 실콕스는 확인을 구하는 듯 스파이크 쪽으로 고개를 돌렸다.

스파이크는 잠시 그의 아이디어를 곰곰이 생각하더니 고개를 끄덕였다. "좋습니다. 사실, 아주 좋아요. 이 가족의 일방적인 편애에 대한 논리적 서광이 처음으로 비치네요. 그래도 여전히 —" 그는 말을 멎고는, 질과 자신이 고장 난 차에서 내려 도로를 걸으면서 처음으로 나누었던 대화의 편린을 찾아 빠르게 기억을 더듬어갔다. '나도 그 애와 마찬가지로 살 권리가 있어요. 그런데 그 사람은 나를 죽이려고 한다고요. **이건 그냥 명백한 살인이에요.**'

그는 그녀의 눈에서 증오와 두려움을 보았던 것 역시 기억했다. 그래서 그는 실콕스의 분석을 전적으로 받아들일 수가 없었다. 딸이나 피후견인이 다른 딸을 제치고 어떤 남자의 애정을 얻었다는 이유를 그 딸을 죽이려는 사람은 보통 없다. 그러나 그는 아무 말도 하지 않고 실콕스에게 계속 말하라는 시늉을 했을 뿐이었다.

"자, 내가 말했던 것처럼, 그들은 죄다 메리 편에 서서 질에게 적대적이야. 하지만 질은 그 친구를 차지했고 메리는 아니었네. 그러자 어떤 일이 생기는 거지. 그게 뭔지는 나도 모르고, 자네도 모르네. 하지만 그건 어떤 일이고 그 일이 일어난 건 지난주 금요일 어느 때쯤이야. 페더스톤에 관한 노인의 생각이 완전히 바뀌게 된 무슨 일이야. 그때까지 그는 페더스톤이 비열한 사기꾼이라고 생각했는데 어느 날 갑자기 그렇지 않다는 걸 알게 되네. 그래서 노인은 그에 대한 감정을 완전히 바꾸게 되는 거지.

그다음 아마도 그는 메리와 질이 나이 어린 여자들이어서 거대한 자산을 다루기엔 둘 다 적절치 않다는 결론을 내리게 되네. 남자가 관리하는 게 더 낫다는 거지. 그래서 아마도 그는 페더스톤과 얘기를 하고, 그에게 돈을 남기지만 그는 그녀들을 위한 관리자 같은 거라고 말을 하네.

그 후 메리가 그 사실을 알게 되지. 그녀는 노인보다는 페더스톤을 훨씬 잘 파악하고 있었어. 그래서 그녀는 자신이 돈을 전부 갖게 되면, 그가 질에게 질린 후 결국에는 자신이 그를 차지하게 되리라 생각하는 거야. 그리고 그녀는 유언장이 변경될 것임을 알게 돼.

그래서 그 노인을 살해하는 거지."

실콕스는 '그래서 그녀는 산책하러 나갔어.'라고 말하듯이 편안하게, 그리고 흐뭇하게 그 말을 하는 것이었다.

스파이크는 불안하게 왔다 갔다 하던 걸음을 멈추고 보안관을 노려봤지만, 보안관은 자신을 향한 그 무서운 눈빛에도 전혀 구애받지 않고 말을 계속했다.

"물론, 나중에 그녀는 자신이 한 일을 생각하게 돼. 그리고 우리가 페더스톤에 대해 하던 말을 엿듣게 되는 거야. 그러니까, 그녀는 그가 자백한 건 전혀 모르고 있어. 그녀는 그저 경찰이 이 버몬트 숲을 샅샅이 뒤지며 그를 쫓고 있다는 것을 알고 우리가 그를 살인자로 기소할 거라고 판단해.

그러자 그녀의 양심이 무섭도록 그녀를 괴롭히기 시작하고, 그녀는 결국 자백하려고 마음을 먹네. 간호사에게 이 모든 얘기를 다 하자 간호사는 그녀가 자백하지 못하도록 막으려고 애쓰지. 그래서 그녀가 막 입을 열려고 하자 간호사가 그녀의 의식을 잃게 만들었고, 의식이 돌아오자 그녀는 용기가 없어져 버린 거야."

스파이크는 보안관 앞에 서서 계속해서 그를 노려봤다. 그러더니 버럭 소리를 질렀다. "내가 여태껏 들어본 온갖 지독한 허튼소리 중에서 이게 최악입니다."

"왜지?"

"왜냐고요? 왜냐하면, 메리 제프리는 그런 유형의 여자가 아니기 때문이죠. 그녀는 온몸으로 그렇게 말하고 있어요. 그녀를 그냥 보기만 해도 알 수가 있습니다. 그녀는 남자를 쫓아다니고, 자신을 비하하고, 돈으로 흔쾌히 사랑을 사는, 그런 썩은 짓을 할 사람이 아니에요.”

"저런, 저런,” 보안관이 부드럽게 지적했다. "누가 좀 열 받은 것 같군그래.”

"자, 들어보세요. 한 말씀 드리죠. 메리 제프리는 ―"

"내가 볼 때는 말이야.” 실콕스는 자기 앞에 있는 열정적인 젊은 남자를 무시하며, 그의 말을 잘랐다. "내 기억에, ― 그것도 별로 오래되지도 않았는데 말이지. ― 누군가가 말하길, 감상에 빠진 바보들은 예쁜 얼굴을 보면 혼란에 빠진다고 하더라고.”

"에잇 씨!" 그러면서 스파이크는 방을 뛰쳐나가 어둠이 내리는 바깥의 고요 속으로 사라졌다.

17

어둠 속에서 발을 헛디디다.

샤론 저택에서 콜빌로 가는, 바퀴 자국이 깊이 팬 도로에는 밤 그늘이 깊이 드리워져 있었다. 그 험한 길은 느지막이 달이 떠오른 뒤에야 조금이나마 밝아질 것이었다. 그러나 그 길을 따라 터덜터덜 걸어가는 젊은 남자는 길이 험하건 말건 신경도 쓰지 않았다. 그의 마음은 짜증스럽게도 계속 쳇바퀴만 돌 뿐 어디로도 가지 않는 어떤 문제, 아니 수많은 문제와 씨름하고 있었다.

사랑스러운 메리 제프리, 고통에 겨운 메리… 그녀에게 드리운 비극의 장막은 무엇이었을까? … 질, 명랑하고 악마 같고, 설명하기 어려운, 색기 넘치는 불여우… 그녀는 진짜 그런 여자였나? 물론 매력적이었다. 하지만 색기가 넘치는 불여우인 건? … 페더스톤, 자신에게 이제 막 거대한 유산을 남겨주려 한 사람을 살해했다는 놀라운 진술서를 쓴 잘생긴 야수… 그런데 샤론은 왜 그가 남을 사칭하여 여자를 유혹하는 놈이라는 걸 알면서 그를 자신의 상속인으로 하려 했던 걸까? 뭔가가 잘못되어 있었다. 메리를 보호하기 위해 무서운 모성애를 발휘한 미스 모모… 하지만 그 이상의 뭔가가 있는 것이었다. 그러나 그게 뭐란 말인가?

그의 마음속에서는 침대를 내려다보며 서서 메리가 의식을 회복하려는 그 떨리는 첫 순간을 지켜보던 여자의 모습이 그려졌다. 얼굴 전체에 두려움이 가득하던 그 모습이. 그녀는 마치 소생하는 생명을 두려워하는 것만 같았었다.

어둠 속에서 발을 헛디디며 그는 부드러운 낙엽 더미에 머리를 박으며 넘어졌다. 그는 "젠장"이라고 투덜거리며 몸을 일으켜 주변을 돌아봤다. 복잡미묘한 생각에 빠져 있던 탓에 그는 길을 벗어나 있었는데, 얼마나 멀리 왔는지 알지 못했을뿐더러 개의치도 않았다. 그는 연료용 나무들을 베어 간 탓에 공터가 된 작은 공간에 와 있었다. 한쪽에는 끈으로 묶어 놓은 목재들이 얌전히 쌓여 있었다. 그는 그 더미들 중 하나에 앉아서 담배를 꺼냈다.

왜 그들은 모두 질에게 적대적이었을까? … 샤론이 자신을 죽이려고 한다는 그녀의 말 이면에는 무엇이 있었을까? … 샤론은 살인자처럼 보이지 않았었다. … 그 의사가 밤을 거기서 보내겠다고 우긴 것은 좀 과하지 않았던가? … 메리 제프리가 자신들에게 말하려고 했던 것은 무엇이었을까? … 페더스톤은 다른 누군가를 지켜주고 있었던 걸까? 그것은 거짓 자백이었던 걸까?

그는 오랫동안 그 문제를 생각했다. 거짓이었을까, 아니면 진실이었을까? … 충분히 진실 같았었다. … 페더스톤은 살인이 어떻게 이루어졌는지 알았으며 머리를 가격당한 뒤 나중에 칼에 찔렸다는 것을 알았다. … 사체를 그냥 보기만 한 사람은 누구라도 사인이 칼이었다고 했을 것이다. … 페더스톤은 머리에 가해진 가격을 **알고 있었음이** 분명하다. 그냥 본 것으로는 그렇게 말할 수 없었을 테니까. … 페더스톤 자신이 그렇게 하지 않았다 해도 그는 분명 그 장면을 목격했을 것이다. … 아니, 어쩌면 진짜 살인자가 그에게 나중에 그 사실을 말했을지도 모른다. … 하지만 누가 진짜 살인자였다는 건가? … 페더스톤은 자신을 희생하면서까지 그 집안 사람들 중 누구를 보살피려 했다는 걸까? … 질일까? … 그는 정말로 그녀를 좋아했음이 틀림없다. 그것은 그냥 지나가는 바람이 아니었음이 분명하다.

그는 샤론 노인의 잠가 놓은 상자에서 꺼냈던 이상한 연애편지를 생각했다. 그 편지는 지금 그의 주머니 속에 있었다. 그는 그걸 꺼내서 조개탄 불빛에 비춰 다시 한번 읽었다. 그는 추신 부분에서 멈췄다. '내가 아기를 가진다면 어떻게 될까. **그러면** 메리가 놀림감이 되지 않을까요?'

하지만, 왜 메리가? … 놀림감이 되는 건 질일 것이다. … 그리고 도대체 어떻게 그녀는 경비가 막고 있는 집을 누구의 눈에도 띄지 않고 드나들었던 걸까? … 그녀가 그렇게 이상하게 사라졌다가 마찬가지로 이상하게 다시 나타난 비결은 무엇이었던 걸까?

그는 일어나서 앞뒤를 왔다 갔다 했다. 발아래 푹신한 흙으로 발이 계속 빠졌다. 어두워서 보이지 않는 작은 장애물에 발이 걸려 그는 다시 넘어지면서 머리부터 고꾸라졌다.

그리고 헨리… 잘생기고 과묵한 악마… 왜 그는 덴마크어를 읽지 못한다고 거짓말을 했던 걸까? … 페더스톤이 가져간 그 책들은 또 무엇인가? 그것들은 무슨 용도였던 걸까?

그리고 메리는 무슨 뜻으로… 자기가 샤론을 죽였는지 아닌지 **알지** 못한다고 했단 말인가?

무엇을? … 왜? … 어디서? … 어떻게? … 언제? …

그의 두뇌는 설명할 수 없는 혼돈에 빠져 빙빙 돌았다. 그래서 오랜 시간이 걸린 다음에야 그는 마침내 그 공터에서 나가는 길을 찾아내어 다시 도로로 나오게 되었다. 달이 떠올라 있었기에 그는 달빛에 손목시계를 비춰 봤다. 11시였다. 얼마나 시간을 보냈는지 알 수가 없었다.

그는 저택으로 가는 들판을 가로질렀다. 잔디밭이 끝나는 곳에서 그는 경비를 서고 있던 보안관보 한 사람과 잠시 말을 나눴다.

"새로운 소식은?"

"아뇨, 없습니다. 보안관께서는 주무시러 댁으로 가셨습니다. 선생님도 잠을 좀 자두라고 하셨습니다."

"사람들은 다 제자리에 있나요?"

"네."

"집 주변을 어슬렁거리는 사람은?"

"없습니다. 그 여자분, 그 당돌한 여자분을 제외하고는 아무도요. 그녀는 꽃을 따면서 정원을 이리저리 거닐고 앞뒤로 느릿느릿 왔다 갔다 하기도 했습니다. 꼭 뭔가 마음이 싱숭생숭한 것처럼요."

스파이크는 베란다로 가는 길로 걸어갔다. 질이… '이리저리 거닐고… 뭔가 마음이 싱숭생숭한 것처럼… 앞뒤로 느릿느릿 왔다 갔다 하기도' 했다.

베란다에서 그는 걸음을 잠시 멈추고 앞에 있는 집을 관찰하면서 생각에 잠겼다. 보안관보 한 사람이 졸린 모습으로 경계를 서고 있는 거실에서 나오는 희미한 불빛을 제외하고는 집은 어두컴컴했다. 그는 오른쪽으로, 옆에 있는 별채 쪽을 보았다. 역시 어두컴컴했다. 곧이어 어떤 생각 하나가 마음속에 똬리를 틀었다. 하지만 그는 그 생각을 곧바로 행동으로 옮기려 하지 않고 걸음을 뗐다. 그는 무심하게 어슬렁어슬렁 거실로 들어가서 하품을 하고 기지개를 켠 다음 의자에 나뒹굴듯 몸을 뻗고는 담뱃불을 붙였다.

"집에 가서 잠을 좀 자게, 친구." 그는 고개를 꾸벅꾸벅 떨구고 있던 젊은이에게 말했다.

"보안관께서 여기서 눈을 바싹 뜨고 밤새 있으라고 하셨습니다."

"알아. 하지만 내가 방금 보안관과 얘기를 나누고 왔네. 그는 집 주위에 있는 사람들만으로 오늘 밤은 충분할 거라고 했네. 모든 게 다 고요해."

"글쎄요. … 저는 잘 모르 —"

"어쨌거나, 내가 여기 있을 거야. 옆집에는 의사 선생이 자고 있고 나는 이 집의 현관방에 있겠네." 그는 페더스톤이 전날 밤에 있었던 방을 가리켜 보였다.

젊은이가 가고 나자 스파이크는 하품을 하고 또다시 기지개를 켠 다음 의자에서 일어났다. 주방에서 그는 수돗물을 틀어 마실 물을 받았다. 하지만 그의 눈은 질의 방문 밑에서 흘러나오는 미세한 불빛을 놓치지 않았다. 거실로 돌아와서 그는 불을 껐다. 그리고 현관방으로 가서 문을 닫았다. 쾅 하고 문 닫히는 날카로운 소리가 집 안에 메아리처럼 울렸다.

그런 다음 그는 살금살금 밤도둑처럼 움직여서 문을 살짝 열었다.

바깥에서는 조용한 밤바람이 나무들을 가볍게 흔들며 불어왔다. 집 어딘가에서 묵직한 음악 소리를 내며 시계가 울렸다. 12시… 그리고 이윽고 30분을 알리는 한 번의 종소리가 났다. 오래된 집에서 약하게 삐걱대는 소리가 났다. 오래된 모든 물건들이 잠에 빠져들 때 내는 그런 소리였다. 관목 숲 너머에서는 한 번씩 나지막하게 숨죽인 말소리가 들려왔다. 보안관보 두 사람이 망을 서는 지겨움을 달래느라 한두 마디 나누는 말소리였다. 또다시 한 번의 종소리가 울렸다. 1시였다.

판자가 부드럽게 갈라지는 소리가 났다. 그리고 한 번 더, 또 한 번 더 소리가 들렸다. 우연히 들려오는 밤의 소리라기에는 너무 자로 잰 듯한, 너무나 규칙적인 소리였다. 짧은 침묵과 그다음 부드럽게 갈라지는 소리… 삐걱대는 소리… 또 삐걱대는 소리.

한 사람의 형상이 거실을 살며시 가로질렀다. 카펫을 밟아 소리가 죽자 움직임은 더 빨라졌다. 그 형상은 주방으로 이어진 문에서 곧장 서재로 통하는 문으로 가로질러 갔고… 가만히… 가만히 문이 열렸다.

문 주위를 조심스럽게 살금살금 움직이던 형상은… 책상 서랍을 열고… 손으로 종이들을 훑었으며… 이제 침실에서… 높은 서랍장을… 뒤지고… 또 뒤지고 있었다.

판자가 삐걱대는 소리가 나자 탐험을 하던 손이 잠깐 동작을 멈추고… 귀를 기울였다. … 다시 고요해지자… 수색이 재개되었다. 다시 서재에서… 방의 한가운데쯤에서… 책상 서랍을 한번 더 훑었다. 이번에는 더 천천히, 더 주의 깊게… 나지막한 한숨 소리가 났고… 다시 서재로 돌아온 뒤 문이 조용히 닫혔다.

가만히… 가만히 방을 가로지르는 소리… 삐걱대는 소리… 판자에 균열이 가는 소리….

질 제프리는 몸을 휙 돌리고는 숨죽인 비명을 질렀다. 그녀의 눈은 공포로 휘둥그레졌다. 그녀는 쥐도 새도 모르게 다가와 자신의 팔을 움켜잡은 젊은 남자를 마주하고 있었다.

"뭔가를 찾고 있군요?" 스파이크는 무심한 목소리로 말했으나 강한 뜻이 전해졌다.

그는 붙잡힌 팔을 통해 그녀가 떠는 것을 느낄 수 있었다. 늦은 시간이었음에도 그녀는 아직도 옷을 차려입고 있었지만, 아침에 보았던, 옅은 파란색과 은색이 어우러진 옷은 아니었다. 그녀는 이제 밤의 그림자 속에 몸을 감추려는 것처럼 짙은 색의 가운을 입고 있었다.

"난… 난 잠이 오지 않았어요." 그녀가 드디어 목소리를 찾아내어 말했다.

"아, 잠을 못 자고 있었군요. 알겠습니다." 그는 조롱이 섞인 무거운 말투로 말했다. 그리고 무뚝뚝하게 서재로 자신을 따라오라는 몸짓을 했다. 그녀는 쭈뼛거렸으나 강하게 잡힌 팔 때문에 아무 소용도 없었다.

그는 뒤로 서재 문을 닫고는 스위치를 찾아서 책상 위에 있는 불을 켰다. 그는 잠시 서서 자기 앞에 있는 여자를 살펴봤다.

같은 여자였으나 달라도 너무 다르지 않은가! 그 눈 속에는 악마의 쾌활함은 사라지고 없었으며 지치고 두려운 경계의 기색만이 있을 뿐이었다. 화장기 없는 얼굴과 상앗빛 피부 위의 창백한 입술 또한 눈에 띄었다. 머리는 핀들을 다 빼고 집게 같은 것으로 뒤로 묶여 있었다.

이상하리만치 사람을 매혹했던 그날 새벽의 질은 마치 관중을 대상으로 매력적이고 신비스러운 역할을 연기하던 배우였던 것만 같았다. 그리고 지금 여기에는 기름기 번드르르한 화장과 만들어진 대사를 던져버린 진짜 그 사람이 있는 것이었다.

쾌활하지만 설명하기 어려운, 색기 넘치는 불여우가 아니라 두려움에 얼이 빠진 한 여자가 여기 있었다. 그녀는 눈을 불안하게 움직이며 손가락 마디가 새하얘질 정도로 두 손을 꽉 움켜쥐고 있었다. 지금 그녀에게는 스파이크가 이전에는 느끼지 못했던 어떤 것이 있었다. 그것은 그가 메리에게서 감지했던 가련하고도 기이한, 방어력을 상실한 그 어떤 것으로서, 마치 그녀 역시도 무거운 짐에 짓눌리고 있는 듯한 느낌이었다.

이 두 여자의 삶에 드리워진 어두운 그림자는 무엇**이었을까?** 살인이었을까?

스파이크는 충동적으로 책상에 몸을 기울여 스탠드 불빛 위로 그녀의 얼굴에 자기 얼굴을 바싹 갖다 댔다. 그는 한 번 더 그녀의 팔을 꽉 붙잡았다. 그리고 그녀를 작살내려 돌격하듯 질문을 던졌다.

"당신이 샤론 박사를 살해했어?"

그녀는 덜덜 떨면서 그에게서 빠져나가려 했지만, 그는 그녀를 단단히 붙잡았다.

"당신이 샤론 박사를 살해했냐고?"

"아니야!" 그녀는 거세게 대들었다. 그녀의 목소리는 쉬어 있었다.

"그를 왜 그렇게 증오했지?"

"당신한테는 말하지 않을 거야!"

"여동생은 왜 미워하는 거지?"

"당신한테는 아무것도 말하지 않을 거야."

"당신과 그녀에게 드리운 이 무시무시한 무언가의 정체는 뭐지?"

"나를 보내줘!" 그녀는 빠져나가려 안간힘을 썼다.

"그게 뭐냐고?"

"당신한테 난 아무것도 말하지 않아. 가게 해줘!" 그녀는 이제 목소리를 높이고 있었다.

"페더스톤이 그를 살해했나?"

"그래, 물론이야. 그가 서명한 자백서를 남기고 갔다는 걸 알잖아."

"당신이 그걸 어떻게 알지?"

"난⋯ 그게 —" 그녀는 더 세차게 저항했다.

"어떻게 아냐고?

"아, 난 몰라. ⋯ 난 —"

"누군가 당신한테 말해준 건가?"

"맞아. ⋯ 아니야 —" 그녀는 그에게 덤벼들었다. 이제 그녀는 숨을 헐떡이고 있었다.

"당신은 여기서 뭘 찾고 있었던 거지?"

"아무것도⋯ 난 잠이 오지 않았던 거라고. ⋯ 읽을 책이 필요했어."

"그렇다면 선반에서 그냥 한 권 꺼내 가면 되는데 서랍장과 책상은 왜 뒤진 거지? 왜?"

그녀는 대답하지 않았다. 그의 손아귀에서 빠져나가려고 안간힘을 쓰고 있을 뿐이었다.

"그게 뭐였어? 당신이 찾고 있던 게 뭐였냐고?"

"당신한테는 말하지 않을 거야. 당신은 내 입을 열게 할 수 없어. 가게 해줘."

"질 제프리, 당신이 샤론 박사를 죽였나?"

그는 그녀를 더 세게 붙잡고서 벽을 향해 뒤로 밀어붙이고는 그녀를 벽에다 누를 뿐이었다.

"아니야. ⋯ 아니라고. 정말이야. ⋯ 누가 그랬는지 난 몰라."

그녀는 이제 덫에 걸린 짐승처럼 발버둥 치고 있었다.

"페더스톤이 그랬어?"

"그래. ⋯ 그가 자백했잖아."

"미스 윌슨이 한 짓이야?"

"난 모른다고 말했어." 그녀는 붙잡힌 팔을 맥없이 휘둘렀다.

"메리의 짓이야?"

그녀가 갑자기 조용해졌다. 그녀의 눈은 이상하게 빛났다. "그래, 그래. … 걔가 한 짓이야." 독기를 품고 쉭쉭거리는 목소리였다. "걔가 그를 죽였어. … 걔는 —" 그러더니 그녀의 눈이 극심한 공포를 띠고 휘둥그레졌다. 그녀는 악을 썼다.

"아냐. … 아냐. 걔는 안 그랬어. … 하나님, 맙소사! 내가 무슨 말을 하고 있는 거야. … 내가 무슨 짓을 한 —"

그녀는 마지막으로 한번 미친 듯이 몸부림쳐서 그의 팔에서 벗어났고 광란의 질주로 방에서 뛰쳐나갔다.

"아냐. … 아냐. 걔는 안 그랬어. … 하나님, 맙소사! 내가 무슨 말을 하고 있는 거야. … 내가 무슨 짓을 한 —"

새된 비명소리가 어두운 집 전체에 메아리쳐 울렸다.

18

서재의 비밀

화요일 아침, 창백하고 초췌한 스파이크의 머리 위로 태양이 떠올랐다. 이틀 동안 불면의 밤을 지새운 탓에 스파이크는 정신이 몽롱해져서 조그만 소리에도 신경이 펄쩍 뛰었다. 그의 마비된 뇌에서는 대답을 얻지 못했던 질문만이 메아리치고 있을 뿐이었다.

"보안관," 그가 말했다. "난 이 모든 일에서 벗어나야겠어요."

"뭐라고?"

"난 잠을 좀 자야 해요. 그리고 내 정신을 산란하게 만드는 미인들과 음험한 운전기사, 의사와 간호사, 자신이 살인자라고 주장하는 젊은이, 게다가 너무나 훌륭한 술을 갖고 다녀서 내가 만취해서 골치 아픈 문제를 잊고 싶은 유혹에 빠뜨리는 보안관 등등과 떨어져서 문제를 숙고해볼 수 있는 곳으로 가야겠어요."

떠나기 전에 그는 실콕스를 부르더니 몇 마디 마지막 말을 했다. "검시관의 사인 규명 심리가 오늘인가요?"

"오늘 아침 10시네."

"음, 내가 당신이라면 난 페더스톤의 자백을 곧바로 증거로 제시하고 그걸로 일을 마무리할 겁니다."

"자네 말은 다른 것들 — 그 여자의 편지, 그리고 그 혼인 신고서 ― 은 아무것도 내보이고 싶지 않다는 건가?"

"맞습니다! 우리는 아는 게 많을수록 좋고, 다른 사람들은 아는 게 적을수록 좋습니다."

실콕스는 예리한 눈빛을 그에게 보냈다. "다른 말로 하자면, 자네는 그 자백이 사람들의 시선을 가리는 것 말고는 일고의 가치도 없다고 생각한다는 건가?"

"내가 뭘 생각하는지는 말하지 않겠습니다. 생각을 할 수가 없으니까요. 내가 이곳을 벗어나려는 건 바로 그 때문입니다."

그렇게 해서 스파이크는 벌링턴 병원에서 계속 와 달라는 요구를 받은 카맥이 그곳으로 돌아가려고 그날 아침 9시에 그 집을 나섰을 때 그와 함께 가게 되었다.

처음 몇 마일을 가는 동안 그는 차에 축 늘어져 앉아서 불어오는 바람에 피곤한 눈을 내맡기고 있었다. 그는 잠이 들지 않았다. 그러나 차가운 아침 공기와 차의 움직임에는 원기를 북돋우고 몸을 편안하게 해주는 뭔가가 있었다. 카맥이 빠른 속도로 운전을 한 까닭에 차의 속도계 바늘이 100km 이하로 떨어지는 일은 거의 없었음에도 도시가 그들의 시야에 들어왔을 때는 점심시간을 알리는 공장의 사이렌이 들려오고 있었다.

그들은 시내 변두리에서 카맥이 다 쓰러져가는 오두막집을 방문하는 동안 그곳에 잠시 머물렀다. 먼지로 뒤덮인 집과는 달리 차 주위로 모여드는 아이들은 활기가 넘쳤고 즐겁게 환영의 소리를 질러댔다. 스파이크는 하품을 하고 기지개를 켰다. 그리고 느긋하게 아이들을 바라보며 의사를 기다리는 동안 그의 곤두셨던 신경은 자기도 모르는 사이에 점차 기분 좋게 무디어져 갔다.

그러나 금세 그의 무의식은 질과의 그 기이한 한밤중의 조우로 다시 돌아가고 말았다. 그녀의 말 한마디 한마디, 겁에 질린 몸짓 하나하나, 미친 듯이 뭔가를 더듬어 찾던 동작들이 기억 속에 또렷이 되새겨졌다. 깊어진 그의 미간 사이로 한 가지 사실이 떠올랐다.

질은 페더스톤이 서명을 한 자백 진술서를 남겼다는 것을 알고 있었다.

페더스톤과의 그 중대한 마지막 면담에서 일어난 일은 그 집에 있는 누구도 알지 못하는 것이었다. 그것은 스파이크와 보안관 사이에 엄격하게 지켜진 기밀이었다. 그렇기는 하지만, 페더스톤이 박진감 넘치는 탈출 장면을 연출했다는 사실 자체만으로도 명백한 추측이 가능하기는 했다. 그가 함정에 빠져 유죄를 인정했거나, 아니면 범행을 스스로 털어놓았을 것이라는 추측 말이다. 그러나 그것은 서명한 자백서를 남기는 것과는 다른 문제였다.

얘기를 전해 듣지 않은 이상 질이 그걸 어떻게 알 수가 있단 말인가! 그런데 그녀는 알고 있었다. 스파이크는 그녀가 했던 정확한 말을 기억했다. '그래, 물론이야. 그가 서명한 자백서를 남기고 갔다는 걸 알잖아.' 누군가 그녀에게 말해준 것이다. 그게 —

"아저씨, 아기가 어디서 오는지 아세요?" 수수께끼처럼 아리송한 그의 몽상을 깨뜨린 것은 차 문 앞을 돌아다니던, 때가 꼬꼬질꼬질 묻은 작은 남자아이였다.

"그럼." 스파이크는 멍하니 인정했다. "알고 있지. 하지만 말해주진 않을 거야."

페더스톤이 직접 그녀에게 말했던 걸까? 그래, 바로 그거였어! 하지만 이상한 모순이 생기는 건 왜지? 우선 그녀는 누가 살인자인지 모른다고 했다. 그런 다음 페더스톤이 범행을 저질렀다고 했다. 그리고 그녀는 메리가 범인이라는 생각에 말 그대로 달려들었다. 생각을 하기도 전에 달려들었던 것이다. 그러고 나서는 전광석화처럼 공포에 사로잡혔다. '하나님, 맙소사! 내가 무슨 말을 하고 있는 거야. … 내가 무슨 짓을 한 ㅡ'

"저는 알아요, 아저씨." 피리 같은 목소리가 말을 했다. "아저씨는 황새가 아기를 데려온다고 생각하죠. 하지만 아니에요. 그건 의사 선생님이에요. 의사 선생님이 우리한테 아기를 데려온 거고, 우리는 그 선생님 이름을 따서 아기 이름을 지을 거예요. 왜냐하면 ㅡ"

"얘야," 스파이크가 짜증스럽게 말했다. "넌 마른 데다가 제대로 먹지도 못한 것 같구나. 가서 사탕이라도 사 먹으렴." 그 장난꾸러기는 기뻐하며 스파이크가 내민 동전을 움켜쥐고는 마당에 있는 자기 형제들에게 의기양양하게 뛰어갔다. 스파이크는 이제 방해받지 않고 그의 수수께끼를 계속 이어갔다.

'하나님, 맙소사! 내가 무슨 말을 하고 있는 거야. … 내가 무슨 짓을 한 ㅡ'

이건 무슨 뜻이었을까? 그리고 무엇 때문에 그녀는 자신과 상황을 철저히 지배하는 당돌하고 건방진 여주인공에서 자신 없고 겁에 질린 존재로 변해버린 걸까? 그리고 그녀가 찾고 있었던 건 무엇이었을까? 이 문제는 좀 쉬웠다. 그 답은 지금까지도 그의 가슴 안주머니에 얌전히 들어 있다고 그는 확신했다. 그는 그게 여전히 그곳에 있는지 확인하기 위해 손을 넣어 보았다. 샤론이 가로챘던, 사서함 260으로 보낸 질의 편지였다.

시내에서 카맥은 그를 호텔에 내려주었다. 스무 시간 뒤 그는 호텔 종업원이 가져온 전보 때문에 잠에서 깨어났다. 그는 간절한 마음으로 전보를 거머쥐고 노란 봉투를 찢어 열었다. 그러나 전보를 읽으면서 그의 얼굴은 일그러졌다.

서재에서 없어진 책은 여섯 권임. 오거스트 위머의 <Hukommellses-tab og Dobbeltbevidsthed>, W.T. 프린스의 <도리스의 어머니>, 메리 앤틴의 <약속의 땅>, 찰스 디킨스의 <두 도시 이야기>, 모턴 프린스의 <뷰챔프 부인의 성장과 계보>, 크론시타트의 <덴마크의 역사 2>. ― 실콕스.

1시간 뒤 스파이크는 벌링턴 공립 도서관에서 더 깊은 실망을 맛보았다. 메리 앤틴의 <약속의 땅>은 대출 중이었고 찰스 디킨스의 <두 도시 이야기>는 있었지만 나머지 책들은 도서관에 소장되어 있지 않았다.

그는 성과 없는 탐문을 끝내고 내려와서 재빨리 마음을 정했다. 그는 제일 가까운 서점에 들러서 <두 도시 이야기>를 한 권 샀다. 다른 책들은 서점에 없었다. 그날 오후 내내 그는 남쪽으로 덜컹덜컹 달려가는 기차에서 책을 읽었다. 한참 뒤에 그는 프랑스 혁명의 한가운데서 벌어지는 마음을 뒤흔드는 사랑과 희생의 이야기를 담은 책의 뒤표지를 닫으면서 인상을 찡그렸다.

화요일 아침에 그는 42번 거리와 5번가가 만나는 곳에 있는 뉴욕 공립 도서관에 들어가서 도서관 맨 위층에 있는 거대한 참고문헌실 사면에 진열된 복잡한 목록들과 씨름하고 있었다.

그러나 그는 마침내 그 책들 ― <도리스의 어머니>, <약속의 땅>, <두 도시 이야기>, <뷰챔프 부인의 성장과 계보>, 크론시타트의 <덴마크 역사 2>, 그리고 심지어 <Hukommellsestab og Dobbeltbevidsthed> ― 을 찾아냈다.

그날 밤 10시에 도서관 직원이 그의 어깨를 툭툭 쳤다. "문 닫을 시간입니다, 선생님."

스파이크는 주변 세상에 갑자기 다시 불려 나온 것에 정신이 멍해져서 고개를 들었다. 그는 의자에서 일어나서 옆에 있던 열다섯 권, 내지는 스무 권의 책들을 모아서 반납구에 넣었다. 5번가로 나오니 공기가 뜨거웠다. 그는 택시를 불렀다.

"센트럴 파크요. 그냥 한 바퀴 돌아주세요."

어두운 공원 길을 조용히 미끄러져 지나면서 그의 마음은 그날 읽었던 기이하고도 매혹적인 이야기 속을 떠돌고 있었다. 극적인 사건, 연민과 비극, 그리고 환희에 찬 사연으로 가득한 그 이야기가 그의 마음을 오래도록 울리고 있었다. 지쳤던 뇌의 긴장이 풀렸다.

이제 사태는 너무나 명백했다. 질과 메리, 그리고 샤론 간의 삼각 증오 관계가 너무나 잘 설명되었다. 샤론은 살날이 얼마 남지 않았다는 것을 알기에 해야 할 일이 너무 많다는 것을 깨달았던 것이다. 스파이크는 그 남자에 대한 흠모의 감정이 밀려드는 것을 느꼈다. 그는 용감하게 싸웠으며 어쩌면 승리했을지도 몰랐다. 만약 —

그 '만약'의 함의를 생각하자 그의 등줄기를 타고 주체할 수 없는 전율이 흘렀다.

호텔 방으로 돌아와서 그는 또다시 한 시간도 넘게 방 안을 왔다 갔다 했다.

다음 날 아침 그는 실콕스에게 전화를 걸었다. 그러나 그가 없는 동안 샤론 저택의 일상에 특별한 일은 일어나지 않았다. … 페더스톤은 잡히지 않았다. 그들은 그가 캐나다 국경을 넘어 도망가지 않았나 생각하고 있었다. … 메리는 여전히 침대에 누워 있었다. 의사가 두 번 다녀갔다. … 그들은 저택의 안팎에 계속해서 경비 요원들을 세워 두고 있었다. 하지만 질은 달아날 시도 같은 건 하지 않았다. 그녀는 그저 계속 '이리저리 거닐고' 다녔다.

스파이크는 전화를 끊고 방으로 아침을 주문했다. 다 먹은 그릇을 내보내고 나서 그는 또다시 어젯밤처럼 문으로, 창문으로… 다시 문으로… 왔다… 갔다 했다.

"빌어먹을!"

그는 책상 앞에 있는 의자에 몸을 던지고는 눈을 감은 채 양손으로 머리를 받치고서 생각에 잠겼다. 이윽고 눈을 뜨고는 펜과 종이를 가져와서 사실들을 하나씩 적어 내려가기 시작했다. 펜이 뻣뻣한 편지지를 휘갈기며 긁어대고 있었다. 그는 순서대로 주의 깊게 작성한 항목들이 있는 수첩을 수시로 참고해가며 1시간 동안 글을 썼다. 다 쓰고 나서 그는 자리에 앉아 자신이 방금 온 힘을 쏟아부은 기록을 쭉 다시 읽어 내려갔다.

7월 13일 오전 12:50 ─ 시체가 발견됨. 질이 말함. '난 이제 자유야. 그는 절대 나를 질식시키려 하지 못할 거야. 그는 죽었어. 살해당한 거야.' 경찰에 전화함.

1:10 ─ 페더스톤이 방문 손잡이와 단검을 닦음.

1:45 ─ 실콕스 도착. 페더스톤이 질의 피 묻은 가운을 갖고 가다 걸림.

4:10 ─ 실콕스와 함께 조사 진행. 그 가족들에 대한 정보를 취합하고 사체를 검사함. 깨진 손목시계 유리가 범행 시각을 적시하며 11시 40분에 멈춰 있음. 한쪽 손의 손톱 밑에서만 흙이 발견됨. '복수는 나의 것'이라는 편지 발견.

4:50 ─ 욘슨 조사. 지나치게 잘생겨서 J.J. 옆에서 무사할 수가 없을 것 같음. 아내가 7월 8일 수요일에 휴지통을 비웠다고 함. 단검은 중국에 있는 샤론의 친구가 보낸 것이라고 밝힘. 그와 아내는 9시에 잠자리에 들었고 살인이 일어난 후 페더스톤이 자신들을 깨울 때까지 아무것도 알지 못했다고 함. 샤론의 변호사 이름을 알려줌.

5:10 ─ 페더스톤 조사. '일찍' 자러 갔지만 12시 45분 정도까지 잠을 이루지 못해 책을 가지러 샤론의 방으로 갔다가 시체를 발견함. 나머지 식구들에게 알림.

5:25 — 윌슨 조사. '9시경'에 자러 갔다가 폭풍 소리에 잠이 깼고 페더스톤이 거실에 있는 것을 발견함. 그에게서 사건을 전해 들음.

5:40 — 벌링턴의 의사에게 전화함. 윌슨이 말함. '경찰이 여기 와 있어요. … 지금은 말씀을 못 드리겠어요. … 메리가 심각한 상태예요. … 그 애가 얼마나 버틸지 전 모르겠어요. … 한시도 지체하시면 안 돼요. … 서둘러 주세요.'

5:50 — 메리 조사. 질을 언급하자 눈에 띄게 깜짝 놀라며 불편해함. 상태가 나빠 보이긴 했지만 윌슨이 말한 것 만큼 심각해 보이지는 않음.

6:05 — 질이 사라졌다는 보고를 받음. 방은 경비 요원들이 밀접하게 지키고 있었고 비밀 통로는 없음. 집 어디에도 숨어 있지 않았음.

6:30 — 비벌리 조사. 7월 6일에 편지를 뺏겼다고 말함. 편지를 수색함. 우리가 덴마크어 책을 꺼내자 페더스톤은 두려운 표정이 됨.

7:00 — 사서함 260으로 보내는 편지가 발견됨. 불장난 같은 연애를 보여주는 선정적인 편지임. 이상한 내용의 추신. '생존을 위한 싸움' 등이 언급됨. 뒷면에 샤론의 필체로 쓴 기호가 있음. 타워와 해리슨의 혼인 신고서 사본.

7:05 — 벌링턴 경찰에 사서함 260을 조회하는 전화를 함.

7:30 — 벌링턴 경찰로부터 사서함 260이 페더스톤의 이름으로 되어 있다는 전화를 받음.

7:50 — 카맥이 도착함. 샤론은 만성 당뇨를 앓고 있어 여생이 얼마 남지 않았다고 말함.

8:20 — 실콕스가 질과 페더스톤이 자주 벌링턴에 갔다는 역무원의

말을 전함.

8:30 — 호치키스와 말라드베일에 전화해서 '제롬 W. 페더스톤 부부'가 숙박했다는 것을 알아냄. 날짜 하나가 샤론이 편지 뒤에 적어 놓은 날짜와 일치하므로 그가 둘의 랑데부를 알고 있었음을 보여줌.

8:50 — 질이 다시 나타남. 사람을 짜증 나게 만드는, 설명이 안 되는 매력적인 악마임. 피 묻은 가운에 대해 넉살 좋게 해명함. 페더스톤과 자신은 '서로 못 잡아먹어 안달인 사이'라고 함.

9:30 — 페더스톤이 자백을 하고 우연히 대기 중이던 자동차를 타고 도망침. 시간을 지체하면서까지 책 세 권을 가져감.

10:30 — 욘슨 조사. 범행 공모 부인함. 노인에게 거액의 자산과 스웨덴의 광산이 있다고 말함. 그와 그의 아내 두 사람 다 덴마크어를 읽을 줄 모른다고 함(거짓말임).

11:05 — 브로스켈튼 도착. 샤론의 사인은 후두부 강타이며 칼에 찔린 상처는 사후에 난 것이라고 함. 페더스톤의 자백과 일치함. 사망 시간은 '1시 이전 언제쯤'이라고 함.

12:00 — 카맥 재조사. 샤론과 유언장 관련 대화를 나눈 사실이 밝혀짐.

1:15 — 변호사에게서 전보 도착. 7월 10일에 샤론이 쓴 편지에 따라 막대한 재산을 페더스톤에게 남긴다는 유언장이 작성됨. 윌슨과 욘슨은 각각 1만 달러를 받게 됨.

나머지 오후 시간 — 욕을 하며 주변을 돌아다니면서 시간을 다 보냄. 노마 베이커를 조사함. 질과 메리가 냉랭한 관계라고 말함. 메리는 노마라는 그녀의 이름을 좋아하지 않음.

5:20 — 메리가 뭔가를 말하려고 하다가 윌슨에 의해 저지당함.

저녁 — 정처 없이 배회함.

1:00 혹은 그 조금 뒤 — 질이 뭔가를 찾고 있는 현장을 덮침. 몹시 화를 냄. '페더스톤이 서명한 자백서를 남겼다.'라고 함. 모순적이고 혼란스러운 태도. 메리가 살인을 저질렀다고 말한 다음 극심한 두려움에 사로잡힘.

스파이크는 이맛살을 찌푸리며 사건이 벌어진 월요일에 일어난 일들을 시간대별로 훑어 내려갔다. 그는 그 일지를 연구하면서 셀 수 없이 담배를 피워댔고, 수시로 일어나서 앞뒤로 끝도 없이 왔다 갔다 하곤 했다. 그는 진저에일과 얼음을 주문해서 직접 하이볼을 만들었다. 이어서 넥타이를 풀어 옷깃을 느슨하게 하고는 선풍기를 틀었다.

다시 또 책상 앞에 있는 의자에 몸을 던지고서 일지를 읽고 또 읽었다. 아마도 소리 내어 읽어본다면… 그래 바로 그거야! 귀는 머리보다 빨리 움직이지. 그는 일지를 큰소리로, 천천히, 또박또박, 끝까지 읽어 내렸다.

아무 소용도 없었다. 빌어먹을!

그는 뜨거운 손바닥에 이마를 파묻고 어깨를 축 늘어뜨리고는 힘없이 한숨을 내쉬었다. 그는 세상으로부터 자신을 차단하듯 눈을 감았다. 그렇게 미동도 하지 않고 앉아 있은 지가 아마도 15분은 되었을 것이었다. 그는 이제 눈을 떴다. 그리고 앞에 놓인 종이를 부질없이 훑어 내리고 있었다. 그것은 뭔가를 읽고 있는 것이라기보다는 눈앞에 우연히 물건이 있는데 너무 지쳐서 눈길을 다른 데로 옮기지 못하고 있는 형국이었다.

그가 낙심한 채 거의 무심하게 종이를 바라보고 있는 사이 그에게서 서서히 어떤 변화가 일어나는 것 같았다. 늘어졌던 그의 근육이 살짝이나마 팽팽해졌고 그의 무관심은 급속히 관심으로 바뀌었다. 이전에는 알아차리지 못했던 뭔가가, 그다지 흥미를 돋우지 않던 뭔가가 있었다.

그는 일어나서 또다시 앞뒤로 걷기 시작했다. 그러나 이번에는 딜레마에 봉착하여 미친 듯이 왔다 갔다 하던 그런 것이 아니라 빛을 향해 더듬더듬 길을 찾아가는 사람의 계산된 발걸음에 가까웠다.

"그런 건지도 몰라." 그가 반쯤 소리 내어 말했다. "이게 그런 것일 수 있을지 모르겠군."

그는 걸음을 멈추고 흥미진진한 새로운 가능성을 마음속으로 그려봤다. 여러 장면이, 기억의 편린들이 마음속을 떠돌았다. 도로에서 질을 처음 만난 일과 그녀가 했던 어떤 말… 샤론의 침실에서 봤던 어떤 장면… 핏기 없이 핼쑥한 페더스톤의 얼굴, 그리고 별안간 긴장하던 모습… 그리고 어쩌면 중간에 가로막혔던 사소한 대화… 한 통의 전화….

스파이크는 넥타이를 한 손으로 움켜쥐고 다른 손으로는 모자를 들었다. 1시간 후에 그는 벌링턴을 향해 전속력으로 달리는 열차 안에 있었다.

"완벽하게 맞아떨어져." 그는 혼잣말을 했다. "그랬다면 —"

그는 역으로 가는 길에 산 책들 중 한 권을 폈지만 읽지는 않았다.

19
최후의 저항

숲속에 버려진 사냥꾼의 통나무집 안에 한 남자가 있었다. 수염도 깎지 않은 수척한 몰골의 남자는 임시방편으로 만들어 놓은 구덩이 속 돌무더기 화로 위에 토끼를 구우면서 사흘 지난 신문을 자세히 읽고 있었다. 7월 16일, 경찰, 범인 추적 실패 인정 ─ 콜빌 살인 사건의 범인으로 지명 수배된 페더스톤, 행방 묘연.

햇빛이 창으로 쏟아지고 있음에도 내려진 블라인드 때문에 어둑하기만 한 샤론 저택 안에서는 정신이 나간 듯 초췌한 한 여자가 이 방에서 저 방으로 하염없이 돌아다니고 있었다. 그녀는 뇌리를 떠나지 않는 숨죽인 공포에서 벗어나려고 아무런 생각도, 목적도 없이 돌아다니는 것만 같았다.

콜빌 제일 감리교회에서는 에브라임 실콕스 보안관이 아내 옆에 앉아서 투덜거리며 욕을 하고 있었다. 큰소리는 아니었지만, 마음속으로 그는 거의 일주일가량 '코빼기'도 보지 못한 어떤 젊은 남자를 향해 독설을 퍼붓고 있음이 분명했다.

그리고 벌링턴과 콜빌 간의 고속도로를 질주하는 렌터카 안에서 필립 트레이시, 가까운 친구들에게는 스파이크로 통하는 트레이시는 액셀을 밟아 속도를 110km까지 올렸다. 그는 손목시계를 보며 빙그레 미소를 지었다.

몇 분 뒤, 교회 신도들이 막 흩어져가던 제일 감리교회 앞에서 이루어진 그들의 재회는 목격자들이 나중에 증언한 바에 따르면 '좀 꼴사나운' 것이었다. 실콕스 보안관은 안식일이라는 것도 잊은 채 앞뒤 가리지 않을 만큼 화가 나서 마음속을 스쳤던 생각들을 사람들이 다 듣는 데서 언성 높여 뱉어내고 말았다. 영혼을 정화하고 설교 말씀을 새겨야 하는 날에 말이다.

  그러나 스파이크는 그런 맹렬한 말들에 면역이 되어 있는 듯했다. 그는 두 사람이 탄 차를 샤론의 저택으로 몰고 올라가면서 그저 계속 빙그레 웃기만 하다가 겨우 이렇게 자신을 변호했을 뿐이었다.

  "하지만 보안관, 당신이 나를 못 본 게 내 잘못은 아니잖아요? 난 아주 자주 이 근처에 왔었답니다."

  "이 근처에?"

  "지난 이틀 동안 콜빌과 샤론 저택에 두 번 왔었죠."

  "뭘 하느라?"

  "샤론 살인 사건의 증거를 모으고 있었죠."

  "정말인가?" 실콕스의 분노는 놀라움으로 바뀌었다.

  그가 갑자기 핸들을 쥔 스파이크의 팔을 세게 잡는 바람에 차가 거의 도로를 벗어날 뻔했다.

  "누구의 짓이지?"

  "친애하는 보안관, 난 심하게, 진짜 심하게 상처받았을 뿐만 아니라 화가 났어요. 당신은 나를 신뢰하지 않았던 거잖아요. 내가 시끌벅적하게 술이나 마시고 여자들이나 쫓아다니면서 호사를 누리고 있는 모습을 그리고 있었던 거죠. 난 그게 아니라 정의와 법의 대의를 위해 뼈 빠지게 일하고 있었는데 말이죠. 내가 당신에게 아직, 단지 아직은 말하지 않고 있다는 이유만으로요."

"페더스톤인가 아닌가?"

"말하지 않을래요." 그러면서 스파이크는 약 올리듯 웃었다. "그렇지만 내 옆에 딱 붙어 있으면 알아내게 될 수도 있답니다."

"이봐, 젊은 친구. 난 보안관이고, 그래서 경찰에 고의로 정보를 숨긴 죄로 자네를 체포할 수 있다는 건 알고 있겠지?"

"그렇지만 난 정보를 숨기는 게 아니에요. 난 경찰에게 그저 샤론 저택에 도착할 때까지 침착하시라고 부탁하는 거랍니다. 그리고 그동안 경찰은 내가 없는 사이에 일어난 흥미로운 일이 있다면 내게 말해주면 되고요."

"아무 일도 없어." 실콕스가 단박에 말했다. "전혀 아무 일도. 난 여전히 거기 사람을 배치해 두고 있어. 하지만 밥값도 못하고 있네. 그들은 지난주에 바로 여기 콜빌 공동묘지에 노인을 묻었어. 덴마크인 두 사람과 간호사, 그리고 질이 장례식에 왔지. 그들은 메리를 진찰하라고 그 의사를 두 번 불렀어. 하지만 그녀는 별로 차도가 있는 것 같지 않아. 아직도 침대에 누워 있어. 그녀는 장례식에도 올 수 없었어."

스파이크는 미소를 지었다. 그러더니 점점 심각한 얼굴이 되어갔다. "마지막으로 한 가지만 더 묻죠, 보안관. 나는 누가 샤론을 죽였는지 안다고 생각합니다. 하지만 확신하는 건 아니에요. 내가 돌아온 건 그 확신을 얻기 위해서예요. 내가 알아낼 때까지 며칠만 더 참을성 있게 나를 대해줬으면 좋겠어요. 그러면 내가 다 말해줄 겁니다. 2, 3일 더 그 집에서 나를 혼자 내버려 둬 주세요. 일이 계획대로 되면 알게 될 거예요. 난 그냥 추측만 하고 있지는 않을 겁니다."

비록 실콕스가 그 후에도 그를 체포해서 나방이 들끓는 콜빌 감옥에 가두겠다는 등의 성난 협박을 동원해 보기도 했지만, 스파이크에게서 그는 더는 아무것도 얻어낼 수 없었다.

샤론 저택에서 그를 맞이한 것은 싸늘한 적대감이었다. 그가 도착했을 때 메리와 질은 아무도 나타나지 않았으며, 온종일 둘 다 보이지 않았다. 집안 살림을 책임지고 있는 것 같은 미스 윌슨은 대리석 기둥이나 다름없었다. 그녀는 가능한 한 어떻게든 그를 피했고 필요할 때만 그에게 말을 걸었다. 그리고 페더스톤이 예전에 있었던 방이자 지금은 그가 쓰는 방으로 요리사가 음식을 갖다주었기 때문에 그는 사실상 그 집의 다른 식구들은 전혀 보지 못했다.

그의 요구에 따라 실콕스는 샤론의 침실과 서재였던 방들을 교대로 지키던 두 명의 보안관보를 없앴다. 그들이 가고 나서 홀로 남게 되자 스파이크는 앉아서 오랫동안 생각에 잠겼다. 이윽고 자리에서 일어선 그는 보기에는 아무런 목적도 없이 집 안팎을 두루 걸어 다녔다.

그날 밤 그는 방문을 닫고 11시부터 7시까지 죽은 듯이 잠을 잤다. 월요일 아침에 그는 일어나서 아침 식사를 하고 또다시 하릴없이 집 안팎을 걸어 다녔다. 그렇지만 그를 주의 깊게 관찰했다면 발걸음은 비록 한가로웠을지라도 그의 눈에는 목적이 보였을 것이다. 방으로 돌아왔을 때 그의 열렬한 기대감은 약간의 실망감으로 바뀌어 있었다.

그는 온종일 방에서 머물렀다. 한 번은 미스 윌슨이 베란다에 있는 것을 보았으나 그는 그녀에게 말을 걸지 않았다. 그리고 그날 밤 또다시 그는 깊은 잠에 빠져들었고 숙면을 한 뒤 일어나서 아침을 먹고 한 번 더 하릴없는 산책에 나섰다.

정오가 지나자 바로 실콕스가 그를 보러 올라왔다. 하지만 보안관의 질문에 그는 고개를 저을 뿐이었다. "아직입니다. 하지만 며칠만 더 시간을 주세요."

그렇게 해서 나흘간의 성과 없는 시간이 흘러갔다. 그러나 금요일 아침 그가 예의 그 아침 산책에서 돌아왔을 때 그의 태도에는 뚜렷한 변화가 있었다. 생각에 잠겨 방 안을 왔다 갔다 하는 그의 얼굴은 흥분감을 억누르지 못하고 있었다.

그런데도 그는 실제로는 아무것도 하지 않았다. 주위에서 들리는 집안의 온갖 소리 — 집 뒤에서 헨리가 양수기로 세차하는 소리, 거실에서 미스 윌슨이 벌링턴의 의사에게 전화하는 소리, 주방에서 요리사가 이상한 외국어 노래를 나지막이 부르는 소리 — 등등에 귀를 기울이며 그저 기다리고 있었다. 메리나 질은 모습을 보이지도, 소리가 들리지도 않았다. 스파이크는 한 번 주방에 있는 질을 흘깃 보았을 뿐이었다. 요리사 옆에 서서 주방 테이블에서 뭔가를 먹고 있는 그녀의 뒷모습이었지만 그게 다였다. 그녀는 곧 자기 방으로 돌아갔고 그는 다시는 그녀를 보지 못했다. 메리도 마찬가지였다.

닷새째 되는 날 저녁에서야 그는 드디어 마음속에서 사태를 흡족하게 정리한 것 같았다. 8시에 그는 실콕스에게 전화해서 샤론 저택으로 오라고 했고, 보안관이 도착하자 그는 카맥에게 자신들이 있는 서재로 와 달라고 했다. 그는 2시간 전에 미스 윌슨의 부름을 받고 집에 와 있던 참이었다.

의사는 일주일 만에 처음으로 스파이크를 보는 것이었는데 방으로 들어왔을 때 그의 얼굴에는 놀라운 기색이 역력했다.

"이런, 저는 당신이 영영 가버렸다고 생각했답니다." 손을 내밀며 그가 말했다.

스파이크는 격식은 생략하고 의사에게 자리에 앉으라는 몸짓을 했다. 그는 담뱃갑을 내밀었으나 쓸데없는 소리로 시간을 낭비하지는 않았다. 그는 곧바로 핵심을 찔렀다.

"당신이 필요할 거라고 생각하던 참인데 오늘 밤에 여기서 우연히 만나게 되다니, 반갑습니다, 박사님."

"간단히 말씀해 주실 수 있겠죠." 카맥이 손목시계를 보며 말했다. "시내로 꼭 돌아가 봐야 하기 때문에요. 벌링턴 병원에 오늘 밤 제가 꼭 봐야 하는 환자가 있습니다. 사실 지금 바로 출발해야 한답니다." 그러면서 그는 진입로를 가리켰다. 그의 차가 집 앞에서 대기 중이었다.

"최대한 간단하게 하겠습니다. 하지만 당신이 보안관에게 설명해줘야 할 일이 있습니다. 그건 제가 지난 한 주간 벼락치기로 공부한 것으로서 제 머릿속에는 아주 잘 정리되어 있습니다. 하지만 제가 그걸 명쾌하게 설명할 수 있을지 확신을 못 하겠어요. 이건 좀 더 박사님의 분야에 속하는 겁니다."

"음, 제가 할 수 있다면 기꺼이 도와드리죠."

"그렇다면 우선, 당신 환자에게 이리로 오라고 해주시겠습니까?"

의사는 입가에 조금 긴장감이 돌더니 전문가의 확고한 태도로 말했다.

"그건 좀 힘들 건 같군요. 아시다시피, 그녀는 여전히 자리보전하고 있습니다. 걱정스러운 상태입니다. 그녀는 몸이 말을 듣지 —"

"신경 써서 변명하지 않아도 됩니다, 카맥. 당신은 충분히 잘 싸웠고 저는 당신이 그렇게 행동한 동기를 충분히 이해하고 감사하는 마음입니다. 하지만 그래 봤자 소용없습니다. 제가 지난주에 벼락치기로 공부했다고 했을 때, 그건 이걸 말한 겁니다."

그는 책상 위의 서류 파일에서 금색 글자가 새겨진 초록색 작은 책을 꺼냈다. "이거요." 그는 의사에게 그 책을 건네며 반복해서 말했다. "그리고 같은 분야의 훨씬 더 많은 것들도요. 저는 뉴욕을 떠나기 전에 그 책 몇 권을 샀습니다."

의사는 잠시 미동도 하지 않고 그 책을 쳐다봤다. 그러더니 서서히 눈을 들었다.

"그렇다면 아시는군요." 의사가 조용히 말했다. "메리에 관해 아시는 거죠?"

스파이크는 고개를 끄덕였다. "그래서 제 생각에, 제가 보고

싶은 건 —" 그는 잠시 말을 멈추고는 웃었지만 그의 말투에는
즐거움보다는 연민이 묻어나고 있었다. "어느 쪽이든 한 명을 여
기서 보고 싶습니다. 어느 쪽이죠?"

"질이죠, 제 생각엔."

"그럼 그녀에게 오라고 해주세요."

의사가 그녀를 부르러 방에서 나가자 실콕스는 다시 한번 짜
증스럽게 스파이크를 공격했다. "이봐, 젊은 친구. 이게 다 뭐란
—"

"자, 자." 스파이크는 아니꼬울 정도로 다정하게 그의 어깨를
토닥토닥 두드리며 어루만졌다. "진정하세요. 그 '당황하지 마시
라'는 말을 기억하시고요."

하지만 스파이크 자신도 침착한 척했던 것만큼 평온을 유지
하지는 못했다. 카맥이 그녀를 데리고 돌아오는 것을 기다리는
동안 그는 불안하게 책상을 두드렸다. 얼마 안 있어 그들이 들어
왔다. 의사가 먼저 들어오고 질이 그의 뒤를 따라왔다.

실콕스와 스파이크는 그녀를 보고 놀란 가슴을 억눌렀다. 그
녀는 엄청나게 변해 있었다. 구겨진 가운을 입고, 머리카락은 느
슨하고 지저분하게 늘어져 있었다. 화장기 없는 얼굴은 놀라울
정도로 초췌하고 창백했으며 눈 밑에는 다크서클이 짙었다. 이
제 그녀는 자기 여동생과 충격적일 만큼 닮아 있었다. 질의 당돌
함과 매혹적인 태도는 사라지고 없었고, 맵시 있는 차림새와 세
련된 지성, 불꽃 같은 반짝임과 웃음, 조롱기도 사라졌다. 문간
에 선 그녀는 모든 것이 다 빠져나간 듯 기진맥진해 보였다.

스파이크는 잠시 그녀에게 시선을 고정했으나 한참 만에 그의 시선은 아래로 떨구어졌다. 그는 그녀의 눈 속에 떠오른 고통과 동요, 애원의 눈빛을 견딜 수 없었던 것이다. 그녀는 마치 그를 향해 가련한 두 팔을 내밀며 '도와주세요! 살려주세요!'라고 외치는 것만 같았다.

방에는 숨 막힐 듯한 침묵이 흘렀다.

그리고 마침내 스파이크가 말했다. "내게 뭔가," 그가 차분하고 조용하게 말했다. "해야 할 말이 없나요?"

그는 그녀의 답을 기다렸고, 아무런 말이 나오지 않자 질문을 되풀이했다.

"제프리 양, 내게 해야 할 말 없습니까?"

여전히 답이 없었다.

"좋습니다, 그럼." 그는 침묵하는 여자에게서 시선을 돌려 실콕스를 향해 말했다. "보안관, 질이, 아니 제프리 양이라고 해야겠군요, 내게 했던 여러 가지 말들에 대해 내가 당신에게 말한 내용을 기억하십니까? 살인자의 피해자가 될 것이라든가, 살기 위해 싸워야 한다든가, 자신을 겨냥해 기획된 음모 등등에 관해서?"

실콕스는 고개를 끄덕였고 스파이크는 말을 계속했다.

"그래요, 그건 모두 사실입니다. 몇 달 동안 이곳에서는 이 여성을 살해하려는 분명한 음모가 있었습니다. 그녀의 존재를 말살시키려는 음모요. 샤론, 메리, 미스 윌슨 — 이들이 모두 그 음모에 가담한 사람들이었죠. 질 제프리가 다시는 나타나지 않게 하려고 있는 힘을 다해 할 수 있는 모든 걸 다했어요. 그녀가 다시는 —"

그는 그녀를 쳐다보며 말을 중단했다. 그녀는 두 손으로 목을 조르고 있었다. 눈은 야수처럼 번득였다.

"그렇다면… 당신은 —" 흔들리며 속삭이는 목소리였다. "당신은 알고 있군요. … 메리에 대해서… 그리고 —"

그는 고개를 끄덕였다.

별안간 그녀는 헤엄치다 힘이 다 빠져 지푸라기라도 움켜잡으려는 사람처럼 그에게로 몸을 던졌다. 미친 듯이 애원하는 목소리였다.

"오, 알고 있다면 당신은 나를 도와줘야 해요. 모든 사람이 지금 나를 적대시하고 있어요. 모두가 다. 나는 홀로 싸워야만 하는데… 계속해 낼 수가 없어요. 하지만 내가 원하는 건… 나는 왜 다른 사람들처럼 살 수가 없단 말이에요? … 왜 내가 아니라 메리인가요? … 나도 똑같은 권리가 —"

스파이크는 광란의 흐름을 순간적으로 막으면서 그녀를 거칠게 흔들었다. 그는 두 손으로 힘껏 그녀의 양팔을 잡았다. 그의 말은 그녀의 살갗을 꿰뚫는 강철 화살 같았다.

"질 제프리… 말해 봐. … 누가 샤론 박사를 죽였어?"

그녀는 몸을 비틀어 빠져나가려 했다. "몰라. … 내가 한 게 아니야. … 내가 아는 건 그게 다야."

그는 그녀를 놓아주었고 그녀는 비틀비틀 뒤로 물러나 의자에 부딪혔다. 두 눈에는 공포가 가득했다.

"이제 그만 항복하는 게 어때?" 그가 무자비하게 말했다. "당신 혼자 싸운다고 되는 일이 아니야. 모두가 당신에게 등을 돌리고 있어. 메리, 미스 윌슨, 페더스톤, 의사, 여기 경찰, 모두가 말이야."

그녀의 눈길이 세 남자에게 차례로 사납게 꽂혔다. 그녀는 의사에게 애원하는 가련한 눈길을 보냈다. 조금 전에 스파이크에게 살려달라고 애원하던 그 눈빛이었다. 그녀는 한마디도 하지 않고 그를 쳐다만 보만 있었다. 애원하는 눈빛으로….

그러나 카맥은 묘하게 텅 빈 눈빛으로 그녀를 살피기만 할 뿐이었다.

그녀는 떨리는 두 손으로 얼굴을 가렸다. 가슴이 저미도록 비극적으로 흐느끼는 그녀의 울음소리가 고요한 방의 적막을 타고 흘렀다. 그녀는 산산조각 난 가련한 모습으로 책상 끝을 부여안았다.

그러더니 그녀가 갑자기 바닥에 주저앉았다. 그녀의 몸이 뒤틀렸고 한순간 눈이 휘둥그레져서 앞을 노려보았다. 그리고 그대로 움직임이 멎었다.

스파이크는 카맥을 쳐다봤고 그들은 서로 알겠다는 시선을 주고받았다. 스파이크는 아주 조심스럽게 두 팔로 그녀를 안아 일으켰다. 그는 잠시 그대로 멈춰서 그녀를 쳐다봤다.

"가엾은 질." 그는 그저 이렇게 말하고는 그녀를 서재에서 데리고 나가 거실을 가로질러 반대편 문으로 데려갔다. 그가 발로 문을 건드리기도 전에 문이 열렸다.

의식을 잃은 그녀 너머로 그는 미스 윌슨의 모습을 살폈다. 튼튼한 두 팔로 그에게서 질을 받아 안았을 때 그녀의 얼굴은 유럽의 미술관에서 본 그림을 떠올리게 했다. 그것은 고통스럽게 일그러진, 그러나 단두대의 그늘에서도 강인함을 지녔던 여왕의 얼굴이었다.

그는 한마디 말도 하지 않고 돌아서서 그녀를 남겨두고 거실을 통과하여 저택의 뒤쪽으로 갔다.

20

믿거나 말거나

서재는 고요했다. 그러나 공기 중에는 긴장감이 감돌고 있었다. 뭔가 목전에 닥쳐오고 있는 듯한 느낌이 세 남자를 짓눌러 왔다. 마치 폭풍이 몰아치기 직전, 온 세상이 폭풍을 기다리며 팽팽하게 버티고 있을 때 정체된 무거운 공기가 사방에 숨 막히게 가득 차 있는 느낌이었다.

희미한 잔광으로 남아 있던 마지막 석양빛이 사라지자 바깥은 캄캄해졌다. 실내에는 책상 위의 갓을 씌운 스탠드 하나만이 불을 밝히고 있어 방은 구석구석 어두웠다.

실콕스는 신경질적으로 고개를 홱 젖혀 옆에 있던 두 사람을 번갈아 보았다. 스파이크는 마음속으로 사실들을 순서대로 정리하며 깊은 생각에 빠져 있었고, 진지하게 집중하느라 이맛살을 찌푸리고 있었다. 의사는 시곗줄을 만지작거리며 결국 전개되고야 말 너무나 기이한 이야기, 판타지 소설 작가가 충격적으로 상상해낸 것 같은 불가해한 이야기를 기다리고 있었다.

하지만 스파이크가 마침내 입을 열었을 때 그가 한 말은 지극히 평범했다. "이게," 그는 이렇게 말하며 주머니에서 노란색 종이 한 장을 꺼내 책상 위에 펼쳤다. "비밀을 다 밝혀줬습니다."

실콕스는 그 종이를 한 번 쓱 봤지만 의사는 천천히 읽고 있었다. 그것은 실콕스가 벌링턴에 있는 스파이크에게 보낸, 샤론의 서재에서 없어진 책의 목록이 담긴 전보였다. 카맥은 그것을 다 읽고 나서 이해했다는 듯 고개를 끄덕였다.

"아시겠죠, 박사님." 스파이크가 계속 말했다. "페더스톤이 했던 어떤 일로 인해 저는 이 서재 어딘가에 이 집의 비밀을 담고 있는 책들이 있다고 확신했죠. 당신이 우리에게 그토록 꼭꼭 감추어 두려고 애썼던 비밀 말입니다. 그게 뭐랄까, 저는 샤론 박사 살인의 비밀을 말하는 게 아닙니다. 그건 결국 또 다른 기이한 이야기를 제대로 정리하기만 하면 쉬운 일이었으니까요. 질 제프리의 미스터리에 비하면 살인은 간단한 것에 불과하죠."

스파이크는 없어진 책들의 제목을 알아내게 된 과정과 뉴욕 공립 도서관을 방문했던 일을 짤막하게 이야기했다

"<두 도시 이야기>는 재미있었지만 거의 아무것도 밝혀주지 못했어요. <약속의 땅>도 마찬가지였습니다. 크론시타트의 <덴마크의 역사 2>는 지루해 죽을 것 같았죠. 하지만 <도리스의 어머니>와 <뷰챔프 부인의 성장과 계보>로 저는 제대로 된 방향을 찾았습니다. 이 두 책과 덴마크어 제목의 책이 페더스톤이 달아나기 전에 빼낸 책들이라고 저는 확신합니다. 나머지 세 권은 그냥 잃어버렸거나 누가 빌려갔거나, 아니면 제자리에 두지 않은 것들일 겁니다.

어쨌거나 저는 그 도리스와 뷰챔프 책을 훑어보고 나서, 도서 목록에서 같은 주제의 책 2, 30권을 찾아냈죠. 그중에는 <Hu-kommellsestab og Dobbeltbevidsthed>도 있었고 프랑스

어와 독일어 제목의 책들도 있었습니다. 그러나 영어책만으로도 전 알고 싶은 것을 충분히 알게 되었습니다. 이 책이 특히 유용했죠." 그러면서 그는 이미 의사에게 보여준 바 있던, 금색 글자가 새겨진 초록색 책을 가리켰다.

"맞습니다." 카맥이 동의했다. "그게 가장 이해하기 쉬운 책입니다. 기본적으로 문외한을 대상으로 쓴 거니까요. 반면에 프린스가 전념한 건 —"

그러나 실콕스는 더는 견디지 못했다. 그는 주먹으로 짜증스럽게 책상을 쾅 쳤다.

"괜찮다면," 그는 심하게 야유하듯 말했다. "두 신사분이 혹시 잊으셨나 해서 상기시켜드리는 바입니다. 이건 살인 사건 수사이지 화요 문예 클럽 모임이 아닙니다. 내가 알고 싶은 건 —"

"압니다, 알아요, 보안관." 스파이크가 그를 달랬다. "누가 샤론을 죽였는지 알고 싶은 거잖아요. 자, 이제 거의 다 왔어요. 하지만 먼저 우리는 질 제프리에 관해 설명해야 합니다. 그리고 내가 아는 한 그녀에 대해 설명할 유일한 방법은 내가 갔던 것과 똑같은 경로를 밟는 겁니다."

그는 지난주에 있었던 일들을 돌이켜보며, 생각을 하느라 말을 잠시 멈췄다. "기억나세요, 보안관?" 그가 마침내 말했다. "우리의 수다스러운 친구 노마 베이커요. 그리고 그녀가 우리에게 처음 메리 제프리를 만났던 얘기를 해준 거 말입니다."

실콕스는 고개를 끄덕였다. "메리가 노마라는 이름을 듣고 놀라서 뒷걸음쳤다는 얘기 말인가?"

"네, 나는 노마가 누구인지, 그리고 왜 그 이름을 듣는 것만으로 메리 제프리가 오싹한 전율을 느끼며 진저리를 쳤는지 알아냈습니다."

그는 말을 멈추고는 느긋하게 담뱃불을 붙였다. "그리고 또, 질 제프리가 우리를 깜찍하게 속인 것도 기억하시죠? 바로 철저하게 감시하던 방에서 누구의 눈에도 띄지 않게 탈출했던 것, 바로 우리 코앞에서 사라졌던 것 말입니다."

실콕스가 또다시 고개를 끄덕였다.

"그게 말이죠. 사실, 그녀는 내내 집 안에 있었던 겁니다."

"하지만 자네는 맹세코 집을 샅샅이 뒤졌다고 했잖아. 심지어 굴뚝까지도 다 찾아봤다고."

"그랬죠. 그 문제를 해결하는 데 도움이 되었다면 나는 집을 조각조각 분해할 수도 있었을 겁니다. 질 제프리는 내내 여기 있었습니다. 우리가 그녀 바로 옆에 있었던 적도 있습니다. 그녀를 보고 있었지만 못 봤다는 말이죠."

"자네는 내가 눈앞에 있는 것도 못 본다는 말을 하고 있는 건가?" 실콕스가 분개해서 항변했다.

"내가 말하려는 건 —" 그러나 스파이크는 인상을 쓰며 말을 중단했다. "설명하기가 지독히도 어렵군요. 그건 —" 그는 난감하게 말을 찾아 더듬거렸다.

"아마도," 카맥이 끼어들었다. "그걸 제일 쉽게 설명할 길은 그냥 노마 이야기를 하는 걸 겁니다."

스파이크는 잠깐 그 말을 곰곰이 생각했다. "네, 아마 그럴지도 모르죠. 그럼 좋습니다." 그는 의자에 편안하게 등을 기대고 이야기를 시작했다.

"옛날 옛적에 노마라는 이름의 여자아이가 있었습니다. 내가 동화처럼 이야기를 시작했다고 해서 이 이야기가 사실이 아니라고 생각하진 마세요. 노마는 오하이오주에 살았던 실제 인물이었고, 내가 아는 한 지금도 살아 있습니다.

그녀의 삶은 고난의 연속이었습니다. 그녀는 여덟인가 열 명의 아이들 중 맏이였고 어머니와 아버지는 둘 다 결핵을 앓았죠. 그녀 자신도 전혀 건강하지 않았습니다. 게다가 맏이로서 그녀는 어린 자식들을 둔 어머니를 돕느라 아주 무거운 짐을 지고 있었어요.

아버지가 경리로 일하며 벌어오는 돈이 집안의 유일한 수입원이었습니다. 노마가 열다섯 살 때 아버지는 병세가 심해져서 일을 할 수 없었고, 그래서 요양원에 가야 했죠. 어머니가 계속 가계를 꾸리느라 일 년 남짓 애를 썼지만 결국 요양원으로 가지 않을 수 없었고, 그렇게 해서 그 가족은 붕괴되었어요. 노마와 그녀의 남동생, 여동생들은 친척들과 이웃들에게로 뿔뿔이 흩어져갔습니다. 결국 어머니와 아버지는 돌아가셨고요.

노마가 열일곱 살쯤 되었을 때였죠. 짧지만 비극적인 그녀 인생의 1막이 끝났던 겁니다. 아이들은 너무 많고 돈은 없었던 어느 가족의 이야기가 여기 있었습니다. 그 결말은 고된 나날과 병마, 그리고 죽음이었죠. 17년 동안 그녀는 이러한 곤경에 맞서 싸웠던 것인데 그 세월은 그녀에게 흔적을 남겼습니다. 그녀는 처음부터 건강한 아이가 아니었는데, 거기에 더해 다른 아이들보다 세 배는 더 힘들게 일을 했던 거죠. 그것도 모자라서, 그녀가 그토록 모든 것을 바쳐 사랑했던 부모를 모두 잃었습니다.

집이 풍비박산 나자 그녀는 클리블랜드의 어느 가정에서 어린 남자아이의 유모 자리를 얻게 되어 1년 정도 그 일을 했습니다. 그리고 그해 말에 그녀는 휴가를 얻어서 고향으로 돌아왔습니다. 네 살짜리 여동생을 입양한 가족을 방문했던 겁니다.

2주일간 그녀는 조용한 생활을 하며 휴식을 취했어요. 지난 19년간의 힘든 나날들과 너무나 대조되는 낯선 생활이었죠. 그녀는 자신의 어린 여동생이 진짜 가정에서 양부모의 사랑과 아낌 속에서 즐겁게 놀며 하루를 보내는 어린이의 특권을 누리는 것을 보았습니다. 그 어린 여자아이의 모든 것은 노마 자신의 불쌍한 어린 시절과는 정반대였던 겁니다. 우울도, 죽음도, 병마도, 슬픔도 없었고 가난과의 끝없는 전쟁도, 작은 어깨에 짊어지기엔 너무나 무거웠던 부담도 없었죠.

그러나 노마는 반듯한 아이였어요. 그녀는 어린 여동생을 시기하지 않았습니다. 하지만, 아, 나도 그런 어린 시절을 보냈으면 얼마나 좋았을까, 하고 생각했죠. 지금이라도 무거운 짐을 내려놓고, 하녀라는 칙칙한 자신의 존재를 잊고, 일도, 걱정도, 슬픔도 없는 낯설고 즐거운 곳에서 근심 걱정 없는 네 살짜리 아이로 살 수만 있다면 얼마나 좋을까, 생각했죠.

그때 그 일이 일어난 겁니다." 스파이크는 말을 멈추고 새 담배에 불을 붙였다.

"무슨 일이 일어났다는 거지?"

스파이크는 머뭇거렸다. "그 일은… 설명하기 어려운 —" 그는 불현듯 말을 중단하더니 금색 글자가 새겨진 책을 집어 들었다. "이 책의 첫 서너 페이지를 보면 그게 무슨 일인지 내가 설명하는 것보다 더 잘 알 수 있을 거라 생각합니다. 저자는 헨리 고다드이고 이 책은 그가 12년 전에 경험했던 어떤 일을 일인칭 시점으로 설명하고 있습니다."

그는 첫 장을 펼치고는, 설명에 불필요하다고 생각되는 한두 문단은 간간이 건너뛰면서 읽기 시작했다.

우리 기관에 R 양 — 친근하게 노마라고 부르겠다. — 이 들어온 것은 가을이 막 시작되던, 1921년 9월 22일이었다. 그녀의 친구들이 그녀를 차에 태우고 250km 거리를 달려왔다. 그들은 이른 저녁 시간에 도착했다.

노마는 열아홉 살짜리 어린 여성으로서 호감 가는 얼굴이었다. 그녀는 섬세한 이목구비에 균형 잡힌 몸매였으며, 모든 면에서 매우 매력적이었다. 그녀는 마른 편으로, 45kg밖에 나가지 않았고 키는 168cm였다. 그녀는 도착 직후 그곳에 있던 사람들에게 자신을 소개할 때 편안한 태도와 절제된 목소리로 자연스럽게 말을 했다. … 저녁 식사를 하러 별관에 있는 식당으로 데리고 가자 그녀는 적절한 양을 먹었고, 훌륭한 식사 예절로 보아 세심한 훈육 속에 자랐음을 알 수 있었다.

저녁을 먹고 나서 그녀는 좀 피곤하다며 일찍 자리를 떴다. 그녀는 자신의 방과 주변 환경이 마음에 드는 것 같았고 만나는 모든 사람에게 상냥하게 대했다. 나는 그녀가 왔던 첫날 저녁에 그녀를 보지는 못했었다.

　다음 날 아침 나는 서둘러 병원으로 가서 우리의 새 환자를 진료했다. 그녀는 침대에 앉아 있었는데, 간호사와 한두 명의 간호조무사가 그녀를 둘러싸고 있었다. 내가 문으로 들어갔을 때 그녀는 나를 보고는 커다란 소리로 활기차게 웃으며 소리를 질렀다. "와, 사라가 왔네." 내가 침대 머리맡으로 다가가자 그녀는 어린아이처럼 나를 반기며 태평스러운 말투로 "안녕하세요!"라고 했다. 내가 "이름이 뭐죠?"라고 하자 그녀는 똑같이 태평스러운 말투로 "폴리예요."라고 대답했다.

　"몇 살인가요?"

　"네 살이에요."

　"뭘 하고 있어요?"

　"놀고 있어요."

　그리고 그녀는 나에 대해 별로 개의치 않고 놀이를 계속했다. 같이 게임을 하지 않는 어른을 대하는 여느 네 살짜리 아이와 다를 바가 없었다. 내가 그녀의 침대 머리맡에 앉아서 다시 말을 걸자 그녀는 고개를 들고 큰소리로 말했다. "와, 눈이 웃기게 생겼어요!" 그러면서 내 안경을 잡아챘다. 그녀는 그런 다음 내 샤프 연필을 훔쳐보고는 내 주머니에서 그걸 쥐어 꺼내더니 머리 부분을 돌려 풀었다. 내가 다시 가져가려고 하자 그녀는 그 연필을 꽉 움켜쥐고는 심술 난 말투로 소리를 질렀다. "안 돼." 그녀는 연필을 다 풀어서 분해한 다음 연필심들을 침대 전체에 여기저기 흩트려 놓았다. 하지만 그녀는 다시 이것들을 주워 올려 원래대로 집어넣었고, 마지막에는 정말로 태연하게 내게 건네주었다. … 저녁 식사를 가져가자 그녀는 보기 거북할 정도로 게걸스럽게 먹었다. 한 번에 모든 것을 입 안 가득 넣고 먹어댔다. 그녀는 손이 닿는 곳에 있는 것은 뭐든지 다 움켜쥐었고 손이 닿지 않으면 막무가내로 달라고 요구했다. 버르장머리 없는 아이, 그 자체였다.

그녀는 간호사를 싫어했으며 간호사가 하라고 하는 것은 아무것도 하지 않으려고 했다. 자기가 좋아하는 사람에게는 착한 아이처럼 행동했다. 그녀의 언어는 거의 다 '아기 말'이었다. 예를 들어, 간단한 속임수를 보여주고는 "이거 할 수 있어?", 혹은 '나도 이거 할 수 있어.'라고 말하는 식이었다. 아니면 또 고개를 들어 쳐다보면서 "나 좋아해?", 또는 "나 예쁘지 않아?"라고 하는 것이었다. …

그녀는 갑자기 기절한 사람처럼, 혹은 쓰러져 죽은 사람처럼 베개 위로 넘어졌다. 그녀의 근육은 완전히 풀어졌고 어떻게 해도 그녀를 깨울 수는 없었다.

스파이크는 읽던 걸 중단하고 눈으로 재빨리 그 페이지를 훑어 내렸다. "이제 이 부분을 들어보세요." 그가 말했다. "그리고 그가 말을 나누고 있던 그 여자아이가 이렇게 죽은 듯이 자고 있는 동안 저자가 그 방에 계속 남아 있었다는 것을 기억하세요. 그녀는 금방 깨어났습니다. 다음이 그가 한 말입니다."

… 그녀는 내 쪽으로 눈길을 주더니 간호사 쪽을 보았다. 간호사가 말했다. "저 신사분을 알아요?" 그녀는 우리가 이미 묘사한 것처럼 조용하고 예의 바른 태도로 대답했다. "아뇨, 한 번도 본 적 없어요." 우리는 그런 다음 서로에게 자기를 소개했다.

스파이크는 책을 탁 덮었다. "이런 일이," 그가 말했다. "몇 달 동안 계속되었습니다. 밤에 잠자리에 들 때 그녀는 상냥하고 유순한 노마였다가 다음 날 아침에는 네 살짜리 폴리가 되는 거죠. 그녀는 15분간 폴리로 있다가 죽은 듯이 잠에 빠지고 노마로 깨어납니다. 낮에 그녀는 수십 번 두 사람 사이를 오갑니다. 그리고 노마는 자신이 폴리였던 동안 일어난 일을 전혀 기억하지 못했으며 폴리는 자신이 노마였던 동안 일어난 일을 전혀 기억하지 못했습니다."

"미친 거네. … 완전히 미친 거야!"라는 것이 실콕스의 판단이었다. 하지만 스파이크는 고개를 저었다.

"아뇨, 보안관. 미친 게 아닙니다. 열 명 중 아홉 명은 그렇게 판단할지 모르지만 말이죠. 정말 지혜롭고 참을성 있는 사람만이 불행하고 가여운 노마가 미치지 않았다는 것을 알아차릴 겁니다. 그녀는 정말 기이하고 정말 믿기 어려운 놀라운 현상, 과학의 세계에서 가장 무서운 일의 희생자였습니다."

실콕스는 웃음을 터트렸다.

"두 사람인 겁니다." 스파이크가 완강하게 주장했다. "<하나의 육체에 깃든 두 영혼>*이라는 책 제목을 보세요." 그러면서 그는 자신이 방금 읽고 있던, 금색 글자가 새겨진 초록색 책을

---

* 1927년 도드, 미드 앤 컴퍼니 출판사 펴낸 헨리 H. 고다드의 책이다.

가리켰다. "그것이 노마였습니다. 하나의 육체에 깃든 완벽하게 다른 두 사람이죠. 두 사람 중 하나인 진짜 노마는 조용하고 명랑한 열아홉 살의 어린 여성이었습니다. 자기를 폴리라고 한 다른 하나는 비록 키가 160cm가 넘지만 모든 면에서 네 살짜리 보통 어린아이였고요.

이 책에서 고다드 박사는 이 어린 여성의 치료에 대해 말합니다. 그는 노마가 진짜 인격체라는 것을 알아차렸습니다. 폴리는 가짜였죠. 폴리는 퇴치되어 없어져야 했습니다. 그래야 노마가 육체를 온전히 지배하며 남게 될 테니까요. 그가 결국 치료를 이루어낸 과정을 우리가 여기서 살펴볼 필요는 없습니다. 하지만 이것만은 기억하세요. 노마는 미친 게 아니었다는 것 말입니다. 그녀는 다중 인격, 분열된 인격, 인격의 해리 등 여러 다른 이름으로 알려진 병의 희생자였습니다."

"난 그딴 건 믿지 않아." 실콕스가 격렬하게 항변했다. "그건 불가능해. 그런데 이 고다드라는 친구는 대체 누군가?"

"우리나라에서 손꼽히는 정신과 의사들 중 한 명입니다. 그의 공식적 직책은, 아니 최소한 그가 이 책을 썼을 당시의 직책은 오하이오 주립 대학의 비정상 임상 심리학 교수였습니다. 그렇지만, 그의 말을 받아들이고 싶지 않다면, 여기 다른 것도 있습니다." 그러면서 그는 뉴욕에서 사 온 한 무더기의 책들 중에서 육중한 빨간 책을 골라냈다.

"이건 터프츠 의대의 모턴 프린스 교수가 쓴 <인격의 해리>입니다. 이건 훨씬 더 놀랍습니다. 뷰챔프 사례에 대한 기록이지요. 훨씬 더 오래전인 1890년대 어느 때인가 정신이 나간 가난한 어떤 이가 프린스 박사에게 와서 자기 일을 호소했습니다. 그래서 그는 수년간 그녀를 치료했습니다. 그녀는 두 사람 정도가 아니었어요. 떼거리였죠. 너무 많아서 그는 그들에게 B-1, B-2, B-3, 이렇게 계속해서 꼬리표를 붙여 나가야만 했습니다. 그들 중 하나는 세심하고 종교적인 영혼이었어요. 다른 하나는 샐리라는 당돌하고 어린 악마였죠. 또 다른 하나는 매섭고 돌덩이 같은 늙은 하녀였고요. 이들은 뷰챔프 양이 그 연약한 몸을 거처로 내주어야 했던 주요한 세 사람이었습니다.

모턴 프린스와 뷰챔프 사례도 믿지 못한다면, 이걸 읽어보세요." 그는 또 다른 책을 앞으로 내밀었다. 현대 도서관 시리즈 중 하나인 빨간색 작은 책이었다. "이건 그 프린스와는 아무 관계도 없는, 또 다른 프린스라는 사람이 쓴 도리스 사례의 전말[*]인 걸로 알고 있습니다.

아니면, 내가 했던 것처럼 뉴욕 공립 도서관으로 가서 <미국 심리학 연구 협회 회보>들을 모아서 전 세계 내로라하는 정신과 의사들이 설명한 사례들을 읽어보세요. 메리 레이놀즈 사례, 레오니 사례, 액셀 분 사례를 읽어보세요. 독일어, 프랑스어, 이탈리아어 등등 읽고 싶은 어떤 언어로 된 책이라도 읽어보세요. 덴마크어로도요. <Hukommellsestab og Dobbeltbevids-

---

[*] 가드너 머피의 편집으로 모던 라이브러리 출판사가 펴낸 <비정상 심리학의 개요>에 수록된 W. F. 프린스의 <도리스 다중 인격 사례>.

thed>를 읽어보라고요.

그리고 여전히 납득하지 못하겠다고 황소고집을 부린다면 지난 2주 동안 바로 코앞에서 무슨 일이 일어나고 있었던지 한 번 보세요."

스파이크는 테이블 위에 책들을 탁 내려놓고 실콕스를 마주했다.

"자네 말은… 저 두 여자가… 그들이…." 보안관은 허우적거렸다.

"제 말은 메리와 질은 완전히 다른 두 사람이라는 겁니다. 메리는 조용하고, 내성적이고, 다정하며, 상냥한 영혼입니다. 질은 즐겁고, 당돌하고, 재미를 탐닉하고, 열정적이고, 매혹적이고, 색기 넘치는 불여우죠. 그들의 성격은 극과 극을 달립니다. 그들에게 공통적인 한 가지는 오직 하나의 몸인 겁니다."

21

"나는 너무나 확실히 알고 있다."

필립 트레이시 씨의 즉흥적인, 그럼에도 훌륭했던 강의를 들으며 샤론의 서재에 앉아 있을 때 에브라임 실콕스 보안관이 어땠는지 짐작하려면, 경악을 금치 못해 숨이 턱 막힌 상태의 어떤 사람을 생각하면 될 것이다.

한동안 그는 그저 식식거리고 있을 뿐이었다. "있을 수 없는 일… 하지만… 그 두 여자는… 난 —"

"진정하세요, 형님. 턱을 한 방 강타당한 것 같은 기분이라는 건 압니다. 지난주에 뉴욕 공립 도서관에 갔던 날 나 자신도 똑같은 경험을 했으니까요."

실콕스는 의자 깊숙이 몸을 묻고 팔을 옆으로 축 늘어뜨렸다. 리듬감 있게 움직이던 턱조차 기상천외한 놀라움에 압도당하여 그대로 동작을 멈추고 말았다.

"이제 알겠죠, 보안관. 바로 그런 이유로 노마라는 이름만 듣고도 메리 제프리가 온몸을 덜덜 떨었던 겁니다. 그녀는 노마를 잘 알고 있었어요. 만난 적이 있어서가 아니라 아마도 이 책을 읽었거나 누군가 노마-폴리 사례를 그녀에게 얘기해 줬기 때문이겠죠. 그리고 그녀는 메리인 자신이, 설령 노마와 같은 경우라고 해도, 너무나 싫은 사람과 몸을 공유하고 있다는 것을 알고 있었어요. 그 사람은 찬탈자이자 침입자였던 거죠. 그녀로서는 노마라는 이름만 들어도 믿을 수 없고 참을 수 없는 상황이 절로 떠오를 수밖에 없습니다. 그녀의 온몸이 덜덜 떨렸던 것은 당연한 일이죠."

그러나 실콕스는 "음… 음, 난 절대로."라는 말 외에는 아무 말도 할 수가 없었다.

"그러면 이제, 박사님." 스파이크가 카맥을 향해 말했다. "저는 박사님께 도움을 구하려고 합니다. 제가 노마-폴리 사례를 골랐던 건 그것이 많은 점에서 이 메리-질 사례와 흡사하기 때문입니다. 저는 메리의 병력을 자세히 알지 못합니다만 노마와 아주 많은 공통점이 있으리라 추측합니다. 박사님이 이 사례를 재구성할 수 있다면 많은 일들이 좀 더 분명해지는 데 도움이 될 겁니다."

카맥은 고개를 끄덕였다. "당신의 추측이 아마도 아주 정확할 겁니다. 당신도 알다시피, 메리 제프리는 중국에 있던 선교사의 딸이었습니다. 그녀는 우리나라에서 태어나서 서너 살 무렵 부모를 따라 중국으로 갔는데, 외동딸이었기 때문에 형제자매들이 북적대는 생활을 하지는 않았습니다. 그녀는 상당히 예민한 아이였어요. 제 생각에 처음부터 뭔가 잘못되지는 않았을 테지만 과도하게 예민한 신경계를 갖고 태어난 거죠.

열다섯 살쯤에 어머니가 세상을 떠나자 그녀는 허난성의 상당히 외진 지역에서 선교에 종사하던 아버지의 살림을 떠맡게 되었습니다. 그들이 살던 마을에는 다른 미국인이 전혀 없었고 영국인만 몇 명 있을 뿐이었죠. 그들은 어느 한 가족과 특히 친하게 지냈습니다. 이름은 모르지만, 그들에게는 딸이 셋 있었는데 이 딸들은 일 년 중 녁 달은 부모와 함께 지내고 나머지 기간은 유럽의 쾌적한 휴양지를 여행하며 보냈습니다. 메리로서는 낯설고 전혀 다른 생활이었죠.

메리는 여성의 모든 책임을 도맡아 짊어지고 있었고 아이로서의 즐거운 생활은 거의 누리지 못했습니다. 그녀는 아기였을 때부터 한 번도 중국 밖으로 나가본 적이 없었고 그녀의 삶은 선교에 임하는 기독교인의 따분한 일상으로 대부분 채워져 있었죠. 그녀는 예쁜 옷을 입어본 적도 없었고 파티에 가본 적도, 여자아이들이 대부분 갖고 있던 예쁜 물건들도 가져본 적이 없었습니다. 그 세 명의 영국 여자아이들에게는 지천으로 널려 있던 물건들 말입니다. 그들은 아주 사랑스러운 아이들이었는데 어린시절에 영국과 프랑스에서 많은 시간을 보냈고 유럽식 교육을 받으며 수많은 여행을 한 덕분에 교양 있고 품위가 있었습니다. 이상하고 외로운 아이 메리는 그들에게서 자신이 갈구하던 모든 것을 보았습니다.

중국에는 언제나 교전 지역이 있다는 걸 아시겠지만, 허난성은 그런 교전 지역의 중심지입니다. 그래서 다양한 군벌이나 반군의 위협이 계속되고 있었죠. 선교 사업은 끊임없이 불안한 분위기 속에서 이루어지고 있었습니다.

그러다가 2년 전 봄에 그녀의 아버지가 풍토병을 얻어 갑자기 사망하게 되었습니다. 그녀도 병에 걸렸습니다만 회복되었어요.

설상가상으로, 그 마을이 게릴라의 습격을 받았습니다. 그들은 실제로는 마을을 별로 파괴하지 않았지만 주민들 사이에 공포감을 퍼뜨려 놓았죠. 그들이 점령하고 있던 10여 일 동안 메리는 그 영국인 가족과 함께 지내게 되었습니다.

게릴라들이 마을을 버리고 떠나자 사람들은 다시 한번 자유롭게 숨을 쉴 수 있게 되었죠. 그런데, 그때 일이 터진 것으로 저는 알고 있습니다. 그녀의 인격이 분열된 거죠. 그녀는 두 사람이 되었습니다. 그때까지 평생을 살아왔던 메리 제프리일 뿐만 아니라 메리 제프리이자 질 제프리가 된 거죠.

어린 여동생을 방문했던 노마에게 일어났던 것과 똑같은 일이 그녀에게 일어난 것입니다. 거의 똑같은 이유였죠." 의사는 잠시 말을 멈추더니 의자에서 일어나서 방을 왔다 갔다 하며 설명을 이어갔다.

"이제 왜 이런 기이한 일이 일어났는지를 이해하려면 몇 분간 이 이야기를 중단하고 인간의 신경계를 생각해봐야 합니다. 고다드는 그것을 집의 난방 기구에 비유했는데요. 우리 집에 양질의 석탄이 공급되고 통풍 조절판이 알맞게 조절된 훌륭한 난방 시스템이 있으면 모든 라디에이터에 동시에 열기가 공급되면서 방들이 전부 따뜻해지게 됩니다. 반면, 그 시스템이 열악하거나 공급된 석탄의 질이 나쁘거나 통풍 조절판이 제대로 조절되지 않으면 모든 라디에이터에 동시에 공급될 만큼 충분한 열기를 만들어내지 못하죠. 그러면 집 북쪽에 있는 방들은 더워지지만 남쪽에 있는 방들은 춥게 됩니다. 혹은 그 반대가 되죠. 집 전체를 한

꺼번에 데워줄 만큼의 열기를 절대 만들어내지 못하는 겁니다.

자, 이제 인간의 신경계를 봅시다. 신경계가 처음부터 건강해서 충격을 과도하게 받지 않고 충분히 관리된다면 두뇌의 세포 전체를 활성화하는 데 필요한 양의 신경 에너지가 공급되고, 그러면 그 개인은 정상적으로 균형이 잡힙니다.

하지만 아이가 신경계가 부실하게 태어났다고 해보죠. 많은 아이들이 그렇습니다. 게다가 그 아이의 환경이 그런 신경계에 더 심한 긴장을 가한다면, 그러니까 노마의 경우처럼 어린아이가 감당하기에 너무 무거운 짐과 가족의 죽음, 슬픔, 그리고 병마가 겹친다면, 그 모든 것이 반복적으로 충격을 가한다면 어떻게 될까요?

그렇죠. 신경 소진 상태에 다다르게 됩니다. 만성 신경 쇠약에서부터 심하게는 정신 이상에 이르기까지 모든 종류의 신경 장애가 발생하는 출발점인 거죠. 하지만 메리 제프리나 노마의 경우, 고난의 삶에 매우 낯설고 분명한 전환점이 찾아왔고, 그래서 매우 분명한 원인이 생겼던 겁니다. 두 아이 모두 백일몽 속에서 자신들의 암울한 진짜 삶의 탈출구를 찾았습니다.

노마가 생각할 때, 근심 걱정 없이 행복한 네 살짜리 어린 여동생보다 더 사랑스러운 존재는 없었습니다. 무의식 속에서 그녀는 이러한 이상적인 상태에 안주하면서 두뇌의 한 부분을 이런 꿈으로 계속 채우게 됩니다. 고다드가 지적하듯이, 그녀는 두 가지 사고, 두 가지 신경 세포계를 발전시켰습니다. 하나의 계통, 혹은 일부 세포들은 그녀의 삶을 실제 그대로 유지하게 했습니다. 다른 계통은 그녀가 자신을 위해 가공해 낸 이 꿈의 세계에 복무했습니다.

메리 제프리도 이와 똑같았어요. 그녀는 정상적인 어린 시절의 즐거움을 한 번도 맛보지 못했습니다. 그러다가 전 세계를 내 집처럼 생각하는 세 명의 영국 친구들을 만나게 되었죠. 그녀는 본능적으로 그들과 같아지기를 갈구했습니다. 아름답고, 세련되고, 사랑스럽고, 매력적이며 여행과 모험을 즐기게 되기를 말이죠. 그녀는 자신이 이런 역할을 하는 꿈을 자주 꾸었고 무의식 속에서 그녀의 두뇌 속 일부 세포들은 이러한 꿈으로 채워집니다. 그리고 그녀의 실제 삶에는 전적으로 분리된 다른 세포들이 사용되었던 겁니다.

이제 다시 애초의 비유인 보일러로 돌아가 봅시다. 양질의 보일러는 온 집안을 한꺼번에 따뜻하게 해줄 열기를 생성합니다. 마찬가지로 양질의 신경계는 뇌의 모든 세포를 동시에 활성화하기에 충분한 신경 에너지를 생성합니다.

그러나 불량 보일러는 한 번에 두세 개의 방만을 데울 수 있을 뿐입니다. 마찬가지로 불량 신경계는 한 번에 뇌의 한 부분만을 활성화할 에너지를 생성할 수 있을 뿐입니다.

이제, 메리의 경우 이것은 어떤 결과에 이르렀을까요? 게릴라의 점령이 있기 전까지, 그리고 사실, 실제로 점령된 기간에도 메리 제프리는 비록 거의 한계점에 이르기는 했지만, 여전히 균형 잡힌 인격 상태였습니다. 그녀의 신경계는 뇌의 모든 세포를 동시에 활성화하기에 충분한 신경 에너지를 여전히 만들어낼 수 있었습니다.

그러나 이걸 기억하십시오. 그녀의 뇌는 한 번도 건강했던 적이 없었으며 거듭되는 충격을 겪었다는 것이죠. 어머니의 죽음, 고되고 지겨운 삶, 지속적인 불안 상태의 생활, 아버지의 죽음, 그리고 적군의 침략에 대한 공포 등등 말입니다. 결국 위기가 닥칠 때까지 충격이 연이어지면서 뇌를 계속 두들기고 또 두들깁니다. 그녀의 뇌는, 흔히 하는 말로, 분열됩니다.

보일러가 집의 한쪽만 데우고 있었습니다. 메리 제프리의 신경계는 마침내 그런 보일러와 같은 상태에 도달하게 되었습니다. 한 번에 뇌의 한 부분에만 신경 에너지를 공급하여 하나의 계통, 혹은 일부의 세포들만 활성화할 수 있었던 겁니다. 가끔 그 일부의 세포는 그녀가 동경하던 꿈에 관여했고, 뇌의 그 부분이 작동하면 그녀는 명랑하고 아름답고 매혹적이며 생기가 넘치는 존재가 되었죠. 그녀가 질이었습니다.

그리고 그때 이용되던 신경 에너지가 뇌의 그 부분에서 사라져서 다른 부분으로 옮겨가면 질은 사라지고 그 자리에 메리가 나타난 거죠. 중국 선교지에서 온 상냥하고 다정다감한, 진짜 인격 말입니다. 질은 자신이 메리였을 때 일어난 일을 하나도 기억하지 못했고 메리는 질이었을 때 일어난 일을 아무것도 기억할 수 없었습니다. 둘은 서로 다른, 별개의 인간들이지만 몸이 하나였던 거죠.

이렇게 된 일입니다.”

의사는 돌연히 자기 자리로 되돌아가더니 몹시 힘든 수업을 끝마친 교수처럼 이마에 맺힌 땀방울을 닦았다.

"멋집니다, 박사님!" 스파이크가 환호했다. "그게 정확히 제가 원했던 겁니다. 하지만 그건 절반에 불과하죠. 메리 제프리의 다음 이야기는요? 계속해주시죠! 나머지 이야기는 어떻게 되고, 샤론은 어쩌다 그 일에 연루된 거죠?"

"아, 그건 아주 간단합니다. 당연히도, 그 착한 영국인 가족은 그녀의 이상한 행동에 크게 충격을 받았습니다. 자연히 그들은 정신 이상 외에는 달리 생각을 할 수가 없었습니다. 그들은 그녀를 상하이로 데려가서 의사에게 진료받게 했는데, 그 의사가 우연히도 우리나라로 오게 된 거죠. 그녀를 진료한 의사는 그녀 아버지의 오랜 친구인 샤론 박사에게 그녀를 인계했습니다. 샤론은 자식이 없었고 돈은 많았죠. 그래서 그는 그녀를 헌신적으로 돌보게 되었고 자연히 그녀를 돕고 싶어졌습니다. 그는 이 주제를 스스로 연구하기 시작했고 뉴욕에 있는 최고의 정신과 의사들 중 한 명을 불렀습니다.

그러나 가엾은 그녀는 자신의 비참한 상황을 고통스럽게 의식하고 있었고 그 문제에 대해 무서울 정도로 예민했습니다. 누군가 그 일을 알게 될지도 모른다는 사실이 그녀를 괴롭혔지요. 그것 때문에 샤론은 이 외딴집을 사서 그 비밀에 관해 신뢰할 수 있는 간호사와 하인들을 데려온 겁니다.

물론, 저도 그녀가 벌링턴의 병원으로 실려 오지 않았다면 그 사실을 전혀 몰랐을 겁니다. 샤론으로서는 자연히 그 상황을 제게 설명해야 했지요. 그리고 그녀가 요양하는 동안 저는 두 사람, 메리와 질을 모두 다 아주 잘 알게 되었습니다.

그들은 빈번히 서로를 오갔기에 저로서는 두 사람을 다 연구할 좋은 기회가 있었던 셈이지요." 카맥은 말을 잠시 멎었다가 다시 이어갔다. "다중 인격이라는 이 병이 진행되면 너무나 끔찍한 종말을 맞는다는 것을 여러분이 조금이라도 이해할지 모르겠네요. 또 시시각각 자신이 같은 사람일지 아닐지 결코 알 수가 없고, 어느 순간이고 자신과 정반대인 존재로 변해버릴 수 있다는 것을 깨달을 때 이 병으로 고통받는 사람이 느끼는 공포에 대해서도 말이죠."

"이건 언젠가 내가 벌링턴으로 보러 갔던 영화와 똑같군요." 실콕스가 말했다. "내 기억으로는, 착하고 정직한 어떤 의사가 어찌어찌 약물을 조합하여 복용한 결과 사람들을 죽이고 다니는 괴물로 변신했죠. 다시 한번 더 먹으면 개미 한 마리도 죽이지 않을 원래의 자신으로 되돌아가게 되고 말이죠."

카맥이 고개를 끄덕였다. "<지킬 박사와 하이드 씨>군요. 전혀 현실적인 과학에 기반하지 않은 공상의 산물이지만 한편으로는 묘사가 훌륭한 작품이죠. 모든 사람은 선과 악의 복합체이고 사람의 본성이 지닌 이 두 가지 측면이 계속해서 서로 싸우고 있는 것이라고 지킬이 지적한 걸 기억하시겠지요.

우리는 모두 아무리 착한 사람들이라 할지라도 약간은 못됐고, 약간은 사악하고, 약간은 잔인한 면이 있는 겁니다.

음, 이 경우에, 메리 제프리는 선교적 삶이라는 엄격한 체제에서 자라나 못되고 사악한, 혹은 잔인한 충동이 억눌려져 있던 아이였습니다.

　이제 분열된 인격, 혹은 다중 인격 사례를 보면, 실제 성격의 온갖 나쁜 충동들이 이차적 인격, 혹은 거짓 인격에서 확대, 발전되는 일이 빈번히 일어납니다. 우리가 모두 그렇듯이, 메리 제프리는 사악한 충동이 일어도 그걸 재빨리 억제하지만, 질 제프리는 윤리적인 양심의 가책이라고는 조금도 느끼지 않는, 어둡고 복수심에 불타는 위험한 성정을 지녔죠. 메리 제프리가 합리적으로 예리한 데 반면 질은 신랄하고 앙큼하며 악마처럼 교활했습니다. 메리 제프리는 모든 여자아이처럼 한 번씩 사랑에 대한 환상을 품곤 했지만 질 제프리에게는 창녀의 본능이 충만하게 되어 있었습니다."

　"하지만 얼마나 매력적인 창녀인가요, 박사!" 스파이크가 열정적으로 그의 말을 중단시켰다.

　"아, 그 말은 인정하지요." 카맥은 계속해서 말을 이었다. "네, 제가 말씀드린 것처럼, 저는 두 사람을 아주 잘 알게 되었고, 그래서 외과 의사로서의 제 역량을 넘어서 샤론을 많이 도울 수 있었습니다. 이와 같은 사례들에서는 진짜 인격을 찾아내는 것이 제일 먼저 할 일이고 그런 다음 다른 인격을 제거하려 노력하는 것으로 치료가 이루어집니다. 이 경우, 당연히도, 메리가 진짜고 질은 가짜였죠. 그러므로 질이 제거되어야 했습니다."

　"그게 바로 그녀의 말이 의미했던 거예요." 스파이크가 실콕스를 보며 말했다. "그녀가 자기에게 적대적인 음모가 있다느니, 살해될 거라느니, 했던 말들 말입니다."

"물론입니다." 카맥이 계속 말했다. "우리 모두는, 그러니까 샤론과 미스 윌슨, 그리고 저는 메리를 가능한 한 지켜내고 질을 사라지게 하려고 할 수 있는 모든 일을 다 했습니다. 아시겠지만, 우리는 질을 매 순간 지켜보면서, 그녀를 억제하고, 그녀의 활동을 제한하고 그녀가 가엾은 메리의 몸을 지배하는 시간을 최대한 줄이려고 가능한 온갖 노력을 기울였답니다. 하지만 그녀는 약삭빠르고 교활한 존재여서 수도 없이 우리를 따돌렸지요."

"우리도 당했죠." 스파이크가 소심하게 웃으면서 사실을 상기시켰다. "그녀가 사라졌던 날 새벽을 기억하시죠, 보안관?"

"저도 기억이 나는군요. 정말 그랬죠." 의사는 말을 계속했다. "샤론은 그녀에게 큰 영향력을 발휘했어요. 그는 거의 항상 메리를 발현시키고 질을 상당 기간 제거하곤 했죠. 지금은 그러한 사례들의 치료에 대해 자세히 다룰 시간과 장소가 아니지만, 저는 최면과 암시가 상당한 역할을 한다는 점을 지적하겠습니다. 최면이라고 할 때, 저는 그 말이 으레 연상시키는 속임수를 의미하는 게 아닙니다. 저는 단지 유능한 정신과 의사들이라면 누구나 사용하는 과학적인 무기를 말하는 겁니다.

예를 들어서, 질이 나타나 있고 우리는 메리를 불러오기를 원한다고 가정해보죠. 우리는 질에게 최면을 걸어 잠들게 하고 그녀가 그런 상태에 있는 동안 그녀에게 메리로 깨어나라는 암시를 주입합니다. 그러면 몇 분 뒤 그녀는 메리로 깨어나는 거죠. 이 특별한 사례에서는 10분에서부터 밤을 꼬박 새울 때까지 항상 잠을 자는 시간을 두고 두 인격이 교체됩니다. 몇몇 다중 인격 사례에서는 잠을 자는 시간이 개입되지 않고도 인격이 서로 바뀌는 경우가 있지만 질과 메리에게 그런 일이 일어난 적은 제가 알기로는 없습니다.

샤론은 이 문제 전반을 연구했고 아주 능숙하게 이 최면 상태를 불러올 줄 알았습니다. 보통은 그가 상황을 장악하여 질을 억누르고 메리를 그녀의 자리에 불러올 수 있었죠.

그가 없어지자 질은 자신만의 방식을 찾아낼 것 같았습니다. 하지만 샤론 다음으로는 이 사례에서 누구보다 더 큰 영향력이 있는 사람이 저였습니다. 미스 윌슨은 사실상 그 문제에서는 속수무책이었죠. 그래서 비극이 일어난 첫날 새벽에 그녀는 여러분이 분명히 아시다시피 어찌할 바를 몰라 허둥대며 저를 불렀던 것입니다.

그녀는 당신들이 모든 사람을 차례로 조사하기 시작하면 무슨 일이 생길지 예측할 수 있었고, 당신들이 결국은 메리와 질, 두 사람 모두와 얘기하고 싶어 할 것임을 알았습니다. 그녀는 적절한 순간에 각각을 불러올 방법 문제에 직면했던 것이죠. 제가 도착했을 때 메리는 정당한 자신의 자리에 있었고 질은, 아시다시피, 이미 사라진 뒤였죠. 그리고 당신들은 그녀를 찾아 사방을 헤매고 있었고요.

바로 그때 우리는 우리가 맞은 행운을 자축했습니다. 당분간은 문제가 좋은 쪽으로 해결된 것만 같았어요. 우리는 질이 어떻게든 무슨 수를 써서 탈출했고 집에는 메리만 있다고 당신들이 계속 생각하도록 내버려 두려 했습니다.

하지만 우리는 너무 일찍 좋아했던 것이었어요. 메리가 있던 미스 윌슨의 방으로 제가 들어간 지 몇 분 후에 그녀는 그 기이하고 갑작스러운 잠의 주기로 빠져들었어요. 제가 할 수 있는 모든 일을 다 했음에도 그녀는 질로 깨어났습니다. 고집 세고 반항적인 질로 말입니다. 그리고 몇 분 뒤 그녀는 여기 당신들이 있는 서재로 들어갔고 ―"

"그런데 여기서 잠깐만요." 실콕스가 말했다. "어떻게 그 두 사람 중 한 사람은 그토록 약하고 아파서 자리보전을 해야만 하는데 다른 한 사람은 그토록 당찰 수가 있는 거죠?"

"다중 인격의 징후들 중 설명할 수 없는 또 하나인 셈이죠." 카맥이 설명했다. "실제적인 인체 기관의 병이나 상처 외에 그들은 서로의 육체적 감각을 반드시 공유하지는 않습니다. 지금 메리는 신경성 쇼크 상태에 있는데, 너무 심각한 상태여서 병상에 있었던 겁니다.

하지만 질은 메리와 뇌의 같은 부분을 사용하고 있지 않았죠. 이건 기억하셔야 하는 부분입니다. 그래서 그녀의 뇌세포는 충격에 반응하지 않았던 거예요. 그 부분은 변함이 없었습니다. 따라서 그녀는, 말씀하신 대로, '그토록 당찼던' 거고요."

"제가 이해하는 바로는," 스파이크가 말했다. "그보다 훨씬 더 심한 경우들이 있었습니다. 제가 알기로, 뷰챔프 사례에서는 서로 다른 인격에 알코올이 작용하는 바에 관한 연구가 이루어졌는데 인격들 중 하나는 한 잔의 와인에도 완전히 취했지만 다른 인격은 서너 잔을 마셔도 아무렇지도 않았습니다. 진짜 놀랍죠. 하지만 여기서 저는 더 이상 주절거리지 않으렵니다, 박사님. 우리가 듣고 싶은 건 당신의 말이니까요. 어서 하세요."

"음, 제가 설명하고 있었던 것처럼, 사건이 일어난 날 새벽에 질이 '사라졌을' 때, 그리고 나중에 다시 나타났을 때 미스 윌슨과 저는 제가 가능한 한 여기 계속 있는 것이 절대적으로 필요하다는 데 의견을 같이했습니다. 그렇게 해야 그녀들을 어느 쪽이든 필요할 때 불러올 수 있었기 때문이죠. 그런데 말입니다 —" 그는 머뭇거리며 생각에 잠겨 책상 스탠드 주변에 둥글게 비친 불빛을 응시했다.

"어쩌면 우리가 틀렸는지 모릅니다. 그랬던 것 같습니다. 당신들에게 이 얽히고설킨 비극적 인생에 관해 전부 말했어야 했던 것 같아요. 메리가 한 번 거의 말을 할 뻔했었죠. 당신들이 페더스톤을 찾으러 숲을 수색하고 있다는 말을 듣고 난 그날 밤에요. 그녀는 더는 견딜 수가 없었던 겁니다. 그녀는 두 인격이 함께 하고 있는 자신의 기이한 삶에 대해 당신들에게 말해야 한다고 우겼습니다. 그리고 그녀는 미스 윌슨이 제지하지 않았다면 그렇게 했을 겁니다.

한때 저는 미스 윌슨이 그 얘기를 할 것으로 생각했습니다. 메리가 정신이 든 바로 그 순간 미스 윌슨의 얼굴에 나타난 표정을 보고 말입니다. 그것은 공포와 불안의 표정이었죠. 그녀는 의식을 되찾은 사람이 질인지 메리인지 알지 못했던 겁니다. 그런데 당신들 두 사람이 거기 서 있었고요. 다행히도 다시 나타난 건 메리였고, 그래서 그날은 또 그렇게 무사히 넘어가게 된 것입니다."

"그리고 추측건대," 스파이크가 말했다. "페더스톤이 그 책들을 가져간 건 바로 그런 이유에서였던 겁니다."

"네. 그는 이 집에 다중 인격과 관련된 책이 세 권 있다는 것을 알고 있었고 당신들이 그 책들을 발견하고 그 내용을 읽고서 모든 것을 알게 될까 봐 두려웠죠. 당연히도, 당신들은 결국 그렇게 했고요."

"그리고 물론, 헨리도 그걸 알았어요." 스파이크는 퍼즐 조각들이 제자리를 찾아가기 시작하자 열심히 말을 이어갔다. "그는 그 책들 중 한 권이 덴마크어 책이었다는 걸 알았지만 페더스톤이 바로 그 책을 가져갔는지 아닌지는 확실히 알 수가 없었죠. 그는 우리가 그를 불러 번역하라고 할까 봐 두려워서 자기도, 아내도 덴마크어를 읽을 줄 모르는 척했던 겁니다. 아주 깔끔하군요. 계속하세요, 박사님. 그리고 이걸 말씀해 주세요. 페더스톤이 도주한 것은 그 책들을 없애기 위해 꼭 필요한 일이었는지는 모르겠지만, 살인을 자백한 건 무엇 때문이었죠?"

의사는 한숨을 쉬었다. "글쎄요, 페더스톤은 인간 자체가 뒤죽박죽인 괴상한 자였어요. 한편으로 그는 돈 많은 여자를 찾아다녔지만 다른 한편으로 그는 낭만적인 바보였답니다."

"알겠습니다. 사랑을 쟁취하기 위한 대단한 활약이었군요. 변변치 않은 사람들이 때때로 능력을 발휘하는 정말 숭고한 일들 중 하나랄까요. 아, 박사님," 스파이크가 한숨을 쉬었다. "처음부터 우리에게 이 모든 것을 말씀해주셨다면 정말 많은 문제들이 해결되었을 텐데요."

"압니다." 카맥이 인정했다. "하지만⋯ 이거 참! 보십시오. 우리가, 그러니까 미스 윌슨과 나, 그리고 헨리가 그 문제와 관련해서 어떤 입장이었는지 모르시겠습니까? 우리가 그렇게 해야 했던 건 메리를 위해서였습니다. 우리는 당신이 영원히 진실을 모르게 되기를 빌어야 했어요.

미스 윌슨은 그녀에게 헌신적이었습니다. 그녀는 독신녀였기에 내면에 억눌려 있었던 모성애를 메리에게 아낌없이 쏟아부었죠. 그리고 저는 냉정하기만 한 사람은 아니랍니다. 저는 메리 제프리가 이 세상에 나온 날과 마찬가지로 사랑스럽고 맑은 사람이라는 걸, 욕정과 피로 물든 죄를 범하지 않은 사람이라는 걸 알 수 있었습니다. 다만 — 당신에게 물어보죠. — 어떻게 우리가 법정에서 그걸 설득할 수 있겠습니까?"

"어림도 없죠." 스파이크가 인정했다. "그래도 계속 말씀해보세요, 박사님."

카맥은 잠시 망설였다. 그러더니 마지못해 말을 이어갔다. "질 제프리는 샤론 박사를 증오했어요. 불같이, 격렬하게 증오했죠. 그녀는 열정적이고 활력이 넘치는 여자였는데 그는 그녀가 사랑했던 것을, 그녀의 삶을 서서히 파괴하고 있었어요. 그녀는 할 수 있는 모든 방법으로 그와 싸웠지만, 그는 그녀가 감당하기에는 너무나 강했습니다. 그는 점진적으로, 서서히 그녀를 이겨가게 되었습니다. 그녀가 지배하는 시간이 점점 짧아져 갔죠. 메리가 그들이 공유한 몸의 주인이 되는 빈도가 점점 잦아졌고 시간도 점점 길어졌습니다. 우리는 모두 질에 적대적이었고요. 그녀에게는 유일한 비밀 동맹군이 있었는데… 그게 페더스톤입니다.

당신들이 아시는지 모르겠지만 질은 페더스톤의 정부였어요. 그녀가 집에서 도망쳐 나올 수 있었던 때마다 그들은 여기서 멀리 떨어진 곳에서 비밀리에 만났죠. 그들은 서로 편지를 주고받았어요. 벌링턴 우체국 사서함을 통해서요.

그런데 샤론이 이 관계를 알게 되었고 그는 자기 나름의 계획을 세웠습니다. 질이 그 계획을 알아내자 샤론은 그녀에게 자기는 페더스톤에게 돈을 줘서 여기를 떠나게 할 거라고 했습니다. 그녀는 자신의 유일한 동맹군이자 마지막 버팀목, 이 세상에서 메리보다 자신을 더 좋아하는 유일한 사람이 없어진다는 것을 깨닫자 격분과 절망으로 정신이 나갔습니다. 그녀는 페더스톤을 너무나 잘 알았기 때문에 그가 그 돈을 받아들이게 될까 봐 샤론을 제지하기 위해 뭔가를 해야 했죠."

그는 말을 중단했다. 자신이 해야만 하는 일이 너무 싫다는 듯 그는 잠시 그대로 있다가 다시 말을 이었다.

"일주일 전인 지난 일요일 밤에 페더스톤은 샤론의 방에 들어갔다가 그녀가, 그러니까 질이 방금 살해한 그의 시신을 내려다보며 서 있는 것을 보게 되었죠."

"하지만 박사님," 스파이크는 무서운 듯 쉰 목소리로 말했다. "그녀는 부인하고 있습니다. 그녀는 자신이 방에 들어갔을 때 샤론은 이미 죽어 있었다고 합니다. 저는 내내 그녀에게 혐의를 두고 있었지만 자백을 받아낼 수 없었답니다. 박사님은 방금, 오늘 밤 여기서 그녀를 보셨잖아요."

"네, 그래요. 그녀는 끝까지 부인할 겁니다. 하지만 미스 윌슨이 제 말을 뒷받침할 겁니다. 미스 윌슨은 페더스톤을 바로 뒤따라 들어갔으니까요. 그녀 역시 질을 봤죠."

"이건 좀 다른 얘기지만, 박사님은 페더스톤의 짓이 아니라는 걸 확신하시나요?"

"네, 그럼요. 이건 모두 사실입니다. 여기, 이걸 읽어보세요."

그는 주머니에서 접힌 종이 한 장을 꺼내 책상 위에 얌전히 놓았다. 그리고 자신이 밝혀낸 비극의 기억을 지워버리려는 것처럼 얼굴을 두 손에 파묻었다.

스파이크는 그 종이를 홱 집어 올려 한눈에 다 읽었다.

방 안에는 죽음과 같은 침묵이 흘렀다. 누구도 소리 내지 않았다. 누구도 움직이지 않았다. 불빛 주변에서 윙윙거리는 곤충 소리만 들려올 뿐이었다.

조금 있다 스파이크가 아무렇지도 않게 무심한 말투로 입을 열었다. 이 비극적인 정적을 깨는 신성 모독에 가까운 발언이었다.

"대단히 흥미롭군요, 박사님. 하지만 있잖아요, 나는 당신이 샤론을 죽였다는 것을 너무나 확실히 알고 있답니다."

22

스파이크, 보이 스카우트 놀이를 하다.

우리가 사랑했던, 지금은 저 기억 너머로 사라지고 없는 그 옛날 연극의 시대에는 클라이맥스 때 쏟아져 나오는 주체할 수 없는 감정 분출의 목소리가 얼마나 큰가가 관객을 감동케 하는 힘의 지표였다. 배우들은 저항의 소리를 외치고 도전의 소리를 포효하며 사랑의 숭고함을 절규했고 귀가 먹먹해지고 서까래가 뒤흔들릴 때까지 격렬하게 흐느끼기도 했다.

그러던 어느 멋진 날 저녁 질레트라는 어떤 똑똑한 젊은 배우가 <비밀 정보부>라는, 자신이 직접 희곡을 쓴 작품에서 전통에 반하는 대담한 혁신을 도입했다. 그를 둘러싼 모든 배우들이 소리를 지르고 포효하듯 대사를 읊었던 반면, 이 대담한 젊은이는 대미를 장식하는 클라이맥스 장면에서 일순간 말을 멈추었다. 갑작스럽고 낯선 고요가 무대를 지배했다. 그다음 그는 조용히, 아무런 감정도 묻어나지 않는 목소리로 하나의 대사를 읽었다. 거의 속삭이는 것이나 다름없는 목소리였지만 그 소리는 발코니 제일 끝까지 다다랐다. 효과는 어마어마한 것이었다.

지금 샤론의 서재가 바로 그런 무대였다.

"… 하지만 나는 당신이 샤론을 죽였다는 것을 너무나 확실히 알고 있답니다." … 아무렇지도 않게, 무심하게 툭 던진 말이었다. 그것은 하늘을 가르며 번개라도 내리친 듯 전광석화 같은 불꽃이 되어 그 방과 거기 있던 사람들의 숨을 턱 막히게 했다.

카맥은 손에 파묻고 있던 고개를 휙 젖혀 들었다. 그의 눈은 놀라움으로 멍해져 있었다.

"이것 보세요, 지금 무슨 말을 하는 겁니까?"

스파이크는 고개를 뒤로 젖히고 위풍당당한 승리의 순간을 맞은 사람처럼 웃음을 터트렸다. 그는 어리둥절해하는 의사의 등을 쿵 소리가 울려 퍼지도록 세차게 쳤다.

"박사님, 멋지십니다. 그냥 멋져요. 정말 대단한 연기예요. '이것 보세요, 지금 무슨 말을 하는 겁니까?' 대사 전환도 완벽했어요. 최고예요, 박사. 정말 최고예요! 거의 저만큼 훌륭해요. 저도 최고거든요. 제가 숨죽이던 모습, 한숨 쉬던 모습, 열광하던 모습, 공포에 질려 소리치던 모습, 전율하던 모습을 관찰하셨나요? 와, 박사. 저도 잘했죠. 전 대사를 거의 하지 않고 덫을 살짝 놓았는데, 당신이 바로 거기로 걸어 들어오더군요.

당신이 내게 증거를 몽땅 줬어요. 내가 찾고 있었던 증거 말입니다." 그러면서 그는 카맥이 책상 위에 던진 종이를 흔들었다. "그런데 이건 당신이 생각한 증거가 아니랍니다, 친애하는 박사님. 이건 질 제프리의 유죄 증거가 아니라 당신의 유죄 증거예요. 전체 골격은 완성되었는데 작은 부분 하나가 없었죠. 그런데 당신이 방금 황송하게도 이렇게 갖다주셨군요." 스파이크는 다시 한번 크게, 미친 듯이 웃어 젖혔다.

하지만 카맥은 어리둥절한 눈빛으로 그를 쳐다보며 그냥 앉아 있었다. 그러더니 실콕스 쪽을 쳐다봤다. "저, 뭔가 잘못 —"

그는 흥분한 젊은이를 고개로 가리키며 자기 머리 쪽으로 의미심장한 손놀림을 했다. 실콕스의 눈은 스파이크에게서 카맥에게로, 그리고 다시 그 반대로 빠르게 오가고 있었다.

"아뇨, 박사님, 아닙니다." 스파이크가 보안관에게 던져진 질문에 대답하며 말을 이어갔다. "내 머리는 멀쩡합니다. 어쩌다 보니 그냥 당신보다 조금 더 좋을 뿐이죠. 그게 다예요."

"아주 흥미롭군요." 카맥이 차분하게 말했다. "하지만 조금만 더 구체적으로 말해주면 어떨까요?"

"기꺼이, 아주 기꺼이 그러죠. 내가 당신에 대해 어떻게 생각하는지, 왜 그렇게 생각하는지 구체적으로 말하는 건 나로선 더할 나위 없이 좋은 일이죠. 이 형편없는 자식 —"

이제 무사태평하고 편안한 태도는 사라지고 없었다. 승리의 환희는 분노로 바뀌었고 그의 입에서는 혹독한 말들이 둑이 터진 것처럼 쏟아졌다. "그녀를 유혹하고, 그녀의 후견인을 살해하고, 그런 다음 그녀를 구역질 나는 당신 범죄의 희생양으로 삼았지. 그녀를 자기 대신 사형장의 이슬이 되게 할 목적으로 그녀에게 당신을 위한 증거를 가져오게 시켰고." 그는 카맥이 책상 위에 둔 종이 한 장을 자기 앞에다 흔들었다. 버몬트주 벌링턴, 사서함 260에 보낸 편지였다.

그러나 의사는 약간 즐거운 표정으로 미소를 지을 뿐 전혀 동요하지 않았다. "이봐요," 그가 말했다. "당신이 문제를 주의 깊게 들여다보기만 한다면 알게 될 텐데요. 그 사서함 260이 —"

"압니다, 안다고요. 사서함 260은 제롬 W. 페더스톤 이름으로 되어 있죠. 그리고 제롬 W. 페더스톤 부부는 4월 21일에 말라드베일의 그레이트 노던 호텔에 투숙했고, 5월 22일에는 호치키스의 팰리스 호텔에 투숙했고요. 그러나 이 편지는 제롬 W. 페더스톤에게 쓴 것이 아니고, 질 제프리가 말라드베일과 호치키스에서 함께 밤을 보낸 사람은 페더스톤이 아니었어요. 그건 당신이었죠."

"아주 재미있군요. 하지만 그 호텔 관계자들은 그에 관해 뭐라고 말했는지 알고 싶은데요."

"좋습니다. 말해주죠. 그들에게 묻느라 고생했기 때문에 알고 있어요. 그게 내가 지난주에 하고 있었던 일 중 하나죠. 나는 그들에게 물어보고 당신 사진을 보여줬어요. 대답은 내가 예상했던 그대로였죠. 그들은 당신을 한 번도 본 적이 없다고 했습니다. 그 남편은 덩치가 큰 사람이었다고 했죠. 하지만 굉장히 섬세해 보였고 검은 안경을 쓰고 있었으며 외투 깃을 올려 싸매고 있었기 때문에 어떻게 생겼는지 잘 알 수 없었다고 했어요. 게다가 호텔 숙박부는 전부 질의 필체로 서명이 되어 있었어요. 대단히 훌륭한 생각이었죠, 카맥. 그런 걸 생각하다니 똑똑해요. 페더스톤이 한 번씩 콜빌로 여행하는 때에 맞춰 질이 나오도록 만들다니 진짜 똑똑했어요. 그러니 그가 말라드베일과 호치키스에 가는 것도 충분히 가능했을 것이고 당신 대신에 그녀와 함께 얼마나 많은 다른 곳에 있었는지 누가 알겠어요. 게다가 당신은 질에게 페더스톤의 이름으로 사서함을 만들라고 했죠.

아, 당신은 혹시 뭔가 실수라도 하게 되면 당신이 아니라 페더스톤이 희생양이 될 수 있도록 아주 영리하게 계획을 세웠더군요. 그러나 다행히도 당신은 샤론이 최근에 몇 번 외유를 한 것을 몰랐죠. 최소한 2, 3주 전까지는 몰랐던 겁니다. 그는 의혹을 품었지만 누구에게도 말하지 않았어요. 미스 윌슨이나 페더스톤, 혹은 메리에게도 말하지 않았죠.

가엾은 메리! 당신은 그녀 생각을 한 번도 한 적이 없었죠? 흠, 질은 했답니다. 질은 그녀 생각을 했어요." 그는 책상에서 그 편지를 낚아채어 일부를 읽었다. '추신. 내가 아기를 가진다면 어떻게 될까? **그러면** 메리가 놀림감이 되지는 않을까요?' 틀림없이 놀림감이 되었을 겁니다. '이 세상에 나온 날과 마찬가지로 욕정과 피로 물든 죄를 범하지 않은' 여성이 내가 생각할 수 있는 가장 악랄하고 지독한 놀림감이 되었을 거라고요." 지금 그는 카맥이 했던 말을 잔인하게 조롱하고 있었다.

"샤론도 메리를 생각했습니다. 그녀는 그의 인생에서 가장 큰 걱정이었습니다. 그는 그녀를 보호해야 했고, 그러면서도 그 끔찍하고 부끄러운 사연을 다른 사람들이 아무도 알지 못하게 해야 했어요. 그는 아무에게도 말하지 않았습니다. 미스 윌슨과 페더스톤은 당신을 신뢰했고, 당신이 친절하고 가족에게 우호적인 의사라고 생각해서 그 비극이 일어나자마자 당신을 불렀던 것인데, 그래서 당신 손에 놀아나게 된 겁니다."

"아주, 아주 재미있군요." 카맥이 말했다. "하지만 저는 정말 —"

"입 닥쳐!" 스파이크는 그의 말을 딱 자르며 계속해서 말했다. 그의 목소리는 딱딱하고 잔인했다. "당신은 살인을 하고 나서 아침에 이곳에 왔어요. 그리고 불쌍한 페더스톤을 희생양으로 삼을 절호의 기회를 다시 한번 보게 되었죠. 지고지순한 바보인 그는 그 모든 걸 끌어안고서 자신이 범행을 저질렀다고 자백하고 달아난 겁니다. 나는 그가 아직 살아서 내가 지금 당신에게 말하고 있는 것을 기자들에게 말하고 난 뒤 그 신문들을 읽게 되기를 간절히 바랍니다. 그래서 그가 돌아올 수 있을 만큼 모든 것을 알게 되기를요. 그는 달아났지만 ― 헨리가 도왔죠. ― 그 세 권의 책을 빼내 가려고 한참이나 시간을 보냈어요. 그는 메리와 질 제프리의 가공할 비밀을 지키려고 자신의 목숨을 걸었던 겁니다.

아, 당신이 말한 것들 중 어떤 것은 당신 말이 맞았어요, 카맥. 페더스톤은 지난 월요일 밤에 샤론의 방에 들어갔다가 질이 손에 단검을 들고 그 노인의 시신을 내려다보고 있는 것을 발견했던 거예요. 그녀는 세상 그 누가 봐도 살인자로 보였죠. 그러나 당신이 설명하지 않았던 한 가지 작은 일이 있어요.

일요일 밤 ― 그 일요일 밤 말이죠. ― 메리 제프리는 메리 제프리로서 자러 갔다가 얼마 뒤에 질로 깨어나서 집 안을 정처 없이 돌아다니기 시작했고, 샤론의 방에 들어갔다가 죽어 있는 그를 발견하고는 단검을 빼냈죠. 바로 그때 페더스톤이 방으로 들어왔고요. 당연히도, 그는 그녀가 노인을 살해했다고 속단했습니다. 그는 그녀를 추궁했지만 그녀는 부인했죠. 그러나 물론 그도, 미스 윌슨도 그녀의 말을 믿지 않았어요. 그들은 그녀가 얼마나 샤론을 증오했는지 알았으니까요.

그리고 메리! 세상에, 그녀의 처지를 생각해보세요! 그녀는 또 하나의 자신, 끔찍하게 싫은 자신인 질인 상태에서 자기가 사랑하고 아버지처럼 존경하던 사람, 질과 벌이는 전쟁에서 자신을 구해주던 사람, 자신을 원래의 모습으로 회복시키려던 사람을 살해한 겁니다. 그녀, 메리는 그랬다고 믿었습니다. 그녀는 질이 자기 몸을 지배하고 있을 때 무슨 일이 일어났는지 몰랐고 아무런 기억도 없었습니다.

그리고 미스 윌슨과 페더스톤, 그리고 헨리까지, 이들 세 사람은 모두 메리의 몸이 저질렀으나 그녀의 정신은 아무런 죄가 없다고 믿는 범죄가 가져올 결과로부터 그녀를 보호하기 위해서라면 자신들의 영혼도 부인할 준비가 되어 있었습니다.

그리고 질… 마찬가지로 가엾은 질! 그녀는 자신이 샤론을 죽이지 않았다는 걸 알았고 그들 — 미스 윌슨과 페더스톤 — 이 그녀에게 메리가 한 일이 아니라고 말했기 때문에 자신은 안전하다고 느꼈습니다. 그러나 그녀에게는 친구가 없었죠. 모두들 그녀에게 적대적이었습니다. 모두들 그녀를 미워했죠. 그녀에게는 유일한 동맹군이 있었지만, 그것은 페더스톤이 아니었어요. 그것은 당신이었습니다.

당신은 금수 같은 자신의 목적에 부합하는 한 그녀의 동맹군이었죠. 그녀에게 창녀의 본능이 있었다는 건 인정하겠습니다만 그와 마찬가지로 그녀는 당신을 사랑했어요. 그녀는 당신에게 매달렸고 당신을 의지했고, 당신이 자신의 뒤에 있다고 느꼈기에 강하고 명랑하고 자신감이 넘쳤죠. 당신이 여기 처음 나타난 첫날 아침에 질은 메리로서 나타났기에 당신은 그녀와 단둘이 얘기할 기회가 없었습니다. 그녀가 그날 아침 이 방에 들어왔을 때 그녀는 여전히 자신감이 넘쳤고 당신의 사랑, 당신의 도움, 그리고 자신의 결백을 믿고 있었죠.

하지만 그날 밤 나중에 내가 그녀를 봤을 때, 그녀가 어둠 속에서 더듬거리고 있는 모습을 봤을 때, 그녀는 다른 사람이 되어 있었어요. 나는 그게 질이라는 것을 믿을 수가 없었답니다. 그녀는 쫓기고 있었고 겁에 질려 있었어요. 그렇다면 왜 그랬을까요? 왜냐하면 그사이, 그녀에게 이 세상에서 단 하나뿐인 사람인 당신이 그녀에게 등을 돌렸기 때문이죠. 그 정도가 아니었죠. 당신은 그녀의 마음속에 저주를 담은, 끔찍한 거짓말을 심었습니다. 당신은 그녀에게 샤론을 살해한 것은 메리라고 했어요. 미스 윌슨과 페더스톤이 그녀에게 거짓말을 하고 있다고요. 그리고 그녀는 당신 말을 믿었습니다. 당신이 하는 말이라면 제아무리 믿기지 않는 말이라도 다 믿었을 겁니다.

그래서 그녀는 겁이 났습니다. 메리가 그랬다면 질인 자신이 위험한 상황이었으니까요. 그러자 당신은 그녀를 설득했죠. 자신을 스스로 보호하려면 샤론이 가로채 간 그 편지를 찾아야 한다고요. 수사관들이 그녀의 행동에서 어떤 특이점을 발견할 수 있는 일이나 그녀와 샤론 간의 다툼의 빌미가 된 일의 모든 흔적을 없애야만 한다는 거죠.

당신은 또한 당신 자신의 안전을 위해서도 그 편지를 손에 넣어야 한다고 생각했죠. 정확하게 무슨 말을 썼는지 그녀는 기억을 못 했고, 그래서 당신은 그녀가 무심코 당신이 노출될 만한 어떤 내용을 쓴 건 아닐지 확신할 수가 없었던 겁니다. 당신은 그녀 걱정은 조금도 하지 않았어요. 당신이 생각하고 있었던 건 어떻게든 비열하게 자신을 숨기는 일이었죠.

그러나 그 편지보다 당신이 훨씬 더 관심을 둔 것이 있었습니다. 당신이 샤론을 죽인 직후에 직접 뒤지며 찾고 있던 것 말입니다. 아, 정말 영리하게 방을 뒤졌더군요. 당신은 아무것도 어질러 놓지 않았죠. 하지만 방을 철저히 뒤지기에는 시간이 부족했고, 그래서 당신은 찾던 것을 발견하지 못했어요. 하지만 당신은 그렇게 찾고 있던 것이 그 편지와 같이 있다는 것을 알았어요. 그래서 질에게 그 편지를 찾아서 당신에게 가져오라고 지시했죠. 그 편지와 같이 있을지 모르는 다른 종이들도 읽지 말고 가져오라고요. 그녀는 당신을 사랑하기 때문에 당신의 말을 무조건 따랐어요.

그녀는 살인이 일어난 바로 다음 날 밤에 수색을 시작했어요. 그리고 그 후로도 계속 찾았지만 첫날 밤에도, 다음날도, 그다음 날도 찾지 못했어요. 그녀는 찾을 수가 없었답니다. 그곳에 있지 않았으니까요. 내가 계속 갖고 있었거든요. 나는 이 집에 돌아온 지난 일요일 오후까지 그것들을 갖고 있었어요. 그리고 숨겨뒀다가 그녀가 찾을 때를 기다렸습니다. 나흘 밤을 기다린 끝에 마침내 그녀는 내가 넣어둔 책 속에서 그것들을 우연히 발견하게 된 거죠.

그리고 오늘 그녀는 당신이 나타나자 그것들을 당신에게 넘겨줬어요. 당신이 지시한 대로 읽지 않은 채로요. 당신은 그녀의 편지를 읽고서 신을 찬양하는 환성을 질렀죠. 당신이 머릿속에 그리고 있던 제2의 계획에 그 편지가 너무나 멋지게 맞아떨어지는 것을 보고서 말입니다. 당신은 우리가 페더스톤의 자백을 의심한다는 것을 알고 있었어요. 그래서 우리에게 보여줄 다른 이야기를 만들었죠. 오늘 밤 우리에게 했던 그 이야기 말입니다.

그러고서 당신은 내가 바랐던 바로 그 일을 한 겁니다. 질의 편지를 내보인 것이죠. 나는 그걸 보자마자 당신이 그 다른 서류를 갖고 있다는 것을 알았고 내가 품은 모든 의혹이 옳다는 것을 알았습니다. 당신은 결코 레슬리 카맥이 아니에요. 당신은 시어도어 해리슨입니다. 그리고 살인자에다가 중혼자이기도 하죠."

스파이크에게서 무사태평한 태도는 온데간데없어졌고, 그는 이제 자기 앞에 있는 남자에게 비난을 퍼붓고 있었다. 카맥의 얼굴은 아무런 표정 없이 텅 비어 있었다. 약간 즐거운 듯한 미소는 사라졌지만 그의 목소리는 여전히 차분했다. "트레이시 씨, 제 생각엔, 당신이 수사를 하면 —"

"수사라니! 당신은 지난 10일 동안 도대체 내가 뭘 하고 있었다고 생각하는 거죠? 이것 봐요," 그는 이제 실콕스 쪽으로 돌아섰다. 그의 목소리가 갑자기 점점 가라앉았다. 하지만 여전히 강한 어조였다. 그러더니 그는 마치 카맥은 그 방에 있지도 않다는 듯이 재빨리 보안관에게 말을 건넸다.

"내가 말했죠. 지난 10일 동안 무슨 일을 하고 있었는지 죄다 말할 거라고요. 그러니까 자, 이제 내 말을 주의 깊게 들으세요. 그 책들에 관한 당신의 전보를 받고 나는 뉴욕으로 가서 다중 인격에 관해 내가 찾을 수 있었던 모든 것들을 읽었습니다. 그게 끝났을 때 나는 메리 제프리와 질 제프리의 비밀을 파악하게 되었죠. 그리고 샤론의 살인범을 찾았다고 생각했습니다. 난 그게 질이라고 생각을 했던 겁니다. 나는 카맥이 오늘 여기서 발표한 것과 똑같은 추론을 좋아갔으니까요. 질은 샤론이 자신을 파괴하려 했기 때문에 그를 증오했으며 마침내 그를 죽였다고요.

나는 그 추론과 싸워봤어요. 맙소사, 아무리 맞서봐도 반박할 수가 없더라고요. 그래서 이렇게 해봤죠."

그는 안주머니에서 종이 한 장을 꺼내더니 실콕스 앞에 펼쳐 놓았다. 그것은 일주일 전에 뉴욕의 호텔에서 그가 작성한 일지였다. 이제는 너덜너덜 구겨졌지만 여전히 읽을 수는 있었다.

"나는 살인이 일어난 후 처음 24시간 동안 일어난 모든 일을 적었습니다. 그런 다음 살인범으로 지목할 수 있는 누군가를 찾으려 노력하면서 몇 시간 동안 그 일지를 연구했습니다. 나는 그게 페더스톤의 짓이라는 걸 믿지 않았어요. 그럼 간호사였을까요? 나는 가능한 모든 방법을 동원하여 그녀에게 초점을 맞춰보려고 했지만 아무리 해도 할 수가 없었습니다.

헨리였던 걸까요? 그의 행동은 의심스러웠죠. 그는 샤론을 오랫동안 알고 지냈습니다. 그들 사이에 우리가 몰랐던 뭔가가 있었을까요? 그는 우리에게 거짓말을 했죠. 그와 질 사이에 뭔가가 있었던 것일까요? 당신은 바로 첫날 아침에 내게 그가 벌링턴에 자주 다녀왔다고 했어요. 하지만 난 그곳에서 그를 끼워 넣을 어떤 것도 찾지 못했습니다.

헨리의 아내가 아니라면 다른 어떤 가능성도 없어 보였어요. 그런데 그 역시 너무 허무맹랑해 보였죠. 그러다가 우연히 — 정말 그랬어요. — 순전히 우연하게도 어떤 것에 눈길이 갔는데, 그건 내가 수십 번 읽었지만 무관심하게 건너뛰었던 거였어요.

그러자 모든 일들이 다시 떠오르기 시작했어요. 당시에는 내가 겨우 절반밖에 기억하지 못했던 일들, 중요하지 않다고 여겨졌던 일들이었지만 지금은 이를 데 없이 의미심장한 것이었죠. 처음 이틀 동안의 그 일들에 대해 내가 기억할 수 있는 모든 순간, 모든 몸짓, 모든 표정, 모든 말을 다시 살펴보았고 결국 몇 시간 동안 땀을 흘린 끝에 내가 가졌던 의혹을 둘러싼, 여기 이 이야기를 도출해 낸 겁니다.

카맥은 질이 입원해 있을 때 그녀를 만났습니다. 몰염치한 패륜아인 그는 은밀하게 재미를 볼 기회를 알아봤던 거죠. 그 후 몇 달 안에 그는 그 기회를 잡았습니다. 하지만 그때 그가 두려워했던, 하지만 예견했던 어떤 일이 일어났습니다. 말라드베일과 호치키스의 그 호텔 관계자들이 했던 이상한 진술, 그러니까 남자와 여자가 그곳에 와서 남자가 두세 시간 머물다가 밤새도록 여자만 혼자 남겨두고 가버리고는 다시 나타나지 않았다는 얘기 기억하시죠? 당연히 그럴 만한 이유가 있었죠. 카맥은 그녀가 질로서 잠이 들었다 해도 메리로 깨어날 가능성이 있다는 것을 알고 있었던 겁니다. 그는 그런 위험을 감수하고 싶지 않았어요. 그렇게 되면 그의 속임수가 들통날 테니까 말이죠. 그래서 그는 절대로 밤새 머물지 않았습니다. 그녀가 잠들었던 상태대로, 질로서 깨어나기를 희망하면서 그녀를 혼자 남겨두고 가버렸던 거죠.

자, 그녀는 대부분은 그렇게 되었어요. 하지만 어느 날 그녀는 메리로 깨어나서 자신이 낯선 방에 있다는 걸 알게 되었죠. 어딘지 전혀 모르는 곳이었어요. 당연히도, 그녀는 어떻게 거기 갔는지, 누구와 갔는지 알지 못했습니다. 메리는 자신이 질인 동안 일어난 일을 전혀 기억하지 못했으니까요. 하지만 어찌어찌해서 그녀는 이곳으로 돌아올 수 있었고 샤론에게 일어난 일을 말했습니다. 샤론은 조사를 했고 그들의 관계를 알아냈습니다. 날짜와 장소, 그리고 모든 것을요.

그의 생각은 오로지 메리를 보호해야 한다는 것, 그 모든 일을 절대적으로 비밀에 부쳐야 한다는 것이었어요. 그는 자기가 살날이 많이 남지 않았다는 것을 알고 있었고, 그래서 그들의 부정한 관계를 끝장낼 뭔가를, 카맥이 질을 이용해 메리에게 더는 해를 입힐 수 없는 곳으로 그를 영원히 보내버릴 뭔가를 해야 한다는 것을 알았어요.

하지만 어떻게요? 카맥에게 남모르는 비밀이 있다면 문제는 간단할 겁니다. 그래서 전담 변호사를 두고 있던 샤론은 그런 비밀이 뭔지, 가능한 선에서 모든 걸 찾아내는 일에 착수했습니다. 카맥이 직접 우리에게 자기 장모가 예전에 샤론의 교회 신도였다고 얘기한 것 기억하실 겁니다. 그래서 샤론은 조심스럽게 문의한 끝에 어찌어찌하여 오하이오주 제인스빌로 귀결된 카맥과 그의 첫 번째 아내에 대한 정보를 입수하게 되었습니다.

이 정보와 혼인 신고서를 무기로, 그는 드디어 카맥과 협상할 수 있다고 생각했습니다. 2주 전인 지난 월요일에 그가 질의 편지를 가로챘다는 것을 우리는 알고 있습니다. 수요일에 그는 카맥에게 편지를 써서 자신에게 그 편지가 있으며, 아울러 그가 중혼자임을 입증할 제인스빌의 혼인 신고서도 있다고 말하면서 그 정보를 이용할 작정이라고 했습니다. 그는 다음 월요일 아침에 뉴욕에 가서 그 문제 전체를 그의 변호사에게 넘기려 하고 있었죠. 그는 그때까지와 마찬가지로 월요일 아침까지는 아무것도 하지 않을 생각이었습니다. 사실, 그는 그동안 카맥이 자취를 감추어 이 나라를 떠난다면 그런 조치를 무기한 연기했을 겁니다."

스파이크는 말을 잠시 멈추고 카맥을 보았다. 그는 그 이야기가 불러일으킬 수 있는 감정을 드러내는 어떤 표정이나 몸짓도 없이, 아까와 똑같이 텅 빈 얼굴이었다.

"자, 이게 내가 만들어낸 추론이었습니다. 이 일들은 비극이 일어나기 전에 일어난 사건들을 머릿속으로 그려본 것이죠. 모든 것이 아주 잘 맞아떨어지는 것 같았어요. 벌링턴의 사서함, 질의 편지, 혼인 서약서 사본, 샤론이 그의 변호사에게 '중차대한 문제'와 관련하여 보낸 편지, '복수는 나의 것'이라는 그의 수요일 자 편지, 호텔 관계자들의 진술, 모든 것이 말이죠. 그럼 이제 이 조각들이 살인이 일어난 이후에도 정확히 맞아떨어지는

지 봅시다.

우리의 주장대로 7월 12일, 일요일 밤에 카맥이 샤론을 죽였다고 해보죠. 월요일 아침에 그는 의사라는 전문성 때문에 여기로 불려 옵니다. 아직 분명한 행동 계획이 없던 그는 혐의를 어디든 다른 쪽으로 돌릴 수 있다면 어떤 기회라도 이용하리라 마음먹고 있습니다.

그와 처음 대화를 나누었을 때 나는 그에게 가족의 여러 구성원들에 관해 물었죠. 당시에 나는 페더스톤을 의심하고 있었기에 내 질문 속에 그런 점이 틀림없이 드러났을 겁니다. 카맥은 나를 두고 나간 뒤 페더스톤을 만나 함께 그의 방으로 갔습니다. 그때 그는 내가 페더스톤을 의심한다는 것을 알았고, 그래서 일이 그쪽으로 풀리도록 해야겠다고 결심했습니다. 그뿐만 아니라 실제로 페더스톤이 자백하게 만들겠다고 결심하죠. 그는 그렇게 하는 방법 역시도 알았습니다. 왜냐하면 그에게는 당시에 우리가 전혀 알지 못하던 무기가 있었기 때문입니다. 하지만 이 문제는 나중에 다시 말씀드리겠습니다.

페더스톤의 자백이 무게를 가지려면 사실에 부합해야만 했는데, 그 사실이라는 것은 샤론이 후두부를 가격당해 죽은 다음 칼에 찔렸다는 것이었죠. 그래서 그는 내가 자신에게 사체를 조사해달라고 부탁했다고, 그래서 그는 샤론이 후두부를 가격당해 죽은 다음 칼에 찔린 것을 발견했다고 페더스톤에게 말을 했습니다. 그런 다음 그는 내가 좀 전에 말했던 그 다른 무기를 사용하고는 자리를 떴고, 그럼으로써 페더스톤이 그것을 심사숙고

하게 만들었습니다.

자, 이게 나의 추론이었습니다. 이건 사실에 얼마나 부합했을까요? 음, 일요일 밤과 월요일 새벽에 내가 샤론의 창문을 관찰하다가 페더스톤이 들어와서 지문을 닦아내는 것을 봤다는 것을 기억하십시오. 그러나 그는 사체에는 손을 대지 않았죠. 그리고 나는 당신이 도착해서 이 주변에 경비를 세울 때까지 그곳에서 관찰하고 있었습니다. 따라서 페더스톤이 사인이 칼에 찔린 상처가 아니라 후두부 가격이라는 것을 알았다면, 그것은 내가 현장에 나타나기 전이었을 게 분명합니다. 왜냐하면 그 뒤에는 알아낼 기회가 없었기 때문이에요. 그 사실을 아는 누군가가 그에게 말해주지 않았다면 말이죠. 예컨대, 카맥이 그에게 말해주지 않았다면요.

그러면 카맥은 자신이 범인이 아니었다면 어떻게 그걸 알았을까요? 이 중차대한 시점에서 웬일인지 딱 기억이 나는 거예요. 내가 그에게 사체를 검사해달라고 부탁했을 때 카맥은 한 번도 샤론의 머리를 들어 올려서 두개골 뒤쪽의 함몰을 만져보지 않았다는 사실이 말입니다. 그로서는 엄청난 실수였지만 내가 그와 얘기를 나누기 전에, 그러니까 내가 페더스톤에 대한 의심을 드러내기 전에 그가 사체를 검사했다는 것을 기억하십시오. 그는 나와 대화를 나누고 나서야 페더스톤으로 노선을 정하게 된 것이고, 그래서 너무 늦긴 했지만 위험을 무릅쓰기로 했던 모양입니다.

샤론이 어떤 식으로 살해되었는지 그가 안다면, 그것은 그가 살인을 목격했거나 살인의 공범이거나, 아니면 자신이 직접 죽였다는 것이죠. 우리의 원래 가정을 계속 유지해서 그가 직접 했다고 해봅시다. 그에 따르면, 지금까지는 모든 것이 아주 잘 맞아떨어집니다.

카맥이 페더스톤과 나눈 대화는 원했던 결과를 가져왔습니다. 페더스톤은 자백을 하고 도주했죠. 그러나 카맥은 여전히 불안했습니다. 우리가 혼인 신고서 사본을 발견해서 더 꼬치꼬치 캐물을 가능성이 있을지도 몰랐으니까요. 그래서 그는 내가 이미 설명한 방식으로 질에게 작업을 했습니다. 그리고 그는 혹시라도 우리가 페더스톤의 자백을 믿지 않는다면 자신에게는 또 다른 비책이 있다는 것 — 질 말입니다. — 을 늘 알고 있었던 겁니다. 오늘 밤 여기서 그가 우리에게 방금 말했던 이야기보다 더 설득력 있는 이야기가 어디 있겠어요?"

스파이크는 또다시 말을 멈추고 카맥을 쳐다봤다. 그러나 이번에는 그냥 한 번 본 것이 아니었다. 그는 카맥의 얼굴을 빤히 응시했고 카맥도 마찬가지였다. 서재의 어두운 불빛이 의사의 얼굴을 깊숙이 비추면서 그늘을 만들고 있었다. 그러나 그 얼굴에는 여전히 작은 움직임 하나 없었다. 조금 있다가 입술이 비틀리더니 그가 눈을 떨구고 말하기 시작했다.

"트레이시, 당신이 말한 것은 사실입니다. 어느 정도는 말이죠. 나는 중혼자입니다." 그의 목소리는 자백을 하는 것처럼 매우 낮았다. "그에 대해 당신이 가진 증거는 반박할 여지가 없습니다. 그건 불행한 결혼이었어요. 나는 너무 어려서 뭘 하는지 몰랐던 겁니다. 그래서 나는 바보 같은 짓을 하고 말았죠. 하지만 아니에요." 이제 그의 목소리는 도전적으로 힘 있게 울려 퍼졌다. "난 살인자가 아니고 질 제프리를 유혹한 적이 없습니다."

한순간 스파이크는 그냥 서서 그를 쳐다봤다. 그의 입꼬리가 쓴웃음을 지으며 위로 올라갔다.

"당신이 질 제프리를 유혹하지 않았다는 거듭되는 주장은 도통 이해가 안 되는데요, 카맥." 그는 계속해서 말했다. "그건 막다른 골목에 몰렸을 때 사실과 증거는 엿이나 먹으라며 모든 것을 부인하는 전형적인 수법이죠. 하지만 난 당신이 샤론을 살해하지 않았다고 말하는 이유를 완벽하게 이해하고 있습니다."

그의 눈은 천천히 실콕스 앞의 책상 위에 놓인 일지를 찾아갔다. 그러더니 다시 한번 보안관 쪽을 보며 계속 말했다.

"내가 말했죠, 보안관. 이 일지 덕분에 내가 처음으로 방금 추적하여 밝혀낸 그 노선으로 생각하게 되었다고요. 한 가지 사소한 사실 때문에 일이 진전되지 않았는데, 너무 사소해서 여러 번 간과하고 나서야 거기에 주목하게 됐죠. 그리고 그때까지도 그 사실이 대단히 의미심장해 보이지는 않았습니다. 하지만 그건 중요한 일이었고, 그래서 난 절망적이었죠.

이 시간표를 그냥 한번 보세요. 5시 40분에 미스 윌슨은 카맥에게 전화를 겁니다. 그녀가 얼마나 정신이 나가 있었는지 기억하실 겁니다. 그리고 그녀의 그 공황 상태는 일정 부분 수화기 반대쪽에 있던 남자에게 전이되었던 게 분명합니다. 그녀의 다그침에 쫓겨서 그가 치명적인 실수를 하고 말았던 걸 보면 말이죠.

자신의 할 일이 아직 다 끝나지 않았음을 그가 알고 있었다는 걸 기억하세요. 그는 혼인 신고서 사본을 손에 넣어야 했고, 그것도 너무 많은 사람이 주변에 있어 그의 수색에 방해가 되기 전에 해야 했어요. 그런데 미스 윌슨이 '경찰이 여기 있어요.'라고 했던 말 기억하시겠죠.

이미 수사가 진행되고 있고 경찰이 현장에 있었죠. 그는 경찰이 너무 많은 것을 발견하기 전에, 그들이 자기보다 먼저 세심하게 수색을 하기 전에 가능한 한 빨리 여기 와야 했습니다. 그는 서둘러야 했고 서둘렀지요. 그 바람에 그는 자신이 세운 계획 전체의 성패가 달린 문제에서 실수를 저질렀습니다. 그는 서둘렀지만, 너무 빨리 움직였던 거죠. 그가 여기 온 것은 7시 50분이었어요. 벌링턴에서 차를 운전해서 2시간 10분 만에 왔던 겁니다."

실콕스의 눈썹이 놀랍다는 듯 올라갔다. "고속도로를 다 갈라놓았겠군그래."

"그게 내 머릿속에 떠오른 첫 번째 생각이었습니다." 스파이크가 고백했다. "나는 화요일 아침에 카맥과 함께 차를 타고 벌링턴으로 갔는데, 고속도로를 마구 가르며 달렸죠. 우리는 가는 동안 거의 110km의 속도로 달렸어요. 거의 한계점까지 차를 밟았던 거죠. 난 그걸 알 수 있었어요. 그래도 우리는 3시간 이내로는 도착할 수가 없었답니다. 우리가 여기서 출발한 시간이 9시였는데 벌링턴이 시야에 들어왔을 때는 정오를 알리는 종이 울리고 있었거든요. 시내까지 들어가는 데는 15분이 더 걸렸습니다. 3시간 15분이 걸린 거죠. 그런데 그는 월요일 아침에 2시간 10분 만에 여기 도착했습니다.

그는 다른 길로 왔음이 분명했죠. 그리고 바로 거기서 나는 어떤 일이 기억났던 겁니다. 내가 질 제프리를 처음 만난 지 10분 안에 일어났던 일이죠. 그녀의 숨 가쁜 명령 말입니다. 우리가 길에서 만난 일과 그녀가 내게 기차를 제치고 다음 역에 먼저 도착해 달라고 얼마나 떼를 썼는지 당신에게 말했잖아요. 그런데 나는 그녀의 말이 또렷이 기억났던 겁니다. '이 언덕 밑에서 우회전해서 언덕을 가로질러요. 그게 지름길이에요.'

자 그럼, 우리의 추론에 맞게, 언덕을 가로지르는 지름길이 있다고, 벌링턴에서 샤론 저택까지 오는 시간을 2/3 이하로 단축게 하는 길이 있다고 치죠. 그리고 이 길을 카맥이 그 첫 월요일 새벽에 이용했다 칩시다. 이제 그가 전날 밤 샤론을 살해하려고 여기로 올 때 이용한 길이 그 길이었다고 가정해봅시다.

바로 거기서 내가 한 귀로 흘려들었던 사실들이 홍수가 되어 이 이론을 뒷받침하러 되돌아왔습니다. 당시에는 내가 성가시다고 무시했던 시답잖은 대화, 그리고 그냥 우연히 결혼에 관해 알려준 유머러스한 전화 통화 내용이 그것입니다. 완전히 별개인 두 개의 사실을 나란히 놓고 보니 설득력 있는 그림이 펼쳐졌던 겁니다.

월요일 오후에 카맥은 아내에게 전화해서 집에 갈 수가 없다며 그녀가 준비했던 생일 축하 저녁 파티를 취소하게 했습니다. 월요일은 그의 생일이었죠.

그리고 화요일 아침에 나와 함께 벌링턴으로 가는 길에 우리는 시내 변두리에 있는 오두막집에 잠깐 들렀습니다. 그가 왕진하러 간 거였습니다. 그 집 주변에 아이들이 한 무리 있었는데, 집 앞에 세워 둔 차 안에 내가 앉아 있으니까 그중 한 명이 내게로 와서는 말을 걸어보려고 했답니다. 내게 아기는 어디서 오냐고 물었죠. 내가 모른다고 하자 그 아이가 자진해서 나를 가르치는 거예요. 그 아이는 의사가 아기를 데려온다고 했어요. 그리고 의사가 아기를 하나 데려왔다고, 자신들은 '의사 선생님이 아기를 데려왔기 때문에' 의사의 이름을 따서 그 아기의 이름을 지어줄 거라고요. 바로 거기서 나는 그 아이의 말을 끊고, 나를 좀 내버려 두고 저리 가서 사탕을 사 먹으라고 동전을 줬답니다. 하지만 지금 그 일이 다시 떠올랐어요. 아기가 의사의 생일에 태어났기 때문에 의사의 이름을 따서 아기의 이름을 짓는 것보다 더 논리적인 게 뭐가 있겠어요?

그러니까 카맥은 그의 생일에, 월요일 새벽 이른 시간에 아기를 받았던 겁니다. 12시가 넘으면 그 어느 시각도 월요일이 되죠.

자, 그럼 그다음은요? 카맥은 그 지름길로, 언덕을 통과해서 일요일 밤에 이곳으로 와서 샤론을 살해하고 벌링턴으로 돌아갔습니다. 그때가 12시 15분쯤이라고 해두죠. 그렇다면 그가 여기를 떠났어야 하는 시각은 10시 15분이라는 뜻이 됩니다. 실제로 살인을 저지른 건 그 이전이어야 한다는 거죠.

다시 말하면, 그는 이 집에 도착해서 살며시 샤론의 방 뒷문으로 들어갔고, 페더스톤과 내가 바깥 베란다에 앉아 있는 동안 샤론을 살해했습니다. 이건 아무래도 그럴듯해 보이지 않았어요. 우리는 두서없이 얘기를 나누고 있었고 꽤 오랜 시간 그냥 앉아서 담배만 피우기도 했거든요. 그리고 그때는 매우 조용한 저녁이었죠. 거친 소리가 나지 않을 수가 없었을 텐데 우리가 듣지 못했다는 게 믿기지 않았어요.

그렇다면 이제, 그가 집 안에서 살해될 수는 없었다고 해봅시다. 음, 그가 집 안에서 살해되지 않았다면 유일한 다른 살해 장소는 집 바깥입니다.

그래서, 보안관, 바로 거기서 또 다른 완전히 별개의 두 가지 사실이 내 머릿속에 들어왔습니다. 당신과 내가 샤론의 사체를 내려다보며 서 있던 첫날 새벽에 당신이 한쪽 손의 손톱에는 흙이 묻어 있는데 다른 손은 깨끗하다고 했던 거 기억나세요? 이제 그 일이 이 추론에 얼마나 훌륭하게 맞아떨어지는지 한번 보시죠.

카맥은 2시간 길을 이용해서 일요일 밤에 여기로 차를 몰고 와서 남쪽 베란다로 열려 있던 샤론의 침실 문으로 기어 올라갔습니다. 모험이라고 반대하시겠죠. 물론, 그건 모험이었습니다. 하지만 카맥은 필사적이었어요. 그리고 결과적으로 그건 그다지 모험은 아니었습니다. 이 집은 그 지점에서 숲에 아주 근접해 있었고 6m 정도의 트인 공간만 조심해서 가면 되었으니까 말이죠. 게다가 당시에는 11시 무렵까지 달이 뜨지 않았어요.

그래서 그는 샤론의 침실로 기어 올라가서 그와 그 문제들을 논하고 싶다고 말했습니다. 아마도 자신은 다시는 소리 소문도 들리지 않게 자취를 감출 것이라고 약속했겠죠. 어쨌거나 그는 샤론을 집 밖으로 나오게 했습니다. '제가 여기서 눈에 띄지 않는 편이 좋을 겁니다. 산책을 좀 하도록 하죠.' 아마도 이런 식으로, 하지만 아주 낮은 목소리로 말했을 겁니다. 그래야 페더스톤과 내가, 혹은 집 앞쪽에 있던 다른 누군가가 듣더라도 샤론이 하인들 중 누군가에게 밤에 해야 할 어떤 마지막 지시를 내리고 있다고 생각할 테니까요.

아무튼, 샤론은 그와 함께 밖으로 나가서 숲으로 갔습니다. 카맥은 숲에 그와 있게 된 순간 강철 뭉치로 그의 후두부를 가격했고, 노인은 쓰러집니다. 그는 쓰러지면서 한 손을 뻗어 땅을 와락 움켜쥐었고, 그래서 흙이 손톱 밑에 들어가게 된 거죠.

이제 두 번째 흘려보낸 생각에 관한 것입니다. 진저리칠 만큼 끔찍한 하루를 보내고 난 월요일 밤에 나는 퍼즐 조각을 찾아내려 부질없이 애쓰면서 혼자서 어둠 속을 걸어 다니다가 길을 벗어나게 되었는데, 그 순간 어떤 것에 발이 걸려 휘청거렸습니다. 주변을 돌아보니 나무꾼의 공터 같은 곳이더군요. 나는 30분인지 1시간인지 잘 모르겠지만 하여간 그곳에 머무르면서 빙빙 돌며 생각을 하고 있었어요. 그러다가 두 번째로 어떤 것에 발이 걸려 또 휘청거렸지요. 단단한 무엇이었는데, 당시에는 거기에 아무런 주의도 기울이지 않았답니다.

그런데 지금 그게 기억이 난 겁니다. 집 뒤쪽 숲속에 숨어 있는, 길에서 벗어난 작은 공터보다 더 좋은 곳이 어디 있겠어요? 그리고 내가 발이 걸렸던 그 물건이 일을 끝낸 후 어둠 속에 내던졌던 강철 뭉치가 아니면 뭐겠어요?

난 전체 그림이 보였습니다. 카맥은 강철로 노인의 두개골을 내리친 다음 그가 죽었는지 확인하기 위해 시신을 굽어보고, 시신을 양팔로 들어 올려 집으로, 샤론의 방으로 다시 들어가서 마룻바닥에 시신을 눕혔습니다. 그런 다음 살인이 집 안에서 일어난 것처럼 보이도록 마지막으로 손을 씁니다. 벽의 칼집에서 단검을 꺼내 이미 멎은 심장에 꽂고는 살며시 집을 빠져나간 겁니다.

그리고 벌링턴으로 다시 차를 몰고 가서 시내 변두리의 오두막집에 도착하죠. 나중에 누군가 그의 동선을 묻는다면 자신이 여기 있을 수 없었다는 것이 너무나 완벽하게 증명되었겠죠. 그에게는 목격자가 없었던 시간이 4시간 반 정도였을 것인데, 그 정도는 누구에게나 생길 수 있는 일이죠. 게다가 고속도로로 왕복하자면 최소한 6시간은 걸리니까요.

근사한 추론이죠. 모든 게 완벽하고 멋지게 맞아떨어져요. 하지만 추론일 뿐이었습니다. 그래서 나는 증명에 나섰던 겁니다. 나는 차를 구해서 여기까지 왔다가 도로 밑에서 그렇게 우회전해서 그 산길을 따라갔습니다. 맙소사, 뭐 그런 산길이 다 있죠! 험하기가 저승 같아서 타이어는 상처투성이가 되고 간이 철렁거리더군요. 코일 스프링은 부서질 지경이었고요. 게다가 한동안은 아예 산길도 아니었어요. 길이 완전히 없어졌고 50km 이내에 집도 사람도 없었습니다. 나는 여러 사람에게 그 길에 관해 물어봤지만 아는 사람이 없더군요. 하지만 그럼에도 어쨌든 그 길로 가면 벌링턴까지 1시간을 절약하게 되는 거였어요.

그런 다음 나는 그 작은 공터로 가서 실랑이를 벌인 끝에 그

캄캄한 밤에 내가 두 번이나 발에 걸려 넘어질 뻔했던 물건을 찾아냈습니다. 카맥이 던져 버려서 다시는 찾지 못했던 물건이죠. 그건 자동차 잭이었습니다.

다음으로, 나는 벌링턴으로 가서 신중하게 탐문을 좀 했습니다. 그래서 카맥이 자기 차를 타고 일요일 저녁 8시에 집을 나왔다는 것을 알아냈죠. 다음으로 나는 시내 변두리에 있는 그 작은 오두막집으로 가서 그가 아기가 태어나기 한 시간 전인 월요일 새벽 12시 30분에 그곳에 도착했다는 것을 알게 되었어요. 완벽하게 들어맞는 4시간 반입니다. 여기까지 운전해 온 시간이 2시간, 살인에 쓰인 30분, 그리고 12시 30분에 벌링턴에 도착한 때까지, 딱 맞는 시간이죠.

친애하는 보안관 나으리, 그는 그렇게 해서 샤론을 죽인 겁니다." 그는 성대하게 말을 끝맺고는 거만한 승리감에 취해 카맥을 바라봤다.

의사는 이제 의자 앞쪽으로 나와 앉아 있었지만 그의 목소리는 절제되어 있었다. 그는 심지어 무덤덤하게 말하려고 애쓰고 있었다. "아주 훌륭한 추론이군요. 하지만 당신이 한 말은 사실에 부합하지 않습니다."

"안 맞는다?" 그것은 부정하는 말이라기보다는 질문이었다.

"안 맞죠. 당신은 샤론이 11시 40분에 죽었다는 것을 잊었습니다. 그리고 당신이 직접 증언한 바대로 나는 12시 30분에 벌링턴에 있었어요. 당신은 은연중에 50분 만에 갈 수 있는 제3의 길이 또 있다고 말하는 건가요?"

스파이크는 고개를 저었다. "아뇨, 의사 선생. 그런 말은 전혀 아닙니다. 난 그저 당신이 무엇 때문에 샤론이 11시 40분에 죽었다고 생각하는지 모르겠군요."

"그건 바보가 아니라면 누구에게나 명백하죠." 카맥이 딱 잘라 말했다. "그의 손목시계가 유리가 깨진 채 11시 40분에 멎었으니까요."

"그런데 당신이 그걸 어떻게 알죠?"

"그게 무슨, 왜냐하면 —" 갑자기 카맥이 의자 팔걸이를 양손으로 꽉 쥐었다. 손가락 마디가 새하얘졌다. "그건… 그건 검시 때 나왔잖소."

"저런, 아니죠. 그렇지 않습니다. 그건 검시 때 아주 조심스럽게 숨겨놓은 여러 사실 중 하나였어요."

"그래요, 물론이죠. 그게 맞네요. 내가 잊었습니다. 난 월요일 아침에 사체를 검사하다가 그걸 본 게 틀림없 —" 그가 갑자기 말을 중단했다.

어두운 방의 으스스한 불빛 아래서 의사 앞으로 바싹 다가간 스파이크의 얼굴은 무슨 야유하는 네메시스*의 얼굴 같았다. 아니면 쥐를 갖고 놀다가 마지막 일격을 날리기 직전에 즐거워하는 고양이 같았는지도 모른다.

"그렇다면 그건, 박사," 그가 조용히 말했다. "최후의 승인이

---

* 그리스 신화에 나오는 복수와 율법의 여신. 인간의 행복과 불행을 관장한다고 한다.

군요. 지금까지 내가 말한 모든 내용에 대해서 말이죠."

"그게 무슨 말이죠?"

"깨진 시계 유리는 깨부술 수 없는 당신의 알리바이가 되게끔 되어 있었다는 뜻이죠. 바로 그것을 알고 있기 때문에 오늘 밤이 모든 일에서 당신이 버틸 수 있었던 거고요. 다른 모든 것이 실패했을 때, 당신이 결코 살인자일 수 없음을 증명할 유일한 것이었을 테니까요. 아주 훌륭한 처리였지만 너무 많이 쓰여서 독창성이 없는 거였죠. 그런 건 제일 형편없는 추리 소설들에나 나오는 거라고요.

월요일 아침에 당신이 샤론 박사의 사체를 검사했을 때 그 손목에는 시계 같은 건 없었어요. 왜냐하면 내가 뺐으니까요. 나는 철저히 편견에 치우치지 않은 판단을 원했거든요. 당신이 그 시계를 본 건 월요일 아침이 아니라 일요일 밤에 샤론을 살해한 후였어요. 10시에서 10시 30분 사이의 어느 시점에 당신은 손수 그 시곗바늘을 11시 40분으로 앞당기고 유리를 깼던 겁니다. 그게 깨부술 수 없는 당신의 알리바이가 되어야 했으니까요. 하지만 그게 최후의 결정타가 되어 —"

그러나 스파이크는 더 이상 말을 할 수가 없었다.

카맥이 의자에서 튀어 올랐다. 그의 눈은 결사적으로 활활 타오르고 있었다.

실콕스가 앞으로 돌진했으나 스파이크가 그를 붙잡았다.

"바보같이 굴지 마세요, 보안관."

그들의 눈앞에는 권총 총부리가 있었다.

"거기 그대로 있어. … 움직이지 마. … 소리도 내지 마." 카맥의 목소리는 걸걸하고 거칠었다.

그는 총으로 두 남자를 겨냥한 채 뒷걸음질 쳐서 문밖으로 나가 베란다를 가로질렀다. 이제 그는 진입로에 서 있던 자신의 차에 들어가 시동을 걸었다.

엔진이 붕붕거리더니 차는 앞으로 급발진했고 속도를 올려 고속도로를 향해 달렸다. 카맥은 후방을 방어하면서 총을 내뿜었다.

"어서… 내 차를 —" 실콕스가 총탄에도 아랑곳하지 않고 베란다를 건너뛰었다.

집의 모퉁이에서 어두운 형상이 나타났다. 헨리였다. 스파이크는 순간적으로 그에게로 달려가서 그의 팔을 붙잡았다. 한순간 두 남자의 눈이 마주쳤다. 그러자 운전기사가 고개를 끄덕였다.

스파이크는 팔을 풀고는 실콕스를 쫓아갔다. 그는 자동차의 발판을 딛고 있는 실콕스를 붙잡아 내렸다.

"이거 놔, 이 바보 자식! 그를 뒤쫓아!" 보안관은 그를 꽉 잡은 팔을 뿌리치려 애쓰며 스파이크에게 주먹질을 했다. "자네 미쳤나?"

"아뇨."

"하지만 그는 달아나버릴 거야. 전화를 연결해. 우리는 반드시 —"

스파이크와 헨리가 함께 그를 서재로 끌고 갔다.

"이것 봐, 이 멍청이들아. 그는 달아나버릴 거라고, 틀림없어.

그는 —"

"아뇨, 그러지 못할 거예요." 스파이크는 단호하게 말하고는 가만히 의자에 앉았다. "이제 끝났어, 헨리." 그는 운전기사가 자신의 어깨에 굳센 손을 얹자 그를 향해 말했다. "자넨 용감했어!"

헨리는 어둠 속에서 조용히 그가 왔던 곳으로 사라져 나갔다.

아무런 움직임도 없이 지독하게 차분한 스파이크 앞에서 실콕스는 흥분하여, 하지만 또 어리둥절한 채로 몸을 떨며 서 있었다.

스파이크가 손목시계를 힐끗 봤다. "지금이 새벽 1시 반이군요. 도로는 텅 비어 있겠죠. 이 새벽 시간에 나와 있는 사람은 한 명도 없을 거예요. 그러니 그는 미친 듯이 달릴 테죠. 하지만 내일이면 —" 그는 어깨를 으쓱하며 모든 것이 끝났다는 시늉을 했다.

"그게 무슨 말인가?" 실콕스는 여전히 부글부글하며 잘라 물었다.

"내일 아침이면 그가 발견될 거예요. 그의 차도요. 둘 다 길가 어디쯤에서 산산조각이 나 있을 겁니다. 여기서 별로 멀지 않은 곳에서요. 조타 장치의 작은 너트 하나가 5분에서 10분 안에 느슨해질 겁니다. 그걸로 카맥은 종말을 맞게 되는 거죠."

"조타 장치의 너트라고? 자네가 그걸 어떻게 알지?"

"내가 헨리에게 그걸 느슨하게 하라고 했으니까요."

보안관은 숨을 헉하고는 뒤로 물러났다. "자네가 헨리에게 그렇게 말했다니 — 하지만… 하지만, 오 맙소사, 이 친구야, 그건 **살인**이야."

스파이크는 차분하게 고개를 끄덕였다. "내가 만일 보이 스카우트라면 그건 선행으로 간주될걸요."

그는 잠시 말을 멎고는 미소를 지었다. "자, 보안관, 나를 체포할 건가요?"

실콕스는 의자 깊숙이 몸을 묻고는 당황스러운 듯 눈을 들었다. "하지만 왜… 그런 식으로? 그건 살인이야, 정말 그래. 우리는 그의 범행 증거를 확실히 잡았잖아. … 왜 그를 체포해서… 법정에 ―"

"그래서 이 모든 이야기를 신문이란 신문에 다 뿌리라고요? 메리와 그녀의 얽히고설킨 가여운 이중 인생을 아침 커피와 함께 제공해서 수많은 사람이 질과 카맥의 더러운 이야기를 탐독하는 걸 보자고요? 샤론의 그 모든 조심스러운 계획을 수포로 돌리자고요? 그가 애써 숨기려 했던 일, 결국은 그의 목숨과 바꾸게 된 일을 만천하에 공포하자고요? 아뇨, 아니에요, 보안관. 우리는 메리 제프리가 행복해질 기회를 줘야만 합니다. 그리고 그녀는 진짜 그럴 만한 자격이 있잖아요."

그러나 실콕스는 상반된 감정에 휘말린 채 멍해져서 그를 그저 쳐다보기만 할 뿐이었다.

"보안관, 이 세상에서 오직 네 사람만이," 스파이크는 간절하게 말을 이어갔다. "질 제프리와 카맥이 애인이었다는 것을 알고 있습니다. 당신과 나, 카맥 자신과 질이죠. 그런데 아마도 이제 곧 세 사람 ― 당신과 나, 그리고 질 ― 만 남겠지요. 그리고 신은 자비로우시니까, 그리 멀지 않은 언젠가는 오직 두 사람 ―

당신과 나 — 만 남을 겁니다.

메리 제프리는 절대 알면 안 됩니다. 그걸 알게 되면 그녀처럼 예민한 여자는 온갖 후폭풍에 휩싸일 겁니다. 게다가 이미 그녀는 공포라면 물리도록 겪었습니다. 이제는 그녀와 페더스톤이 행복해질 기회를 가질 시간입니다."

"페더스톤이라고?"

스파이크가 고개를 끄덕였다. "나는 당신과 카맥을 여기 남겨 두고 질을 미스 윌슨에게 데려다준 후 밖으로 나가 헨리와 잠깐 얘기를 나눴습니다. 몇 가지 일을 확인하기 위해서였죠. 내가, 으으, 그 조타 장치에 대해 제안한 것 역시 그때였습니다.

페더스톤은 메리와 사랑하는 사이입니다. 그는 메리를 진심으로 사랑하고 있었기에 그녀가 질이라는 인격체로 저질렀다고 믿고 있는 범죄가 초래할 결과에서 그녀를 구하려고 자신의 목숨까지도 기꺼이 포기한 거죠. 월요일 아침에 카맥이 그에게 사용한 무기가 바로 그것, 메리 제프리를 향한 그의 사랑이었습니다.

우리는 페더스톤을 잘못 판단했어요. 하지만 샤론은 그렇지 않았습니다. 그 노인은 이 세상 누구도 신뢰할 수 없지만, 페더스톤은 신뢰할 수 있다는 것을 알았어요. 그래서 그는 유언장을 변경하려고 했던 겁니다. 그는 메리가 질을 통해서 어떤 비극에 휩말린다 해도 자신의 돈이 페더스톤의 수중에 있는 한 그 돈은 언제나 그가 원하는 목적대로, 즉 메리를 돌보는 데 쓰일 것임을 알았습니다.

그리고 얼마 뒤 어딘지는 모르지만 버려진 황무지에 몸을 숨기고 있는 페더스톤이 신문을 주워들 때면, 그는 카맥이 '범죄 사실을 당국에 완전히 자백한 뒤' 죽었다는 기사를 읽게 될 겁니다. 그러면 그는 메리에게로 돌아오겠죠."

스파이크는 일어나서 문으로 천천히 걸어가 고요한 암흑 속을 내다보았다. 머리 위에는 별들이 반짝이고 계곡 너머에서 불어온 향긋한 밤바람에 나무들이 살랑살랑 흔들리고 있었다.

"사랑스럽고 비극적인 메리." 그는 살며시 말하고는 오래도록 어두운 바깥을 응시하고 서 있었다.

그 침묵을 곧바로 깬 것은 실콕스였다. 그는 점잖게 말했다. "젊은 친구, 자네는 그 여자한테 좀 반한 게로군그래."

스파이크는 돌아서서 책상으로 다시 돌아왔다. 그는 고개를 끄덕였다. 입을 열었을 때 그의 목소리에는 있는 그대로의 상황에 대한 약간의 회한이 묻어 있었다.

"뭐, 그렇긴 하죠." 그가 수긍했다.

그는 잠시 서서 주머니에서 꺼낸 담뱃갑을 물끄러미 내려다봤다. 그러더니 실콕스와 눈을 마주치며 빙그레 웃었다.

"그런데 말입니다, 보안관." 그가 말했다. "다른 쪽이랑 데이트했어도 굉장히 즐거웠을 것 같긴 해요."

옮긴이 최호정

서울대학교 미학과와 한국외국어대학교 통번역대학원 한노과를 졸업하고 뉴욕주립대학교 빙엄턴에서 번역학 박사과정을 수료했다. 옮긴 책으로는 『반투 스티브 비코』, 『도스또예프스키와 함께 한 나날들』, 『무엇을 할 것인가』, 『킬러스 와이프』, 『리슐리외 호텔 살인』, 『크림슨 레이크 로드 』 등이 있다.

샤론 저택의 비밀
ⓒ 2022 키멜리움

초판 펴낸 날 2022년 11월 18일

지은이 해리에트 애쉬브룩
옮긴이 최호정
디자인 형태와내용사이
편집 이경희
펴낸이 김찬휘
펴낸곳 키멜리움
주소 04025 서울 마포구 월드컵로3길 39 합정빌딩 3층
전화 02) 544-9294
팩스 070) 7614-2454
전자우편 cimeliumbooks@gmail.com
등록 2021년 4월 23일 (제2019-000016호)
ISBN 979-11-975509-5-9(03840)